●풍문여고 시절(왼쪽 첫번째)

●아리랑 식당에서 근무할 때

●버루크 칼리지 시절 학생 파티

●메릴랜드 대학을 졸업하던 날

● 김종필 총재와의 면담 장면

● 하버드의 한국인 친구들과 함께

● 미국의 빌 클린턴 대통령으로부터 상을 받는 성아

● 제너럴 이그젬의 심사위원인
아키라 이리에 교수, 볼라이소 교수, 크레이그 교수와 함께

● 일본에서 연구 중에 만난 이형랑 교수와 미에다 선생

● 수양딸 경림이, 그리고 성아와 함께 맘마미아 공연을 관람하고

● 하버드 박사 졸업식 때 딸 성아, 아들 성욱과 함께

● 성아의 하버드 학사 졸업 장면

● 하버드 박사 학위를 받으며

서진규의
희망

하버드의 늦깎이 공부벌레
서진규의 유학 생존기

서진규의 희망

하버드의 늦깎이 공부벌레
서진규의 유학 생존기

| 서진규 지음 |

RHK
알에이치코리아

절벽 가까이 나를 부르셔서 다가갔습니다.

절벽 끝에 더 가까이 오라고 하셔서 다가갔습니다.

그랬더니 절벽에 겨우 발을 붙이고 서 있는 나를

절벽 아래로 밀어버리는 것이었습니다.

물론 나는 그 절벽 아래로 떨어졌습니다.

그런데 나는 그때까지

내가 날 수 있다는 사실을 몰랐습니다.

—로버트 슐러

 : 프롤로그

하버드 졸업 연설 대회에 제출했던 이 글을 프롤로그로 대신한다.
비록 졸업식 날 영광의 빛을 보진 못했지만, 무엇보다 내 삶의 이
력과 철학을 고스란히 담고 있는 글이므로.

진정으로 살고자 하는 이, 우주를 비상하리!

A "Major Conspiracy" at Harvard

Commencement Speech - 2006

Jin Kyu (Suh) Robertson

I must be a slow walker. It took me sixteen years to climb up to
stand here today. Or maybe I am a slow learner. It took me five
decades to realize the purpose of my life.

One snowy winter night in Korea, a twelve-year old girl was standing outside her Mother's tavern while carrying her baby brother on her back, trying to help him fall asleep.

Behind the steamed glass door, she saw her Mother arguing with town drunkards and her Father trying to separate them.

Then along with the drunkards, her Father came out to go to work at the railroad station.

With a broad smile, he patted her head.

As his rusty bike slid away precariously over the frozen snow, his small back soon disappeared into the dark alley, leaving behind a thin trace of white smoke.

She then heard the sobbing voice swirling in her heart: "It's not our fault to be born poor. And what we are born into does not decide how we must live! Someday, I will become somebody and take good care of you."

Thus began my long journey to arrive here today.

Studying, I believed, was the only way. But I found myself working as a factory girl and a waitress. As my hope faded, I was ready to let my life go.

But that's when I saw a newspaper ad, looking for a house-maid for a family in America.

On a sunny spring day in 1971, the statue of liberty welcomed me to my new beginning. I spoke very little English and had only a hundred dollars to my name. But I was happy. I was only twenty-two and had a dream.

But life in America was full of surprising turns. At twenty-eight, I ended up as a private in the U.S. Army. Heading to the training camp, I was devastated to leave behind my eight-month old baby girl.

But fourteen years later, as a captain in the U.S. Army, I joined the scholars at Harvard for a master's degree. Best part? All expenses paid by a generous relative: our wonderful Uncle Sam.

Studying at Harvard for a woman in her early forties while competing with the young and the restless was quite a struggle.

What a relief that was to make it through and return to the army in one piece. But less than five years later, I bade farewell to the bright prospects of an Army MAJOR and came back to Harvard for a bigger challenge: the doctoral degree.

Following this "MAJOR MOM," my daughter Jasmin joined our Harvardians. Mother and daughter side by side together searched for VE-RI-TAS, making new history in this yard.

Professor Gomes confessed that it was his first time: baptizing a child first then the mother in this very church.

Jasmin graduated in the year 2000 and, this time, left me behind. She is now an army captain standing watch to defend our wonderful way of life.

I was even given a chance to teach the undergraduates. I am sure you all agree with my assessment. They know everything. They are never wrong and never shy in speaking their minds. Indeed, this tough ex-soldier was scared by this challenge. Then it occurred to me. There was something I could talk about with no fear. Life itself!

Into the curious minds of my book-smart students, I poured life stories of real people in lands far, far away from Harvard. Hoping to awaken those endless possibilities, I even shared the story of my own life.

I said, "We cannot choose our own birth. We cannot escape from death. And we cannot have more than one life. But we have a choice of how to live. Make your life as best it can be. It is a chance that will never come again!"

I saw my students reassessing the meaning of life and searching for their visions.

In fact, one of them took a year off from school, worked as a bartender in Shanghai, and returned to Harvard the next year. He confessed that it had not been easy to make a living on his own in a foreign country.

But he proudly declared that in the process he learned the most important lesson in his life: To appreciate wonderful gifts that the life had given him and exciting future that awaited him.

I then realized the true purpose of my own life: Sharing hope with those feeling hopeless and sharing courage with those building their destiny. And it occurred to me; I finally had become that somebody of my childhood dream.

A "MAJOR CONSPIRACY" at HARVARD!

It was Harvard that brought us here together from all walks of life to make a difference within and without, for now and for the future.

Ladies and Gentlemen, fellow graduates of 2006.

For those who want to live, the sky is the limit.

Give life to your dream. Then it will give you a wonderful life.

Good luck and God speed!

저는 걸음이 느린 사람이었나 봅니다. 오늘 이 자리에 서기까지 16년이 걸린 것을 보면. 또한 저는 배움도 느린 사람이었나 봅니다. 제 인생의 의미를 깨닫기까지 50년이 걸린 것을 보면.

한국의 어느 눈 오던 겨울밤이었습니다. 열두 살 난 소녀는 어린 남동생을 재우려 등에 업고 엄마의 술집 앞에 서 있었습니다. 김 서린 유리문 뒤로 소녀는 엄마가 동네 술주정뱅이들과 실랑이를 하고, 아버지는 말리고 있는 장면을 보았습니다.

곧 기차역으로 일을 하러 가야 했던 아버지는 술주정뱅이들을 데리고 가게 밖으로 나왔습니다. 소녀를 본 아버지는 환하게 웃는 얼굴로 딸의 머리를 쓰다듬어주었습니다. 녹슨 자전거가 언 눈길 위를 미끄러지듯 멀어져가자, 하얀 담배 연기 자락 뒤 안 어두운 골목길로 아버지의 야윈 등도 함께 사라져갔습니다.

그때 소녀는 가슴 깊은 곳에서 소용돌이치던 흐느낌을 들었습니다. "가난하게 태어난 건 우리의 죄가 아니에요. 어떻게 태어났느냐가 어떻게 살아야만 하는지를 결정하는 건 더욱 아니구요. 언젠가 제가 크게 성공해서 부모님을 꼭 지켜드릴게요."

이곳에 도착하기까지 길고 긴 제 여행은 그렇게 시작되었습니다.

공부가 유일한 길이라 믿었습니다. 하지만 저는 공장 직공으로, 식당 종업원으로 일해야 하는 신세였습니다. 희망의 빛이 바래지는 것을 보며 저는 죽음을 생각했습니다.

그때 마침 미국의 가정집 도우미를 구한다는 신문 광고가 눈에 띄었습니다.

1971년의 어느 화창한 봄날, 자유의 여신상이 저의 새로운 시작을 환영해주었습니다. 저는 영어도 잘하지 못했고 가지고 있는 돈도 겨우 백 달러뿐이었습니다. 하지만 저는 행복했습니다. 저에게는 스물두 살의 젊음과 꿈이 있었으니까요.

그러나 미국에서의 삶은 예상하지 못한 변화들로 가득 차 있었습니다. 스물여덟 살에 저는 결국 미군의 일등병으로 자진 입대했습니다. 8개월 된 아기를 남겨두고 훈련 캠프로 떠나야 했던 일은 진정 견디기 힘든 고통이었습니다.

하지만 14년 후 저는 미군 대위로 하버드 대학의 석사 과정에 있었습니다. 가장 신나는 것은 마음이 넉넉한 미국 정부가 비용을 전부 맡아 해결해준 것이었습니다.

40대 초반의 여자가 젊고 야심찬 학생들과 경쟁하며 하버드에서 공부하는 것은 결코 쉬운 일이 아니었습니다. 학업을 성공리에 마치고 건강한 몸으로 군대로 돌아왔을 땐 커다란 안도와 기쁨을 느꼈습니다. 하지만 5년 후 저는 미군 소령에게 보장되는 밝은 미래에 작별을 고하고 박사 학위라는 더 큰 도전을 위해 하버드로 돌아왔습니다.

이 엄마를 따라 딸 재스민도 하버디언(동문)이 되었습니다. 어머니와 딸이 정답게 나란히 하버드에 새로운 기록을 남기며 VE-RI-TAS(라틴어로 진리의 빛)를 찾았습니다. 고메즈 교수는 이 하버드 교회에서 자식에게 먼저 세례를 주고 훗날 엄마에게 세례를 준 예가 처음이라 고백하였습니다.

재스민은 2000년에 졸업을 하고 이곳을 떠났습니다. 그녀는 우리의 멋진 이 삶을 외부의 위험들로 지키기 위해 지금 미군 대위로 복무 중입니다.

그리고 저에게 하버드 학부생을 가르칠 수 있는 기회가 주어졌습니다. 여러분 모두 저의 의견에 동의하실 것이라 믿습니다. 하버드 학생들은 자신들이 모든 것을 알고 있다고 생각하는 경향이 있습니다. 절대로 자신들이 틀리는 일은 없다고 믿으며 각자의 생각을 표현하는 데 거침이 없습니다.

강인한 군인이었던 제게도 이 도전은 두려운 것임이 분명했습니다. 그러나 그때 저의 뇌리를 스치는 것이 있었습니다. 제가 아무런 두려움 없이 말할 수 있는 것! 그건 바로 삶 자체였습니다. 저는 하버드 공부벌레들의 호기심 가득한 가슴의 우주로 하버드와는 거리가 먼 곳의, 그저 평범한 사람들의 인생에 대해 말해주었습니다. 학생들의 끝없는 가능성을 깨우기를 바라며 제 자신의 이야기도 해주었습니다.

저는 이렇게 말했습니다. "태어남에 있어 우리는 아무런 선택의 여지가 없다. 우리는 죽는다는 사실에서도 아무런 선택이 없다. 우리에게는 단 한 번의 인생밖에 주어지지 않는다. 하지만 한 번 주어진 이 기회를 어떻게 살다 갈 것인가는 바로 내가 결정한다. 이왕이면 자신의 인생을 최고로 만들어보아라. 인생이란 두 번 다시 오지 않는 기회이기 때문이다."

저는 학생들이 삶의 의미에 대해 다시금 생각해보며 자신들의 새로운 비전을 찾아내는 과정을 지켜보았습니다. 실제로 한 학생은 1년간 휴학을 하고 상하이에서 바텐더 일을 한 뒤 이듬해 학교로 돌아오기도 하였습니다. 그 학생은 낯선 나라에서 자신의 인생을 살아가는 것이 힘들었다고 고백했습니다. 또한 그는 자랑스럽게, 인생에 있어 가장 중요한 것을 배웠다고 말했습니다. 자신에게 주어진 멋진 삶과 앞으로 펼쳐질 흥미진진한 미래에 대해 감사하는 법을 배운 것입니다.

그때서야 저도 제 인생의 참된 목표를 깨달았습니다. 희망이 없는 자들에게 희망을 나누어주고 자신의 꿈을 이루고자 하는 이들에게 용기를 북돋아주는 것. 그리고 또 깨달았습니다. 마침내 저는 제가 어린 시절 꿈꾸었던 그 '성공' 을 이루어냈다는 사실을.

바로 하버드의 심오한 계획이었습니다!

자신과 다른 사람들이 보다 올바르게 살아가도록, 또 현재와 미래를 멋지게 바꿔나갈 수 있도록 우리를 이곳에서 이렇게 만나도록 한 것 말입니다.

신사 숙녀 여러분, 그리고 2006년 하버드 졸업생 여러분.

진정으로 살고자 하는 이는 우주를 비상할 것입니다. 당신의 꿈에 생명을 주십시오. 그러면 당신은 멋진 삶을 얻을 것입니다.

복된 행운과 하느님의 가호를 기원합니다.

: 차례

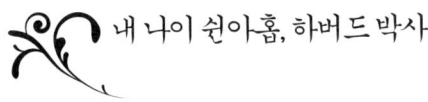 내 나이 쉰아홉, 하버드 박사

> : 사람은 누구나 자기가 할 수 있다고 믿는 것 이상을 할 수 있다.
>
> — 헨리 포드

2006년 6월 8일, 하버드 대학.

370여 년 전, 보다 나은 세상을 펼치기 위해 존 하버드 등 몇몇 리더들이 미래를 이끌 후세들을 키워내고자 마련했던 학문의 터전.

오늘은 바로 이 하버드의 졸업식이다.

해마다 맞는 행사에 익숙한 듯 교정은 여느 해와 별다를 것 없이 분주하면서도 차분하다. 바로 이러한 두 가지 상반된 특징이야말로 오랜 역사를 거듭해오며 한껏 다져진 하버드의 노련함이리라.

징크스도 아닌데 거의 매년 하버드의 졸업식 날에는 묘하게도 날씨 타령을 하게 된다. 올해도 예외는 아니어서 조여름임에도 불구하고 늦가을을 방불케 했다. 야외 식장을 가득 메운 사람들의 옷섶을 파고들며 칭얼대는 바람은 아주 단단히 심통이 난 듯 거셌다. 때로는 강하게 때로는 약하게 빗줄기를 뿌려대기도 했다. 졸업생들을 축하하기 위해 학교를 찾은 수많은 사람들이 습관처럼 자주 하늘을 올려다보곤 했다. 그들의 마음은 모두가 한결같았을 것이다.

바로 그들 속에 내가 있었다.
그렇게 북적북적 떠들어대는 사람들 틈에 내가 서 있었다.
내일 모레면 내 나이 육십.
뒤늦게 공부를 시작한 늦깎이 대학생으로 31년을 산 내게 진정 참되고 복되고 기쁜 오늘.
좌절과 포기라는 유혹을 뿌리치고 비로소 나 자신과의 약속을 지킨 오늘. 그리고 내 인생에 있어 또 하나의 중요한 도전이 마무리됨과 동시에 또 다른 도전이 미션처럼 주어지는 날. 바로 나 자신의 졸업식 날, 내가 하버드의 박사가 되는 날이었다.
그래서 그만큼 더 감격스러웠다.

흥분과 기대와 두려움으로 범벅이 되어 쿵쾅거리는 가슴을 부여잡고 처음 이곳 하버드에 발을 디딘 것이 지금으로부터 16년 전. 공부의 기초가 턱없이 부족했고 무엇보다 중년을 훌쩍 넘긴 나이였다. 나 자신에 대한 확신도 뚜렷하지 않은 상황에서 굽이굽이 험준한 고비들을 어찌 다 넘을 수 있었을까. 그때마다 날 괴롭혔던 자문들을 어찌 다 묵살할 수 있었을까.
'나 같은 여자가 어떻게……'
'언감생심이야 이건.'

'포기고 뭐고 대체 왜 하는 건데? 이미 반평생을 힘들게 살았으면서 왜 더 힘든 길을 가려는 거지?'

일단 시작했으니까, 라는 대답보다는 나도 할 수 있다는 걸 보여주고 싶다는 욕심에서 더 센 끈기가 생겨났던 것 같다. 그 누구보다 나를 모델 삼아 꿋꿋하게 살아가는 이들의 격려, 그것은 내게 약이자 독이기도 했다. 물론 덕분에 면역력이 생겨 내가 더 강한 사람으로 거듭난 것도 사실이지만 말이다.

—서진규 선생님을 통해 삶의 희망을 배웠고, 언젠가 나도 할 수 있다는 꿈이 생겼습니다.

—이대로 무너지시면 안 됩니다. 그럼 저희들은 누굴 보고 살라고요.

스스로 제어가 안 될 만큼 힘들 때마다 수많은 팬들에게서 날아온 편지를 읽었다. 그들은 약속이나 한 듯 입을 모아 날 오뚝이로 만들었다. 벌떡벌떡 그때마다 나는 일어섰다. 나를 오늘에 있게 한 건, 그러니까 나혼자만의 힘이 아니었던 것이다.

졸업식 날 아침, 나는 여느 때보다 일찍 잠에서 깼다. 언제나 그랬듯 언니는 그보다 더 일찍 일어나 자신을 위해, 가족을 위해, 그리고 특별한 날을 맞은 나를 위해 온 정성으로 하느님께 새벽 기도를 드리고 있었다.

내 아파트가 있는 비컨 가는 전날과 별다른 게 없었다. 보슬비가 내려 아스팔트도 길가의 건물들도 나무도 꽃도 모두 다 촉촉이 젖어 있었다. 성큼성큼 나를 앞질러 걸어가는 성욱이의 짧은 머리에도 어느새 물방울이 자잘하게 매달렸다. 괜스레 코끝이 시큰했다.

"엄마, 진심으로 졸업을 축하드려요."

이른 아침 눈을 뜨자마자 가장 먼저 축하의 포옹을 해온 내 아들 성욱. 남편과의 불화로 네 살배기 아이를 떼어놓은 지 16년이라는 긴 세월이 흐른 뒤에야 겨우 다시 만난 아들. 그저 낳아준 것 외에는 아무것도 해준 게 없는 몹쓸 어미를 위해 미 대륙 반대편에서 한걸음에 달려와 기쁨을 더해준 내 착한 아들.

'성욱아, 미안하다. 고맙다. 그리고 이렇게 말해도 된다면 말이다, 처음부터 지금 이 순간까지 난 널 사랑했고 사랑한단다.'

성욱이의 어깨에는 캠코더가 든 가방이 들려 있었다. SBS의 〈김미화의 U〉로부터 오늘의 이모저모 풍경들을 담아달라는 부탁을 받았기 때문이었다. 키가 작은 언니와 나는 커다란 우산 아래서 질퍽질퍽 성욱이의 뒤를 쫓았다.

하버드 전체의 졸업식은 매년 하버드 교회와 와이드너 도서관 사이의 야드에서 거행된다. 전통적으로 내가 속해 있는 인문대학원 졸업생들은 식장에 가기 전에 우선 옥스퍼드 가(Oxford Street)의 하버드 자연과학박물관 앞에 모인다. 그리고 그들을 위해 마련된 아침 식사를 간단히 마친 뒤 요란한 파이프 오르간 음악과 함께 행진을 한다.

계속되는 빗줄기 속에서도 졸업식장은 축하객들로 들썩들썩했다. 한 사람이 초대할 수 있는 축하객은 겨우 두 명. 그렇게 제한을 두는데도 해마다 3만 2천 명 정도가 참석한다니. 서로들 자신의 영웅을 찾느라 자라처럼 목을 쭉 뽑고 두리번거리며 웅성대는 모습에서 친근함이 느껴졌다. 언니와 성욱이도 다를 바 없는 모습이었다.

　온갖 형식적인 졸업식 절차가 끝나자 졸업생을 대표하는 세 사람의 연설이 이어졌다. 대학원생 대표로는 법대 박사 졸업생이 나섰다. 잘한다 싶으면서도 한편으로는 서운했다. 나도 그 연설에 도전했다 낙방의 고배를 마시지 않았던가. 아메리칸 드림을 일궈낸 내 삶의 스토리 자체도 그렇거니와, 무엇보다 연설자로서의 내 역량이 나름 탁월하다고 믿어왔는데.

　1999년 첫 책이 나온 이후 난 3백 번 이상의 강연을 해왔다. 청와대, 국회, 기업, 학교 등등 대부분 한국에서였지만 일본인 벤처그룹 회장단 앞에서는 일본어로, 미군들 앞에서는 영어로 연설하기도 했다. 그러나 이 연설 대회에 참여하는 이들은 모두 하버드의 졸업생. 나 이상의 특이한 삶의 이력을 가진 이가 어디 한둘이었겠는가마는 그래도 낙방의 실망은 컸다. 아무튼 최선을 다한 도전이었다는 것으로 만족해야 했다.

　빗속에서의 긴 행사가 끝나자 졸업장 수여식을 위해 인문대학원 졸업생들이 하버드의 가장 인상적인 건물인 메모리얼 홀(일명 샌더스 시어터)로 향했다.

"엄마, 잠깐만요."

딸 성아가 활짝 웃으며 나를 불렀다. 빗방울이 오도도독 맺힌 긴 헤어스타일에 정겨운 땡땡이 치마를 입은 성아를 보자 기분이 업되는 듯했다.

"엄마, 너무도 자랑스러운 엄마. 정말 사랑해요."

성아는 들고 있던 예쁜 꽃목걸이를 내게 걸어주며 나를 얼싸안았다. 따스한 딸의 체온과 은은한 샴푸향이 비에 젖은 내 몸과 마음을 포근히 감싸주었다. 문득 언젠가 딸이 한 말이 생각났다.

"난 외롭거나 엄마가 보고 싶을 때, 엄마 침대에 누워서 엄마 베개에 얼굴을 묻고 숨을 크게 들이쉬곤 해. 엄마 냄새를 맡고 있으면 마치 엄마가 곁에 있는 것 같아서 왠지 마음이 든든해지곤 했거든."

"고맙다, 성아야. 다 네 덕분이야. 사랑한다."

인문대 졸업식장 역시 인산인해를 이루고 있었다. 어느 쪽으로 가야 할지 어리둥절해하고 있는 나를 여자 안내원이 친절하게 인도해주었다.

"축하해, 진. 우린 정말 해낸 거야."

우리 과 졸업생 지정석에서 로라가 활짝 웃고 있었다. 그녀는 중국인 아버지와 독일인 어머니 사이에서 태어난 미인이었다. 혼혈의 매력에 애교도 많아 남학생들 사이에서 무척 인기가 있었다. 역사학 박사 과정은 대체로 공부하는 기간을 오래 잡아끌게 하는 경향이 있다. 덕분에 그녀와 내가 만난 세월이 족히 10년은 되었다. KBS 가 내 삶을 다룬 다큐멘터리 〈가발공장에서 하버드까지〉를 촬영할 때도 그녀는 나와 함께 출연해 한국의 시청자들에게 잠시 얼굴을 비친 적도 있었다.

"축하해, 로라. 그래, 우린 결국 해낸 거야."

나는 그녀를 힘껏 안아주었다. 성아보다 서너 살 위인 그녀는 군대 훈련으로 다져진 성아와는 사뭇 다른 느낌이었다. 성아에게서는 늘씬한 탄력이, 그리고 로라에게서는 날씬한 부드러움이 느껴졌다.

"우리 과를 보면 확실히 우먼파워가 느껴져. 더구나 아시아 여성 의……"

"정말 그렇네요, 선배님."

막 도착한 한국인 후배가 갑자기 내 말을 치고 들어왔다.

올해 '역사와 동아시아 언어학과' 졸업생은 그녀와 로라, 그리고 나, 이렇게 세 사람이었다.

우리는 활짝 웃으며 하이파이브를 주고받았다.

곧바로 식이 거행되었다.

졸업장 수여식은 각 학과별로 순서껏 진행되는데 호명되는 졸업 생이 차례로 단상에 올라 인문대학장으로부터 석사 졸업장을 받게 되어 있었다.

"이모, 축하해요."

충계 맞은편 의자에서 조카딸 승희가 예쁜 분홍색 드레스를 입은 그녀의 딸 서진이와 함께 순서를 기다리고 있었다.

"이모할매."

서진이는 적당히 긴 금발에 상기된 얼굴을 젖히고 나를 올려다보았다. 활짝 웃는 모습이 마치 한 송이 꽃 같았다. 하버드에는 졸업생이 졸업장을 받을 때 아이와 함께 올라갈 수 있는 나름의 전통이 있었다. 나는 서진이의 고사리 손을 잡고 단상으로 올라갔다.

"축하해요, 진."

이임하는 대학장이 반갑게 나를 맞았다. 중국학을 가르치던 실력파에 학생들에게 항상 친절한 미남 교수였다. 그와 그의 부인 역시 우리 과를 졸업한 선배들이었다. 그 옆에는 새로 부임한 인문대학장이 우리를 기다리고 있었다. 체구가 큰 백인 여자였는데 그녀가 내게 졸업장을, 서진이에게는 참여 증서를 주었다. 서진이가 수줍게 웃으며 그녀와 악수했다. 단상에는 내 논문 심사위원 중 한 사람이었던 카터 에커트 교수와 우리 과의 과장인 마크 엘리엇 교수도 함께 자리해 있었다.

"축하해요, 진. 참, 이제 로버슨 박사님이시지."

두 사람의 따스한 포옹을 받으니 가슴이 벅찼다. 그리고 흐뭇했다.

옥스퍼드 가, 자연과학박물관 앞의 야외 임시 식당은 흙탕이 되어 질퍽거렸다. 졸업생들이 나타나자 모두들 축하의 포옹과 악수를 하느라 시끌벅적했다.

"잘했어, 진. 정말 자랑스러워."

"부러워요, 진. 나도 내년엔 끝내야 할 텐데."

동료 졸업생들과 함께 후배들, 교수님들과 학교 교직원들, 그리고 낯모르는 게스트들까지 여기저기서 내게 축하의 인사말을 쏟아냈다.

"진, 축하해. 내가 뭐랬어. 넌 할 수 있다고 했잖아."

"일레인!"

너무도 반가워 우리는 서로를 부둥켜안은 채 좌우로 몸을 흔들어 댔다. 이미 퇴직은 했지만, 일레인은 우리 과의 서무 담당으로 1992년 내가 박사 학위에 들어간 이래 언제나 나를 도와주고 격려하며 아낌없이 우정을 나누던 좋은 친구였다. 지난 날이 떠올라서인가, 그녀의 얼굴을 보니 금세 눈물이 핑 돌았다. 우여곡절이란 단어가 오래도록 지워지지 않았다.

축하 파티는 성아의 졸업식 때처럼 포터 스퀘어의 가야식당에서 열렸다. 음식도 맛있고 오붓하게 모일 수 있는 방이 있어 편리했다. 무엇보다도 식당 주인은 내가 공부에 찌들려 있을 때 틈틈이 불러 맛있는 음식을 먹여주며 격려해주던 고마운 친구와 다름없었다. 우리는 피곤함도 잊은 채 시끌벅적한 만찬으로 죽복의 날을 마무리지었다. 같이 졸업한 이영준 박사와 가족이 함께해서 축하 분위기는 더욱더 고조되었다. 모두가 참으로 기분 좋은 만남들이었다. 나는 먹지 않아도 배가 부를 정도로 행복했다.

친지들을 모두 호텔로 보내고 언니와 둘이서 야경이 멋진 내 아파트로 돌아왔다. 시간은 벌써 자정을 향해 가고 있었다. 피곤했던지 언니는 이내 잠이 들었다.

언제나처럼 나는 혼자 응접실 창가에 앉았다. 어둠이 깔린 하버드의 케임브리지에는 아직도 비가 내리고 있었다. 비에 젖은 아스팔트가 안쓰러워서일까, 빗물을 타고 흘러내린 가로등 불빛이 그 위에 고스란히 고여 있었다. 창밖, 멀지 않은 거리에 신비에 싸여 있는 듯 메모리얼 홀과 교회의 낯익은 모습이 나를 반겼다.

오늘 같은 날은 왠지 와인이 어울릴 것 같았다. 간이 좋지 않은 몸이라 금주 중이지만 오늘 하루만은 허락해 주기로 했다. 코르크를 열자 시큰한 와인 향기에 코가 찡했다. 오랜만에 마셔서인지 와인 한 모금에도 뼈 마디마디가 노곤했다.

'참으로 긴 세월이 흘렀구나……'

순간 나도 모르게 한숨이 흘러나왔다.

아롱지는 아련한 추억 속에 고스란히 들어앉은 자신을 보듯 창밖에서 나를 보는 낯익은 얼굴. 설레는 그리움이 살포시 내 마음의 소매를 당겼다. 하늘의 별을 한 아름 품은 채 소리 없이 흐르는 물줄기를 따라가듯, 나는 어느새 지난 세월을 더듬고 있었다. 처음 미국의 한 학교에 입학했을 때의 가난했지만 꿈 많던 한 처녀를 찾아서, 그것이 무엇을 의미하는지도 모른 채 그저 '박사'가 되겠다는 꿈 외에는 기댈 곳이 없었던 한국의 한 초라한 초등학생을 찾아서……

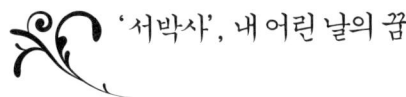

'서박사', 내 어린 날의 꿈

: 더 세게 떨어질수록 더 높이 튀어오른다.
　　　　　　　　　　　　—작자 미상

　언제부터였는지 뚜렷하지는 않지만 제천에서 초등학교를 다니던 어린 시절부터 나는 장래 희망을 묻는 말에 꼭 박사라고 답했던 것을 기억한다. 사실 박사가 어떤 사람이란 걸 명확하게 알고 있는 것은 아니었다. 다만 나는 꼭 성공하리라 다짐했고, 박사야말로 성공한 사람을 지칭하는 다른 이름이라 생각하고 있었던 것 같다. 사회에서 집안에서, 가난하다고, 여자라고 받던 차별에 대한 분노와 반항을 일찌감치 오기로 받아들였던 나는 주위 사람들은 '서박사'라는 별명으로 불러주곤 했다. 진짜 박사가 되어 우리 식으로 예순이 된 지금, 나는 작고 초라했던 한 가시나의 어린 시절을 되돌아보며 생각한다. 그 어린 철부지의 꿈이 나를 오늘에 이끈 것이 아닌가 하고, 그 꿈은 운명을 창조하는 힘도 가지고 있는 게 아닌가 하고……

우리 집은 가난했다. 무엇보다 남녀 차별이 심했다. 학년이 올라 갈수록 남녀 차별에 대한 내 반항심은 더해져만 갔다. 어머니나 언니를 비롯해 주위의 많은 여자들이 크건 작건, 의식을 하건 안 하건 얼마나 차별을 받고 살아가는지 사사건건 눈에 거슬리기 시작했다. 매 들기를 물 마시듯 해대던 어머니의 불같은 성미가 무서워 입 밖으로는 아무 말도 못했지만 차별을 당할수록 마음속의 내 결심은 더욱 굳어져갔다.

'여자도 남자 못지않게 성공할 수 있다는 걸 꼭 증명해 보이고 말리라.'

위기가 곧 기회라는 말처럼 힘든 집안 사정이 나를 학교로, 공부로 내몰았다. 꿈을 실현하기 위해 내가 할 수 있는 일은 공부밖에 없다는 걸 알게 된 것이다. 틈날 때마다 책을 잡고 책장을 열었다. 책만 펴면 잠을 청하고 온갖 공상으로 머릿속을 가득 채우던 내가, 그 놀기 좋아하던 서진규가 점점 달라져갔다. 공부가 이렇게 재미있는 거라니, 그로써 난생처음 알게 되었다. 온갖 잡념으로 가득했던 머릿속이 온갖 지식들로 차곡차곡 쌓여갔다. 성적이 오르기 시작했다. 선생님들로부터 인정도 받고 주위에 친구들도 늘어갔다. 구박데기 천덕꾸러기로 하찮게 여겨지는 집에서보다 날 으뜸으로 쳐주는 학교에서 오래 더 오래 머무르게 되었다. 그리고 1년 뒤 하위권을 맴돌던 내가 전교 2등, 여자아이들 중에서는 일등이라는 성적을 거두기에 이르렀다.

우등생이라는 이름표는 내가 술집 딸이라는 열등감을 치유해주는 데도 큰 약이 돼주었다. 그리고 그것은 가시나는 그저 초등학교만 나와도 된다고 여기던 부모님의 생각을 바꿔놓기에 충분했다. 그 '씰데없는' 가시나가 선생님과 동네 사람들의 칭찬을 집으로 몽땅 몰아왔던 것이다. 초등학교 근처에도 가보지 못한 가난하고 무지한 부모님의 자랑과 자존심은 곧 나로 대변되었다. 중학교와 고등학교로의 진급에 활짝 문이 열렸다. 세상에서 공부가 제일 쉬운 것 같았다. 학교를 생각하면 절로 흥이 나던 시절이었다.

같은 공부라도 임하는 사람의 태도가 어떠한가에 따라 그 결과는 확연히 달라진다. 전에는 그저 학생이니까 숙제니까 의무적으로 방어하듯 했던 게 공부였다. 특별히 큰 목표도 그 이상의 무엇도 없던 나였는데, 그러던 내가 달라졌다. 공부가 마구 하고 싶어졌다. 바로 그 공부를 누구보다 잘해내고 싶은 열의에 빠지게 되었다. 여자라는 차별과 별 볼일 없는 가난한 가정에서 자랐다는 악조건이 오히려 기회로 바뀐 것이다.

딸 성아를 키우면서 나는 그런 내 경험에서 얻은 교훈을 거울로 삼곤 했다. 성아에게 공부하란 말을 나는 해본 적이 없다. 매를 든 것도 단 한 번, 거짓말한 줄 알고 손바닥을 몇 차례 때린 것이 전부였다. 나는 아이가 스스로 왜 공부를 해야 하는가를 깨닫도록 유도하기만 했다. 대신 알아서 공부하도록 그 환경을 조성해주었다. 지치고 좌절할 때 곁에서 용기를 북돋아주는 일이 내 몫이었다. 무엇보다 아이의 말에 귀를 기울였다. 아이의 젊음을 통제할 수 있는 안전밸브로서의 역할을 다 하려 했다. 뿐만 아니라 항상 아이에 대한 내 사랑을, 내 응원을 느끼도록 표현했다. "사랑한다, 성아야" "넌 세상에서 가장 소중해" "너의 능력은 최고야, 내 딸은 할 수 있어"…… 그 옛날 나의 어머니가 내게 했던 말들과는 정반대의 격려, 나는 이를 실천했다. 기대대로 성아는 잘해냈다. 고등학교를 일등으로 졸업했고 미국 대통령상도 받았다. 그리고 하버드를 졸업했다.

중학교를 다니는 동안에도 나는 우등생에 모범생이었다. 덕분에 나는 오빠나 남동생들이 꿈꿀 수 없던 호사를 누릴 수 있었다. 바로 서울에 있는 고등학교에 진학하게 된 것이다. 막내동생은 정신박약아로 태어나 누군가 돌볼 사람이 필요했고, 집안 형편상 그건 내 몫이었지만 그대로 주저앉기에는 내 꿈이 우주 너머로까지 활짝 펼쳐져 있었다. 의지를 굽힐 수 없었다. 선생님들을 총동원해 마침내 경제권을 쥐고 있던 어머니를 설득하는 데 성공했다. 결국 난 서울에서 대령으로 근무하고 있던 작은아버지의 집으로 보내졌다. 그리고 서울의 명문 풍문여고에 진학했다.

작은아버지 댁은 부유했다. 하지만 그건 나와는 상관없는 일, 여전히 나는 제천에 한 다리가 묶여 있는 가난한 신분의 절름발이 유학생이었다. 양식은 부모님의 힘을 빌렸다 하더라도 용돈은 내가 벌어 써야 했다. 잡지도 팔고 가정교사 노릇도 했다. 제천에서처럼 몸이 고단하지는 않았지만 정신적으로 힘들었던 나날이었다. 모두가 가난한 시골에서 그들과 공유하던 가난과는 사뭇 다른 설움이 자주 날 우울하게 했다. 하지만 내겐 꿈이 있었다. 박사가 되어 암행어사처럼 고향으로 금의환향하는 그 꿈. 성적은 상위권이었다. 고3 때는 반장 노릇도 했다. 희망이 있었다.

하지만 그런 희망의 불씨는 순식간에 재로 변해버렸다. 꿈으로 점철되었던 고등학교를 졸업하면서 그만 사회의 낭떠러지로 굴러 떨어진 것이다. 여전히 집은 가난했고, 난 고학도 할 줄 몰랐다. 운이 좋아 썩 괜찮다 하는 직장에 취직하는 요령도 피울 줄 몰랐다. 가발공장 직공으로 살았다. 식당 종업원도 했다. 미국인 집의 식모로도 살았다. 이건 제천이라는 시골에서 술장수의 딸로 살던 때와는 또 다른 밑바닥의 삶이었다. 종종 죽음을 생각했다.

그러나 나는 내 스스로에게 자주 용기를 북돋아주었다. 어떤 일에서든 중도에 포기하지 않도록 내 자신을 다독였다. 종종 난 초등학교 5학년 때 담임이셨던 양재성 선생님을 떠올렸다.

"우리 진규는 언젠가 크게 될 사람이야. 그런 운명을 타고났거든."

선생님의 말씀은 내게 고난이 닥칠 적마다 나를 지켜주는 별자리처럼 빛을 발하곤 했다.

'어쩌면 나는 정말로 위대한 사명을 갖고 태어났는지도 몰라. 나

를 더 큰 사람으로 만들려고 이런 어려움에 빠뜨리는 것일지도.'

그 노력의 가상함이 하늘의 문을 두드렸던 것일까. 또다시 내게 기회가 왔다. 방황의 나날을 보내고 있던 나의 눈에 조그만 신문 광고가 눈에 띈 것이다. 미국에서 식모를 구한다는 직업소개소의 문구였다.

'어쩜 이 길이 내게 주어진 기회일지도 몰라.'

주위 사람들은 펄펄 뛰며 나를 만류했다. 영어 한마디 못하는 내가 미국으로 가면 틀림없이 창녀로 팔아넘겨질 거라고 말하는 사람도 많았다.

'어차피 죽음을 각오했던 나였잖아. 해보자. 가서 해보고 안 되면 그때 죽자.'

나는 그 결심으로 미국행 비행기에 올랐다.

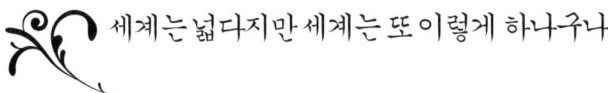

세계는 넓다지만 세계는 또 이렇게 하나구나

: 수천 마일의 긴 여정도 한 번의 발걸음으로 시작된다.

—중국 격언

1971년 3월 9일. 청운의 꿈을 안고 뉴욕 땅을 밟았다. 모든 것이 거대했고, 모든 것이 분주했으며, 모든 것이 여유롭고, 모든 것이 자신만만해 보이던 바로 그 도시 뉴욕! 그 속에 나는 초라하기 이를 데 없는 아주 미약한 존재로 던져졌다. 스물둘의 젊음 말고는 가진 돈도, 특출한 기술도 없는, 그럼에도 미국 땅을 찾아온 무모함만을 재산으로 가진 겁 없는 아가씨.

약속된 식모 자리는 이미 어느 남미 아가씨가 차지해버린 뒤였다. 한국에서의 수속 기간만 해도 2년이 걸렸으니 어찌 보면 당연한 결과였다. 원한다면 그 자리를 내게 돌려주겠다는 스폰서의 배려를 사양하고 나는 내 스스로 새 삶을 개척해보기로 했다. 그 첫발은 미국 내에서도 위험하기 짝이 없다는 브롱크스(Bronx)에 둥지를 트는 것으로 시작하였다. 미국을 천국으로 알고 온 나였다. 어떤 두려움이 날 위협한대도 주저할 게 없었다.

아파트 주변에는 태국인들 천지였다. 그들 대부분이 식당에서 접시를 닦거나 청소 등의 허드렛일을 하며 미국의 최하층을 이루고 있었다. 그들은 아무것도 가진 것 없는 나이 어린 동양 여자를 여러모로 보살펴주었다. 무엇보다 짧은 영어 실력을 가진 내게 미국인 식당 안내원 자리를 알선하기까지 했다.

얼마 뒤 난 그곳에서 만난 한국인 손님의 제안으로 나는 '아리랑'이라는 고급 한국 식당에 취직할 수 있었다. 한 달에 천 달러라는 거금을 손에 넣을 수 있는 고급 일자리, 꿈에도 상상치 못한 일이었다. 가슴이 벅찼다.

'아리랑'의 웨이트리스로 일하면서 제천 아버지의 빚도 다 갚았다. 그리고 더 나은 환경을 찾아 브롱크스에서 퀸스로 이사도 했다.

근처에서 가장 좋은 공립학교를 찾기 시작했다. 전공은 큰 고민거리가 아니었다. 한국에서 친구로 지냈던 월마처럼 나도 회계사가 되고 싶었다. 결국 맨해튼 다운타운에 있는 버루크 칼리지를 맘에 두었다. 별다른 문제가 발생하지 않는다면 1972년 9월부터 나는 정식 대학생이 될 것이었다!

그러나 문제는 영어였다. 한국에서 영어 수업을 받았다 하더라도 그건 문법 위주의 입시용일 뿐이었다. 그나마 중학교 때 영어 선생님을 좋아해서 영어 교과서를 열심히 외운 적이 있었다. 그리고 한국에 있을 때 골프장 식당에서 일하며 일주일에 한 시간가량 회화를 배운 것이 내 영어 자산의 전부였다. 그럼에도 미국에 처음 도착했을 땐 기껏해야 화장실이나 찾아 들어갈 정도의 초보가 바로 나였다.

학기가 시작되기 전에 영어 실력을 좀 더 다져놓을 필요성을 느꼈다. ESL(English as a Second Language, 제2언어로서의 영어)은 대학이나 일반 학원에서 영어를 모국어로 하지 않는 사람들에게 영어를 가르치는 과정이다. 뉴욕 시립대학 가운데 하나인 퀸스 칼리지(Queens College) ESL 프로그램에 등록했다. 당시 뉴욕 퀸스 플러싱에 살고 있던 내게는 지리적 위치 또한 여러모로 만족스러운 학교였다. 그로부터 내 삶의 장기이자 당위인 '야경주독(夜耕晝讀)'이 시작되었다.

학교 입구에 들어서니 부드럽고 드넓은 푸른 잔디가 시원하게 눈을 적셨다. 넓은 마당에 드문드문 자리한 '여왕의 궁전들'. 가슴이 설레었다. 잠시 걸음을 멈추고 하늘을 향해 지그시 눈을 감았다. 어디선가 이름 모를 꽃향기가 은은히 풍겨왔다. 식당 웨이트리스가 아닌 대학생으로 변신하기 위해 단정하게 차려입은 내 옷매무새를 다시 한번 매만졌다. 아직은 예비 대학생이지만 가을이면 정식 대학생이 된다. 벅찬 마음에 심장이 뻐근하게 당겨왔다.

따지고 보면 퀸스 칼리지에 오기 전까지 나름대로 영어 공부를 하긴 했었다. 스스로 터득한 나만의 외국어 공부법이 있었는데, 그건 바로 텔레비전 활용법이었다. 처음 미국에 도착했을 때 내가 들고 온 것은 꿈과 용기만이 아니었다. 불행스럽게 겁쟁이 기질도 함께였다. 어린 시절 겁이 많은 나는 귀신이 나올까 봐 나이 어린 동생 규호를 앞세워야만 집 마당의 외진 귀퉁이에 있던 변소를 갈 수 있었다. 그건 미국에 와서도 마찬가지였다. 밤 열두시가 넘으면 겁이 나서 도통 잠을 이룰 수가 없었다. 눈만 감으면 금방이라도 어디선가 귀신이 뛰어나올 것 같았다. 눈을 감았다가 아주 작은 소리에도 놀라 금방 눈을 뜨곤 했다. 잠들려고 할수록 더더욱 말똥해지는 내 눈앞에 어느 날 텔레비전이 우뚝했다. 한국에 살 때는 돈이 없어 가질 수 없었던, 남이 가진 것만 보았기에 너무도 부러웠던, 언젠가는 나도 사야지 하고 다짐했던 그 텔레비전이 내 영어 공부의 스승이 된 것이다.

미국에서는 거의 밤새 텔레비전을 볼 수 있었다. 잠이 오든 안 오든 텔레비전을 틀어놓았다. 그러던 어느 날부터 영어가 들리는 것 같았다. 단어도 쏙 귀에 와 박히고 문장도 간혹 들렸다. 조금씩 프로그램에 대한 이해가 생기기 시작했다. 그러면서 밤도 잊고 귀신도 잊고 공포도 잊어갔다. 실제 생활에서 드라마나 영화와 비슷한 상황이 닥쳤을 땐 나도 모르게 그에 적절한 말이 무의식적으로 튀어나오기도 했다. 물론 대학을 다니기에는 그 정도의 실력으론 어림없었다.

퀸스 칼리지에서의 첫날, 콩닥거리는 가슴을 누르며 교실에 들어섰다. 아직 이른 시간인데도 네댓 명의 학생들이 미리 와 책상을 차지하고 있었다. 나는 맨 앞줄 한쪽 끝 책상에 자리를 잡았다. 얼마 지나지 않아 열 명 정도의 학생이 더 들어왔다. 백인과 흑인, 멕시칸 등 다양한 인종들이 금세 뒤섞였다. 동양인은 나 혼자였다. 신기하게도 그들은 만난 지 얼마 되지 않아 곧바로 친해지는 듯했다. 마치 아주 오래 사귄 친구처럼 친근하게 인사들을 주고받았다. 그럼에도 내게 말을 거는 이는 아무도 없었다. 그것이 쑥스럽고 창피하다가도 혹여 누군가 말을 걸어오면 어쩌나 두려운 마음이 들기도 했다. 얼른 가방에서 공책을 꺼내 무언가 쓰는 시늉을 했다. 그러면서도 귀는 크게 열어두었다. 하지만 그들의 대화는 뒤엉켜 웅성웅성하는 소음으로 들릴 뿐이었다. 눈물이 날 것만 같았다.

'힘내. 넌 혼자가 아니야. 모르긴 몰라도, 저 친구들이나 너나 다 비슷한 처지일걸.'

잠시 후 교수가 들어왔다. 그녀는 나비 모양의 안경을 쓴 짧은 머리의 백인이었다.

"반가워요 여러분. 내 이름은 캐시 스미스(가명)입니다."

그녀는 기초반인 우리를 배려하는 듯 또박또박 아주 천천히 자신의 이름을 발음했다.

'어, 아주 잘 알아듣겠는걸.'

그녀는 한 번 더 확인하겠다는 듯 칠판에다 제 이름을 천천히 써나갔다.

"앞으로 석 달간 함께 공부할 친구들이니 우선 각자의 이름과 출신 나라를 소개하도록 하지요."

맨 앞줄 내 반대편에 앉은 백인 여학생부터 자기소개를 했다. 그녀가 떨리는 목소리로 뭐라고 얘기했다. 그런데 하나도 알아들을 수가 없었다. 겁이 났다. 내 차례가 오면 뭐라고 얘기해야 하나, 숨이 가빠왔다. 심장이 두근두근 망치질을 해댔다.

"아이 앰 진규 서. 아이 앰 코리안."

몸도 목소리도 오들오들 떨고 있었다. 사실 입 밖으로 빠져나오는 말보다 목구멍을 타고 넘어가는 말이 더 많았다.

"진규, 뒤에 있는 친구들은 못 들은 것 같아요. 좀 더 큰 소리로 말해줄래요?"

"아이 앰 진규 서. 아이 앰 코리안."

다시 자리에서 일어난 나는 뒤를 돌아보며 좀 더 큰 소리로 말했다. 뒷자리에 앉은 몇몇이 환하게 웃으며 고개를 끄덕여주었다. 부끄러움에 얼굴이 화끈 달아올랐다. 나는 고개를 푹 숙인 채 다른 친구들이 하나하나 소개하는 말을 들었다.

그럭저럭 첫날 수업이 끝났다. 앞으로 몇 달을 어떻게 버틸 수 있을까. 랭귀지 스쿨은커녕 대학 공부에 대한 자신감마저 나락으로 떨어져버리는 것 같았다.

다음 날 아침, 학교로 향하는 내 발걸음은 물에 젖은 솜처럼 무겁기 이를 데 없었다. 어제의 신데렐라는 오늘의 미운 오리 새끼로 변해 있었다. 웅장하고 신비로웠던 학교의 풍경이 무섭도록 차갑고 무겁게 내 어깨를 짓누르는 듯했다. 또다시 울고 싶어졌다.

"???????????"

맥없이 창밖을 바라보고 있는데 누군가 내게 말을 걸었다. 옆자리에 앉은 흑인 남자였다. 나는 멋쩍게 웃으며 그를 쳐다보았다.

"진규라고 했지? 나는 로페즈라고 해. 반갑다."

내가 알아들을 수 있도록 그는 자기 이름을 천천히 발음했다. 악센트가 심했지만 대충 알아들을 수는 있었다. '나이스 투 미트 유', 이 말이 뭐가 그리 힘들다고, 난 고작해야 애매한 웃음만 짓고 있었다.

그 후 로페즈는 나를 항상 친절히 대해주었다. 내가 선생님이나 다른 친구들의 말을 알아듣지 못하면 나를 위해 쉽게 글로 써주기도 했다. 그러던 어느 날 아침, 로페즈가 뜬금없이 내게 물었다.

"너 혹시 유엔에 안 가봤니?"

"응. 안 가봤어."

"???"

"왜?"

"가봤다는 거니, 안 가봤다는 거니?"

"안 가봤다니까."

나는 왜 재차 묻는지 이해가 안 갔다. 그땐 몰랐지만, 내 한국식 대답에 문제가 있었던 것이다. 한국말에서는 상대방이 "안 가봤니?" 하고 물었을 때 내가 가봤으면 "아니, 가봤어"이고 내가 가보지 않았을 때는 "응, 안 가봤어"라고 대답한다. 그런데 기본적으로 영어는 아주 다르다. 내가 가봤으면 "응, 가봤어"이고 가보지 않았으면 "아니, 안 가봤어"가 옳다. 중학교 때 영어 교과서를 통해서도 시험 문제를 통해서도 아주 중요한 차이라며 배우고 익혔음에도 실전에서 순발력 있게 이해하고 표현하기란 결코 쉽지 않았다. 그러니까 영어는 일상생활에서 자유롭게 소통되지 않으면 결코 잘한다는 말을 들을 수 없는 게 맞는 것이다.

"이번 토요일에 함께 구경 가지 않을래?"

"좋지. 근데 거기 아무나 들어갈 수 있어?"

"물론 안 되는데, 우리 엄마가 거기서 일하시거든. 우리가 가겠다면 패스를 구해주시겠대."

"우와, 유엔에서 일도 하시고, 너희 엄마 정말 대단하시구나!"

더 이상의 부연 없이 로페즈의 얼굴이 붉어졌다. 직접 그의 어머니를 만나본 것은 아니지만 아마도 유엔에서 허드렛일을 하던 분이 아니었나 싶다. 아무튼 나는 그가 마련해준 패스로 유엔 건물 구석구석을 재미나게 구경할 수 있었다. 생각할수록 생면부지의 내게 그런 제안을 해온 로페즈의 호의는 참으로 고마운 일이 아닐 수 없다. 나는 그에게 무엇을 주었던가 생각해보면 더욱 말이다.

더불어 그때 만난 친구들 생각이 난다. 세계 각지에서 모였으니 그 인종 또한 참으로 다양했는데 그중에서 독일인 여자와 늘 함께 다니던 터키인 남자가 생각난다. 그들은 언제부터인가 교실 내에서도 밖에서도 손을 꼭 잡고 다니거나 포옹이나 키스도 자연스럽게 하는 사이가 되었다. 말하자면 연인 사이로 변해갔는데, 그들의 그런 거리낌 없는 스킨십이 내겐 충격이 아닐 수 없었다. 한국에서라면 상상도 못할 일이었으니.

하지만 퀸스 칼리지에서의 공부가 끝나고 헤어질 무렵 그들에겐 어떤 사연이 생긴 것이 분명했다. 독일인 여자아이는 늘 울었고, 터키인 남자아이는 그런 여자를 줄곧 달래기만 했다. 물론 단순히 남녀 사이의 사랑싸움일 수도 있었을 것이다. 하지만 나는 뒤늦게야 역사 공부를 통해 독일과 터키 사이에 엉켜 있는 오랜 국가적 문제를 이들에게 덧씌워볼 수 있었다. 물론 종교적인 차원까지 결부해서.

퀸스 칼리지에서의 영어 공부는 초보 딱지도 뗄 수 없을 만큼 아주 기초적인 수준이었지만 나는 세계 각지에서 온 친구들을 만나면서 다양한 민족을 하나로 거대하게 몸을 불린 미국이란 나라에 대해 다시 한번 생각해볼 수 있었다. 이래서 어른들 말씀이 성공하려면 더 큰 세계로 나가봐야 한다는 것이었을까.

퀸스 칼리지에서의 경험으로 나는 이방인이 비단 나만은 아니구나, 이방인이 모여 이룬 나라이니 움츠러들 필요가 없겠다는 자신감을 조금이나마 찾을 수 있었다. 또한 로페즈처럼 내게 정을 느끼게 해준 여러 친구들과의 만남으로 피부색과 출신 국가는 다르지만 그들 역시 한국의 내 친구들과 별다르지 않은 착한 젊은이들이라는 동료의식을 가슴속 깊이 새길 수 있었다.

학교를 떠나며 나는 여러 친구들과 헤어져야 하는 아쉬움을 느꼈지만 이는 누구나 겪어야 하는 마음의 성장통이 아닐 수 없었다. 그만큼 나는 미국에서 제2의 '진'으로 성숙해가고 있었다.

영어, 24시간 공부해도 25시간 나를 괴롭히다

1972년 9월, 미국에 첫발을 내디딘 지 1년 반 만에 나는 뉴욕에서 회계학으로 알려진 버루크 칼리지(Baruch College)의 학생이 되었다.

마침내 그렇게도 오매불망 바라던 대학생이 된 것이다!

감격스러웠다. 몇 번이고 이게 꿈일까 생시일까 재차 스스로에게 묻곤 했다. 앞으로 31년간 학생으로 살게 될 내가 처음으로 나선 학업의 스타트 라인. 버루크 칼리지는 힘차게 울려 퍼지는 첫 발의 총성과도 같았다.

나는 우등생이었던 중고등학교 때로 돌아갔다. 잠을 잘 때와 식당에서 일하는 시간 외에는 오로지 공부에만 몰두했다. 길을 걸으며 영어 단어를 외웠고, 지하철을 타고 가면서도 교과서에서 눈을 떼지 않았다. 평소 심하던 멀미도 느끼지 않을 정도였다.

대학생이라는 신분은 '아리랑' 식당 종업원으로서의 내게 큰 도움이 되었다. 함께 일하던 동료들뿐 아니라 손님들에게도 보다 좋은 대우를 받을 수 있었던 것이다. 동료들은 모두 나보다 나은 환경에서 자랐지만 대학생은 없었다. 그러니까 나는 '아리랑'의 유일한 대학생 종업원이었던 것이다.

당시 한국에서 유학이라 하면 주로 상류층 자녀들에게만 주어지던 특권 같은 것이었다. 반면 이민은 밑바닥 인생들이 살길을 찾으러 떠나온 것이라 해도 과언이 아니었다. 물론 나 역시 그런 생각으로 이민자가 되어 미국행 비행기에 올라 유학을 떠나는 내 또래의 젊은 한국인들을 부러움 반 질투 반으로 바라본 적이 있었다. 그때의 그 열등감을 어찌 다 말로 표현할 수 있으랴. 그러던 내가 어느새 그렇게 선택받은 이들과 한 강의실에 앉아 미국 교수의 강의를 듣게 되다니.

뿐만 아니었다. 버루크에서 공부하며 나는 미국에서 공부하는 데 있어 이민이 유학보다 훨씬 더 유리하다는 걸 알게 되었다. 유학생의 학비는 이민자에 비해 무척 비쌌다. 또한 이민으로 태평양을 건너온 나와는 달리, 유학생에게는 미국에서 일할 자격이 주어지지 않았다. 턱없이 부족한 학비와 생활비를 충당하기 위해 많은 유학생이 불법 취업에 의지할 수밖에 없었다.

한국에서 온 유학생 중 함께 공부하던 선배 언니가 있었다. 이름도 전공도 이제는 가물가물해졌지만 고학생인 탓에 항상 돈이 없어

쩔쩔매던 그녀의 모습은 지금도 또렷하다.

"에이, 정말 속상해 죽겠어."

나무 그늘 아래에서 함께 점심을 먹던 언니가 큰 한숨 자락을 내뱉었다.

"언니, 왜요. 무슨 일 있어요?"

"정말 해도 너무하는 것 같아."

"뭐야, 그 할망구가 또 뭐라고 한 거예요?"

"어젯밤에는 전기세 가지고 트집을 잡는 거야. 내가 공부하느라 매일 밤늦게까지 불을 켜서 전기세가 올라갔다며 막 야단을 치잖아. 이러다 제대로 졸업이나 할 수 있을지 정말 고민이야. 달리 갈 만한 곳도, 일할 곳도 없는데……."

언니는 눈물을 주체할 수 없었는지 말끝을 흐렸다. 당시 그녀는 어느 미국인 할머니 집에서 집안일을 해주며 숙식을 해결하고 있었다. 그런데 그 괴팍스런 할머니는 사사건건 꼬투리를 잡아 언니를 닦달하곤 했다. 언니에겐 돈이 필요했으나 취업은 불법이었다. 참을 인(忍)자를 마음에 새기는 것 말고 그 언니가 할 수 있는 일은 아무것도 없었다. 항상 퉁퉁 부어 있는 언니의 눈을 볼 때마다 나는 마치 내가 죄인이 된 듯 마음이 불편했다.

"언니, 그러면 우리 집에 와서 나와 함께 살지그래."

"어떻게 그러니. 난 방세도 낼 수 없는 처지인걸."

자존심이 무척 센 언니였다.

"방세 안 내도 되니까 일단 와 있어요. 그 할머니 집에서 괄시받는 거 더 이상은 못 보겠어. 정말 그 할머니 너무 밉다."

"……나 간다, 나중에 보자."

끝내 눈물을 보이기 싫었던지 언니는 수업 핑계를 대며 서둘러 자리를 떴다. 고개를 푹 숙인 채 멀어져가는 언니의 뒷모습에 난 목이 메었다. 언니는 지금 어디에서 무얼 하고 있을까.

이런 눈물겨운 사연을 견디며 살아가는 이들은 비단 언니뿐만이 아니었다. 하지만 불법 취업이 발각되면 그 즉시 추방되는 게 미국의 법이었다. 그들에 비해 나는 부자 대학생이었다. 유학생 사회만 한정시켜 말한다면, 나는 이미 성공한 한국인이었다. 기회가 될 때마다 그들에게 밥을 샀고, 필요하면 돈을 빌려주기도 하면서 내가 할 수 있는 한도 내에서 그들을 도왔다. 받는 것도 좋지만 베풀 수 있는 여유가 얼마나 큰 기쁨을 주는지, 전엔 미처 몰랐던 일이었다.

꿈에도 바라던 대학 생활. 그렇다고 항상 즐거웠던 것만은 아니었다. 영어를 배우는 외부 학생이 아닌 정식 대학생이 되었다는 기쁨 말고는 흡족한 게 하나도 없을 만큼 열악한 시설을 가진 학교가 버루크였다. 사실 대부분의 강의실이 내겐 마치 지옥과도 같았다. 버루크의 교실은 실망을 넘어 짜증이 날 정도였다. 더위가 기승을 부리는 여름, 에어컨도 없는 교실에서 빽빽이 들어차 있는 학생들과 함께 수업을 하려면 너무도 곤혹스러웠다. 그렇다고 창을 열면 설상가상으로 끊임없이 들려오던 자동차 소음이 저주스러운 방해꾼이 되어 수업 분위기를 망쳐놓곤 했다. 교수님의 강의 내용이 거의 들리지 않았다. 가뜩이나 짧은 영어에 받아 적기에도 급급한 교수님의 말씀은 그야말로 나 몰라라가 되기 십상이었다. 수업을 하다 말고 몇 번씩이나 소리를 꽥 지르고 싶은 충동에 시달리곤 했다.

그러나 무엇보다 가장 큰 괴로움은 좀처럼 늘지 않는 영어였다. 각오와 열의만으로 미국 학생들과 학문적 경쟁을 하기에 난 애초에 상대가 될 수 없었다. 언어 문제는 24시간이 아니라 25시간 이상 나를 괴롭혔다.

대학 입학이 허락되기 전에 지망생들은 영어와 수학 능력 시험을 치러야 했다. 수학 시험을 치를 때는 영한사전을 사용할 수 있었다. 영어를 이해할 수 없어 문제를 풀 수 없다면 진정한 수학 실력을 평가하기 어렵다는 객관적인 판단에서였다. 예상했던 대로 내 수학 점수는 월등했다. 반면 영어는 형편없었다. 결국 나는 학점과는 상관없이 영어 보충 수업을 세 과목이나 추가로 들어야 했다.

보충 수업 중에서도 영어 작문은 내겐 가장 힘든 과목이었다. 선생님이 어떤 주제 하나가 적힌 종이를 던져주며 작문을 하라고 하면 그걸 와작 구겨 팍팍 밟아버리고 싶은 충동을 느낄 정도였다. 한국에서의 주입식 교육에 익숙했던 탓인지 아무리 머리를 쥐어짜도 도무지 참신한 아이디어가 떠오르지 않았다. 평소에는 그렇게 잘 떠오르던 말들이 왜 영어 작문 시간만 되면 깜깜한 먼지처럼 뭉쳐 내 눈앞을 가로막는 것인지. 무엇보다 시간이 정해져 있는 것도 큰 스트레스였다.

보충수업 외에도 나는 카운슬러가 일러준 대로 마케팅과 음악 이론, 수학과 태권도 등을 추가로 배웠다. 대부분의 수업이 영어로 진행된다는 어려움에 문화적인 차이까지 겹쳐졌다. 한국에서의 학창시절, 나는 교과서 말고는 여타의 교양을 쌓을 기회가 전혀 없었다. 문학은 말할 것도 없고 외국의 역사나 문화에 대한 일반 상식이 턱없이 부족했다. 미국의 문화적인 풍토에 무지한 것 또한 문제였다. 강의 중에 갑자기 '와' 하는 학생들의 웃음소리가 터져나오는 적이 많았는데 그때마다 나는 길 잃은 아이처럼 초조해지곤 했다. 모두가 웃고 있는데 나만 왜 웃는지 모르니 이런 바보가 세상에 또 어디 있담. 누구에게랄 것도 없이 화가 났다. 모두가 웃고 있을 때 나 혼자 울었다. 나도 모르게 흘러내리는 눈물을 본 교수는 얼마나 당황스러웠을까. 그게 적잖이 안쓰러워 보였던지 옆자리에 앉은 친구가 내가 알아들을 수 있게 그 유머란 걸 해석해주기도 하였다. 하지만 그 역시 고역이었다. 한바탕 웃음이 휩쓸고 간 강의실이 고요해지고 난 후에 뒤늦게 유머를 이해한 내가 터져나오는 웃음을 참느라 애를 써야 했으니, 이는 재채기가 나오려다 말았을 때처럼 개운치 않은 뒷맛 같은 거였다.

버루크 칼리지의 첫 한 달이 그렇게 지나가고 있었다. 아무래도 이대로는 안 되겠다 싶었다. 이렇게 부족한 수준이라면 마케팅 수업은 차라리 그만두는 게 낫겠다는 생각이 들었다. 그길로 담당 교수를 찾아갔다.

"저……."

"아, 진. 무슨 일이오?"

심각한 표정을 지으며 말을 못 잇고 있는 나를 교수가 빤히 쳐다보았다.

"아무래도 전 이 과목을 그만두어야 할 것 같아요."

금방이라도 눈물이 쏟아질 것 같아, 입술을 꽉 깨물며 말했다.

"아니, 왜 갑자기."

"영어 실력이 너무 짧아서……."

입을 삐쭉거리며 토막말을 하는 동양인 학생을 미국인 교수는 안쓰럽다는 듯 내려다보았다. 그러고는 조용히 내 얘기를 듣고 있던 교수가 조금만 더 참아보라며 나를 위로했다. 그 따뜻한 격려에 나는 또 한바탕 눈물잔치를 치르고 말았다. 내 눈물에 교수는 어지간히 당혹스러웠던 것 같다.

"내가 최대한 배려를 해주겠소. 원한다면 시험은 내 사무실에서 시간 제한 없이 치르고 한영사전이나 영한사전을 사용해도 문제 삼지 않겠소."

설령 답안지의 영어가 서툴더라도 문제 삼지 않겠다니, 이렇게 고마울 데가 어디 있을까.

하늘은 스스로 돕는 자를 돕는다고 했던가. 내 성적은 영어를 세외한 다른 과목에서 모두 B 이상을 기록했다. 그때 나는 깨달았다. 사람도 스스로 돕는 자를 돕는다는 것을……

어린 시절부터 나는 힘든 일이 생기거나 좌절과 포기가 나를 엄습할 때면 자주 상상력이란 걸 동원하곤 했다. 상상을 통해 내가 꿈을 이루고 난 뒤의 모습을 그려보곤 했던 것이다. 그 보람찬 성취 이후의 멋진 모습뿐 아니라 그때의 황홀한 만족감을 미리 앞당겨 느끼다 보면 어느새 마음속의 우울함과 어둠이 가시고 오렌지 농장처럼 환한 빛이 눈앞에 펼쳐지곤 했다. 그 행복을 위해서라면, 당장의 어려움과 외로움과 고단함이 무에 그리 대수랴. 근원을 알 수 없는 근육 너머의 힘이 맥박을 타고 내 심장에 전해져왔다. 힘들 때마다, 포기하고 싶어질 때마다 우수한 성적으로 대학을 졸업하는 딸의 대견스러운 모습을 환한 미소로 바라보실 부모님의 얼굴을 상상해보는 것, 그것이 내겐 '비전'이었다.

헌 신문지 쪼가리처럼 찢기고 빛이 바래버린 내 자존심을 보란 듯이 세워준 과목들도 있었다. 태권도와 수학. 그중 태권도는 아이러니하게도 나를 버리고 떠난 내 첫사랑으로 인해 배운 것이었다. 이 무기가 태평양 건너 미국에서 내 희망의 끈이 되리라 그 누가 예상할 수 있었을까. 특히 태권도는 한국 사범이 한국말로 구령을 했기 때문에 알아듣고 행동하는 데 전혀 문제가 되지 않았다. 너무나도 편했다.

또한 미국에서 공부하는 많은 한국 학생들이 그렇듯 나 역시 수학에는 어느 정도 자신이 있었다. 사실 수학만큼은 미국 학생들에 비해 대등한 정도가 아니라 거침없이 앞서나갔다. 학생들과 교수들이 혀를 내두를 정도였으니 말이다. 이는 한국에서 받은 수업에 힘을 기댄 바 컸다. 우리는 초등학교 때부터 고등학교 때까지 일주일 수업의 많은 시간을 수학 수업에 혹독할 정도로 할애 해오지 않았던가.

수학만큼이나 나를 위로한 과목이 또 하나 있었다. 역시 숫자를 주로 다루던 나의 전공, 회계학. 한국에 있을 때부터 나는 이 과목을 전공하고 싶었다. 친구이자 내 영어 선생 헨리의 부인 윌마. 한동안 나는 그들 집에서 식모로 일하기도 했었다. 윌마는 당시 주한 미군 부대의 회계사였는데 미국 사람이라면 무조건 부러워하고 부대 안의 내막을 잘 모르던 내게 윌마의 삶, 윌마의 직업은 성공의 바로미터이기도 했다.

예상했던 대로 나는 회계학에서 100점 평점을 유지했다. 덕분에 시험 기간이면 서로 내 옆자리를 차지하려는 학생들로 치열한 경쟁이 과열에 이를 정도였다.

"진, 시험 때 네 옆자리는 내 거야!"

"무슨 소리야? 내가 언제부터 예약해둔 건데."

"야, 넌 왼쪽. 난 오른쪽. 우리 좀 공평해지자고."

이는 시험 기간에 자주 듣곤 하던 친구들 사이의 농담이었다. 더러는 내 답안지를 슬쩍슬쩍 엿보기도 했다. 나는 구태여 막으려고 하지 않았다. 부족한 영어 실력 때문에 바보 같았던 나를 이로 말미암아 함부로 대하지 않겠구나, 나름대로의 계산이 있었던 것이다.

영어 콤플렉스에 시달리던 나의 든든한 자존심이었던 수학과 회계학만큼이나 중국어 역시 나를 학생들 사이에서 돋보이게 해준 과목이었다. 중고등학교를 다닐 때 배운 한문이 큰 도움이 되었다. 중국어 교수는 퉁퉁하고 마음 좋게 생긴 중국인 여자였다. 그녀의 영어에 묻어 있던 강한 악센트 역시 나의 열등의식을 위로하기에 충분했다. 처음 영어를 배울 때부터 발음을 옳게 하려고 노력한 덕분에 나의 영어 발음은 그리 나쁜 편이 아니었기 때문이었다.

학교에서 발표회를 할 때 우리 반은 단체로 한국에서도 인기가 있던 중국 영화 「수선화」의 주제곡을 불렀다. 그 영화는 내가 미국에 오기 전 한국에서 눈물을 펑펑 쏟으며 봤던 작품이기도 했다. 제천 밤거리를 친구 은숙이와 함께 걸어가며 온 마음을 쏟아 부르던 바로 그 노래, 목이 메도록 조국이, 가족이, 친구가 그리워지게 만드는 바로 그 노래를 수십 명의 학생들과 교수들이 지켜보는 가운데 강당 무대 위에서 부르다 보니 그 옛날 고등학교 때가 생각났다. '끼'로 넘친다는 말을 자주 들었던 나는 무대에 올라 세상 모든 관심이 다 내게로만 향해있다는듯 내 장기를 맘껏 발산했다. 가사는 잊었지만 흥얼거리는 멜로디는 놀랍게도 고스란히 남아 있었다. 사람이란 머리보다는 몸에 새긴 기억이 더 오래 남는다는 얘기, 역시 맞는가 보았다.

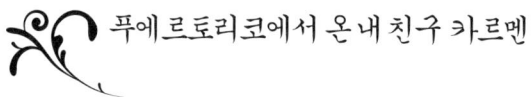# 푸에르토리코에서 온 내 친구 카르멘

: 진정한 친구라면 당신이 무언가를 필요로 할 때, 그때 도울 것이다.

―반필드

한국에서 고등학교를 졸업한 지 5년 만에 대학에 입학했으니 나는 또래의 입학생들에 비해 네댓 살이 위였다. 지금 생각하면 웃고 말 일이라지만 그때는 그게 참 싫었다. 그럼에도 어느 순간 나는 참으로 많은 이들을 친구로 삼고 있었다. 얌전한 중국계 여대생도 있었고 이탈리아계의 잘생긴 남학생도 있었다. 내가 나중에 군인의 길을 걷게 되리라 예견이라도 한 것일까. 특히나 나는 군 출신의 남학생들에게 호감을 느끼곤 했다.

그중에서도 가장 친했던 친구는 푸에르토리코 출신의 카르멘 레이모스였다. 그녀를 알기 전까지만 해도 나는 푸에르토리코 사람들을 멀리했다.

"푸에르토리코 사람들은 흑인들보다 더 범죄를 많이 저지른다고. 조심해."

한국 식당에서 일할 때 다른 한국인이 내게 해주었던 충고를 또렷하게 맘에 새기고 있던 터였다. 그런데 내가 푸에르토리코 사람과 친구가 된 것이다. 그 사람의 출신 성분만으로 무조건 비판하고 차별하는 것이 얼마나 위험한 일인가를 나는 카르멘을 통해 다시 한번 깨달을 수 있었다.

카르멘을 만난 것은 내가 파트타임으로 일하던 학교 사무실에서였다. 학비도 벌고 경험도 쌓으며 또한 사람들과 자주 어울리고 싶은 마음에 학교의 워크 스터디(work study)를 신청했다. 말하자면 급사 같은 일이었는데, 학교 수업 시간이 허락하는 대로 일주일에 몇 시간씩 복사도 하고 심부름도 하고 전화도 받고 서류 정리도 하는 그런 일자리였다. 그즈음에 그녀를 만났다. 2년제 단기 대학을 졸업하고 버루크로 전학 온 그녀는 나보다 서너 살 어렸다. 얼굴이 귀엽게 생긴 데다 성격이 발랄하고 붙임성이 있어 사무실 직원들과 학생들 모두 그녀를 좋아했다. 우리는 금세 친해졌다.

어느 토요일 오후, 나는 카르멘을 따라 그녀의 집으로 갔다. 카르멘의 집은 해가 지고 어두컴컴해지면 발을 내딛기가 두려울 정도의 빈민가에 위치해 있었다. 범죄 영화에나 나올 것 같은 동네였다. 냄새 나는 쓰레기들로 가득 찬 길가에는 홈리스들이 벽에 기대어 있거나 누워 잠들어 있곤 했다. 차도에는 부서진 차들이 즐비했다. 나는 잔뜩 겁먹고 바싹 카르멘의 뒤를 따랐다.

"다 왔어, 여기야."

전철역에서 한참을 걸어간 곳의 어느 건물 앞 층계에서 카르멘이 멈춰 섰다. 그녀의 아파트는 3층에 있었다.

"엄마, 저희 왔어요."

좁고 지저분한 계단을 따라 올라간 카르멘이 문을 두드렸다. 안에서 여러 개의 열쇠를 하나하나 따는 소리가 들렸다.

'이런 곳이라면 열쇠가 열 개라도 부족할 테지.'

"어서 와라, 카르멘."

40대 중반쯤 되어 보이는 아주머니가 카르멘을 껴안았다. 카르멘의 어머니는 지저분한 환경에 전혀 어울리지 않는 깨끗한 원피스를 입고 있었다.

"진, 반가워요. 난 카르멘의 엄마예요. 우리 애한테 얘기 많이 들었어요. 참 힘들게 공부하고 있다면서요. 진, 훌륭해요."

잠시 후 그녀는 머뭇거리고 서 있는 나를 품 안 깊숙이 안아주었다. 포근했다. 간만에 느껴보는 어머니 품이었다. 낯익은 세탁제 향에 잊고 있던 그리움이 코끝을 타고 알싸하게 풍겨왔다.

카르멘의 가족은 무척 가난했다. 그녀의 어머니는 청소부로 일하며 대학에 다니는 딸 카르멘과 고등학생인 아들 두 남매를 키우고 있었다. 그녀의 집엔 가구다운 가구라곤 찾아볼 수가 없었다. 딱히 먹을 만한 음식도 없었다. 그래도 그들의 돈독한 사랑은, 다른 이들을 껴안는 따스한 마음에는 저절로 고개가 숙여졌다. 제천 식구들 생각에 코끝이 시큰했다.

"애, 진. 너 스키 탈 줄 아니?"

하루는 수업이 끝나 다른 교실로 향하는데 뜬금없이 카르멘이 물었다.

"아니. 난 스키 타본 적 없는걸. 한국에서는 부자 아니면 꿈도 못 꿀 일이거든."

그때까지 내가 본 스키란 영화에서나 봄 직한 스포츠였다.

"그래, 어쨌든 한번 타보지 않을래?"

"재밌어 보이기는 해. 스키 타는 사람들 보며 꽤 부러워했었거든."

"그럼 잘됐다. 마침 학교에서 며칠간 버몬트 주(州)로 스키 여행 갈 학생들을 모집한다고 그러거든. 같이 가자."

"난 스키가 없는걸. 그리고 너무 비싸지 않을까?"

"스키는 스키장에서 빌리면 돼. 학생들이 단체로 가는 거니까 값도 훨씬 저렴하대. 또 학교에서 관광버스를 준비해준대. 같이 가자. 이럴 때 아니면 우리가 언제 스키장에 가보겠니."

"그럼 한번 가볼까?"

"그래. 아 참, 그리고 수영복 가져오는 거 잊지 마."

"스키 타러 간다며? 이 한겨울에 얼어 죽을 일 있어? 웬 비키니."

"수영복 입고 스키 탈 거거든."

"뭐……?"

어리둥절해하는 내 얼굴을 보며 카르멘이 깔깔거렸다.

한참을 웃던 카르멘의 설명을 들으며 나는 슬슬 기대에 차올랐다.

"사실 스키도 타고 수영도 할 수 있대. 멋있잖아. 눈 덮인 산중에서 비키니 수영이라……."

버몬트 스키장은 말 그대로 천국이었다. 우뚝 솟아 있는 산등성을 따라 하얀 눈길이 보였다. 스키를 타는 사람들이 여기저기서 꾸물대며 내려오는 게 보였다. 마치 개미 떼가 대거 이동하는 것 같았다. 예상했던 대로 초보자에게 스키는 어려운 운동이었다. 리프트를 타는 것도 공포였고, 스키 위에 서는 것조차 내겐 버거운 일이었다. 넘어지고 또 넘어지기를 반복했다. 곤두박질치며 눈사람이 될 정도로 구른 적이 한두 번이 아니었다. 수없이 넘어지는 내가 지겨웠는지, 스키와 스키폴이 자주 내 발과 내 손에서 달아났다. 그야말로 삭신이 쑤셨다. 어디 하나 부러지지 않는 게 신기할 정도였다. 차라리 수영이 낫겠다 싶어 나는 미련 없이 스키를 접었다.

어기적어기적. 우리는 얼어붙은 눈길을 조심스럽게 지나 김이 모락모락 피어오르는 수영장으로 갔다. 걸을 때마다 아이고, 하는 신음 소리가 절로 나왔다. 눈에 젖은 스키복과 불편하기 이를 데 없는 스키 장비를 다 떼어버리고 비키니 수영복을 입은 채 수영장 가에 앉았다. 쌀쌀한 바깥 공기에 물속 깊이 발을 담그니 추위와 대조되는 열기가 발가락에서부터 머리끝을 향해 전해져왔다. 기분이 몽롱해지는 듯했다. 물고기가 물속으로 빨려들듯 우리도 그랬다. 아늑한 고향이 따로 없었다. 한 올 한 올 부드러움이 나를 감쌌다. 그 따스함에 몸을 맡기고 설산을 향해 고개를 들었다. 먼 산 위로 아지랑이가 보이는 듯했다.

돌아오는 버스는 예측했던 대로였다. 지쳐 잠든 아이들로 말 그대로 밤의 침대였다. 온몸에 멍이 든 우리도 예외는 아니었다. 카르멘은 속이 메슥거린다면서 내 무릎에 머릴 뉘었다. 나도 멀미가 심한 편이지만 내가 보살펴야 할 사람이 생기자 선천적인 모성애가 발동하여 그녀의 검고 긴 곱슬머리를 만져주며 가만가만 토닥여주곤 했다. 그러나 내 속도 사실 말이 아니었다. 부글부글 끓어오르던 가스가 출구를 찾지 못해 안달하는 소리가 뱃가죽을 통해 들려왔다. 한참을 애써 참던 나는 그만 버스가 울퉁불퉁한 길을 빠져나가는 순간, 실례를 범하고 말았다.

"진, 이상한 냄새가……."

잠든 줄 알았던 카르멘이 갑자기 머리를 들며 우는소리를 냈다.

"냄새는 무슨 냄새. 계속 잠이나 자."

웃음이 터져나오려는 걸 억지로 참으며 나는 그녀를 다독였다. 그런데 연이어 내 속에서 뿜어져 나오는 가스를 카르멘이 모를 리 없었다.

"우웩, 더는 못 참겠어. 너무 지독해. 토할 것 같잖아."

안 되겠다 싶었는지 카르멘은 자리에서 일어나 앉았다. 차창 밖으로 펼쳐지는 하얀 숲을 응시하며 그녀가 내 어깨에 몸을 기대왔다. 카르멘의 길고 검은 머리에서 은은히 풍겨오는 샴푸 향이 알싸했다. 언젠가 카르멘의 집에 놀러 갔을 때 만났던 그녀의 어머니를 떠올리게 하는 그런 냄새였다.

버루크에서의 2년이 지난 후 캘리포니아로 떠나게 되었을 때 카르멘은 비행장까지 나를 배웅해주었다. 눈물을 글썽이며 그녀는 오랫동안 손을 흔들었다. 그 후 우리는 각자의 삶에 바삐 돌아가느라 서로를 챙기지 못했다. 그런 그녀를 그로부터 2년 후 내가 미군 사병 훈련을 받았던 앨라배마의 포트 매클래런에서 만날 수 있었다. 우리 중대의 훈련이 한창이던 1976년 12월, 그녀의 중대 또한 훈련을 시작했던 것이다. 둘 다 군인이 된 우리는 짧은 기간이었지만 추억을 되살릴 겸 함께 수영도 하고 교회도 가는 등 회포를 풀었다.

'지금쯤 카르멘은 어떻게 살아가고 있을까⋯⋯?'

나의 무심함 탓에 그 후 소식이 끊긴 카르멘이지만 그 시절을 떠올리면 웃음꽃처럼 피어나는 게 그녀다. 너무 보고 싶은 카르멘, 미국 땅에서 따스한 정과 미소와 마음씨로 날 행복하게 해주었던 내 친구, 모쪼록 건강히 잘 지내고 있기를 바란다.

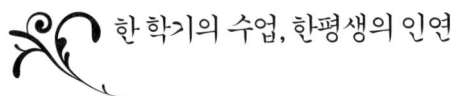 한 학기의 수업, 한평생의 인연

: 한 번도 실패하지 않는다는 건 새로운 일을 전혀 시도하고 있지 않았다는 신호다.

—우디 앨런

만 스물다섯이던 1974년 여름. 또다시 내 방랑벽에 발동이 걸렸다. 뉴욕에서 3년을 보낸 뒤 좀 더 새로운 모험에 도전해보고 싶어진 것이다. 그간 미국 생활에 어느 정도 자신감이 붙었다. 미국의 내 고향인 뉴욕을 떠나 캘리포니아로 향했다. 미국 서남단에 있는 로스앤젤레스(LA)로 가 '바이킹'이라는 한국인 클럽의 칵테일 웨이트리스로 취직했다. 뉴욕에서 조금 모아둔 돈이 있어 이곳에서는 금요일과 토요일 저녁에만 일하기로 했다.

그러고는 곧 LA 캘리포니아 주립대학(California State University, Los Angeles)에 등록했다. 미국에 와서 경험하는 두 번째 대학 생활의 시작이었다. 버루크의 부실한 교정에서 2년을 보내고 온 내게 LA 캘리포니아 주립대학은 그 거대한 규모만으로도 날 충족시켜주었다. 랭귀지 스쿨을 다닐 때의 퀸스 칼리지에 버금갔다. 넓고 아름다운 공간이 막혔던 가슴을 시원하게 뚫어주는 것 같았다. 학생들도 번잡하고 바쁜 뉴욕 생활에 찌든 그런 답답함이 아니었다. 여유와 낭만이 있었다. 나 역시 짧은 반바지와 샌들 차림으로 그들 속으로 빨려들어갔다. 이제야 진짜 대학생이 된 기분이었다.

하지만 더 큰 문제가 내 앞에 놓여 있었다. 대중교통이 잘 발달되어 있던 뉴욕에서는 퀸스 칼리지도 버루크 칼리지도 전철이나 버스를 이용하면 문제될 게 아무것도 없었다. 그러나 LA에는 지하철이 없었다. 버스를 이용하려면 몇 번씩 기다리고 갈아타야 했다. 학교에 가는 시간만 최소한 두세 시간이 걸릴 터였다. 처음 등록하러 갔을 때는 클럽에서 만난 한국인과 중국인 여자친구들이 데려다 주었다. 그러나 서로 바쁜 처지임에 그들에게 항상 의지할 수는 없는 노릇이었다. 급기야 헌 차 한 대를 마련했다. 낡은 하얀 세단이 내 인생의 첫 자동차였다.

밤이 되자 도통 잠이 오질 않았다. 내가 살던 올림픽 가에서 자동차로 20분을 달려야 학교였다. 문제는 그곳으로 가는데 고속도로(Santa Monica/San Bernardino Freeway)를 거쳐야 한다는 사실이었다. 자신이 없었다. 한국에서는 운전을 해본 적이 없던 나였다. 미국에 온 지 1년 만에 뉴욕에서 호기심에 면허증을 따긴 했지만 말 그대로 '장롱면허'에 불과했다. 운전 경험이 없는 내게 고속도로는 공포 그 자체가 아닐 수 없었다.

첫날의 운전 경험을 어떻게 잊을 수 있을까. 낡은 자동차여서 언제 엔진이 멎을 줄 모르는 위험을 무시한 채 시동을 걸었다. 덜덜 떨리는 손으로 핸들을 꽉 움켜 쥔 채 거리로 나섰다. 연습 때는 그래도 친구가 곁에서 거들어서 한결 나았더랬다. 하지만 이젠 혼자였다. 천천히 가다가도 너무 겁이 나 수시로 길옆에 차를 세우고는 마음이 가라앉기를 기다려야 했다. 한참이 지난 후에야 겨우 다시 고속도로에 올라탔다. 그러고는 앞으로 앞으로, 기듯이 나는 그저 앞만 보며 달렸다. 다른 차들이 내 곁에서 씽씽 쏜살같이 달려나갔다. 그럴 때마다 나는 점점 더 뒤로만 밀려나는 듯했다. 10분이면 도착하고 남을 거리가 30분 이상 걸렸다. 조금 과장하자면, 그때의 그 30분은 내게 3년의 세월과 맞먹을 만큼 길고 고되었다.

수업 시간에도 교수님의 말씀이 하나도 들리지 않았다. 내 머릿속엔 그저 집에 갈 걱정뿐이었다.

'이래 가지고 어떻게 학교를 다닌단 말인가.'

'차라리 운전이 익숙해질 때까지 휴학을 할까.'

온갖 생각이 교차하다 보면 수업이 그대로 끝나버리기 일쑤였다.

수업을 마치고 다시 자동차의 핸들을 잡았지만 오랜 시간 출발할 용기가 나지 않았다.

'언제까지 이렇게 가만히 앉아 있을래. 어두워지면 그건 더 큰일이잖아. 그런 낭패를 겪을 순 없어. 아침에 왔던 것처럼 천천히 나시 가보자.'

나는 한껏 용기를 내어 다시 길 위를 달렸다. 걸었다. 아니, 기었다. 아파트의 주차장에 차를 대고 엔진을 끈 후에도 나는 한참을 그대로 운전석에 앉아 있었다. 창밖은 벌써 어둠이 내려 있었다.

'만세! 그래도 내가 해냈다!'

LA 캘리포니아 주립대학에서는 비즈니스 계통의 '사무용 기계 (Office Calculating Machine)'와 '조직 행동 운영(Management of Organizational Behavior)'을 듣기로 했다. 또한 사회학 과목인 '미국 문명(American Civilization)' 외에도 기초 수영과 기초 사교댄스에 등록했다. 전부 13학점이었다. 1년에 가을, 봄, 여름, 세 학기가 있는 버루크 칼리지의 시메스터(semester)제와는 달리, LA 캘리포니아 주립대학은 1년에 네 학기가 있는 쿼터(quarter)제였다. 짧은 기간에 너무 많은 과목을 등록하는 것이 너무 버거울 것 같아 어느 정도 자리가 잡힐때까진 무리하지 않기로 했다.

자리가 잡힐 때까진 뉴욕에서 주목을 받았던 회계학 분야처럼 역시 비즈니스에는 재능이 좀 있었던 모양이다. 비즈니스 과목은 둘 다 A학점을 받았다.

하지만 미국에서 2년이나 학교를 다녔어도 내 영어 실력은 아직 역부족이었다. 전문 영어가 필요한 사회학 과목은 온갖 노력에도 불구하고 C였다.

수영 과목 역시 쉽지 않았다. 태권도야 내가 한국인이고 구령도 한국말이라 문제가 없었지만 온 사방이 물로 젖어 있는 수영장에서의 그 웅성거리는 사람들의 목소리와 철퍽거리는 물소리에 나는 교수님의 지시를 전혀 알아들을 수가 없었다. 그야말로 우왕좌왕, 하

는 수 없이 교수님의 말에 귀 기울이기를 포기하고 옆 학생의 몸동
작을 그대로 흉내 내기로 했다. 때문에 나는 그들보다 늘 한 템포
늦었다.

그래도 수영은 나 혼자 눈치껏 잘하면 되는 과목이었다. 입에 거
품을 물 정도로 열심히 노력해서 B학점까지는 받을 수 있었다. 그
러나 사교댄스는 수영과는 달랐다. 항상 짝꿍과 함께 움직이지 않
고서는 점수를 딸 수 없는 과목이었던 것이다.

"원, 투, 스리, 포."

한 박자 늦으면 한 스텝을 놓치고 만다. 나는 선생님의 '투'에서
늘 '원'의 동작을 시작하곤 했다. 그 바람에 파트너의 스텝마저 흐
트러놓기 일쑤였다.

"아얏!"

"아, 정말 미안해요."

상대방의 발을 밟거나 다른 팀에 몸을 부딪치는 일이 다반사였
다. 교수님은 주로 내 주변에 머물러 계셨다. 다행히도 많은 시간을
내게 할애해주셨다. 다른 친구들도 내 실수를 동양에서 온 깜찍한
젊은 여자의 애교로 봐주는 듯했다.

춤을 추다 나는 내 몸이 영어와 수학이라는 학문을 어떻게 받아
들이고 있는지 새삼 유추해볼 수 있었다. 처음 춤을 출 때의 내 몸
은 영어처럼 낯설고 답답하고 두려운 것으로 스텝을 받아들였다.
하지만 스텝이 몸에 익자 나는 달라졌다. 하면 할수록 문제 풀이의
응용력이 생겨나는 수학처럼 빠른 적응기를 거치더니 이내 수준급

의 실력을 자랑하게 된 것이다.

'이렇다면 나의 영어도 수학처럼 언젠가는 발군의 실력을 자랑할 수 있겠지?'

어느새 나는 다른 친구들을 직접 가르쳐주는 데까지 그 실력이 일취월장했다. 영어 점수 C와 내 수학 점수 A의 평점인 양, 내 사교 댄스의 학기말 성적은 B였다.

그렇게 한두 달이 지난 후 나는 뭔가 좀 다른 일에 도전하고 싶었다. 시내에 있는 직업소개소에 등록해 일거리를 부탁했다. 며칠 후 스파게티를 전문으로 하는 이탈리아 식당에서 파트타임 웨이트리스로 일해보지 않겠냐는 제안을 받았다. 학교 강의가 없는 틈을 타서 일주일에 나흘은 그 식당에서 일했다. 다시 야경주독의 시간이 시작된 것이다.

그리고 운명의 만남.

얼마 뒤 나는 주말 직장이었던 한국인 클럽에서 우연찮게 한 한국인 남자를 만났다. 키가 크고 인물이 훤했던 그 사람은 한국에서 합기도 시합차 미국에 온 터였다. 우리는 첫눈에 서로 사랑에 빠졌다. 학교에서나 직장에서나 나는 사랑으로 들뜬 나를 발견할 수 있었다. 몸은 피곤해도 공부도 일도 신명이 절로 났다. 만나는 모든 사람들이 아름다워 보였다. 사랑이란 그런 것이었다. 세상은 매일같이 축제의 연속이고, 그 불꽃잔치의 주인공은 나와 그인 듯 눈이 멀어버리는……

주위의 만류에도 불구하고 다음 해 1월, 우리는 결혼했다. 그리고 나의 캘리포니아 드림은 한 학기로 끝이 났다. 그 사람과의 결혼 이후 우리는 다시금 워싱턴 드림을 찾아 시애틀로 향해야 했기 때문이었다. 이번에는 내가 아닌 내 남편의 방랑벽이 발동했다. 그 사람의 바람은 곧 나의 바람이기도 한 시절이었으니, 바람처럼 우린 한 길 위를 달려야만 했다. 내가 선택한 사랑이었다. 후회도 미련도 다 내가 감당해야 할 몫이었다. 무엇보다 나는 홀몸이 아니었다.

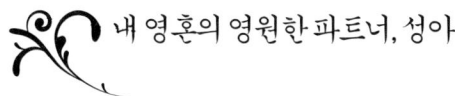 내 영혼의 영원한 파트너, 성아

: "당신의 최고 걸작은 무엇입니까?"
"Next One, 바로 다음 작품입니다."
—찰리 채플린

시애틀에 도착한 후 나의 대학 공부는 무기한 보류 상태에 들어 갔다. 공부를 하러 다니는 것을 사치로 여길 수밖에 없던 시절이었 다. 아기를 낳아 기르는 것이 문제가 아니었다. 우리는 너무나 가난 했다!

미국에 처음 도착했을 때처럼 시애틀에서 우리들이 손에 쥔 것은 먼지뿐이었다. 남편은 영어도 못했고 합기도 외에는 이렇다 할 기 술도 없었다. 생활비를 벌기 위해선 내가 나서야 했다.

무엇보다 내 결혼 생활은 여러 가지 문제로 뒤범벅되어 있었다. 남성우월론자와 남녀평등주의자의 갈등, 이는 생각보다 첨예한 대 립이라서 우리의 문제는 수시로 표면 위로 드러나 서로를 괴롭히고 상처내기 일쑤였다. 그럴 때마다 난 시들어버린 내 꿈을 떠올렸다. 생계 때문에 정규 과정에 등록하는 것은 꿈도 꿀 수 없었다. 급한

대로 야간대학에라도 나가야겠다고 마음먹었다.

　1975년 가을 시애틀로 이사 온 지 7개월 후, 나는 워싱턴 주립대 (Washington State University) 야간대학에 등록했다. 시애틀에 위치한 이 대학은 미국에서 택한 나의 네 번째 대학이었다. 훗날 내가 딸 성아와 하버드에서 만난 카터 에커트 교수 역시 이 대학 출신이었다. 바닷가에 위치한 워싱턴 주립대는 교정의 아름다움만큼이나 유수한 역사와 전통을 자랑하고 있었다.

　이 학교도 LA 캘리포니아 주립대처럼 쿼터제를 실시했다. 짧은 한 학기로 끝난 LA 캘리포니아 주립대는 꿈과 사랑으로 수놓던 하루하루였다. 그러나 이곳에서는 그때와는 정반대의 감정들로 하루하루가 채워졌다. 무엇보다 앞서 다녔던 세 학교 때와는 다른 많은 변화가 내게 있었다. 나는 결혼을 했고, 임신을 했으며, 낮에는 회사에서 풀타임 경리 사원으로 일해야 했다. 몇 달 후 닥칠 출산으로 낳을 아기를 위해 우리는 건강보험이 필요했던 것이다. 저녁에는 미국 식당에서 웨이트리스로 일했다.

　그러던 어느 날 유산의 위기가 찾아왔다. 임신 3개월 때의 일이었다. 가난을 이기려고 악바리처럼 일하느라 무리를 했던 탓이었다. 식당 일을 그만뒀다. 더 이상 몸에 무리가 가는 일은 피했다. 대신 그 시간을 이용해 학교에 다닐 수 있었다.

　야간대학을 다니는 동안에는 나이로 인한 자격지심이 비교적 덜

했다. 대부분의 학생들이 나처럼 낮에 일하는 근로자였던 것이다. 그중에는 나이 많은 이들도 적잖았다. 젊은 날 공부를 하지 못하다 뒤늦게 뜻을 펼치는 이들도 있었고, 군에서 퇴역한 뒤 대학을 다니며 학업과 생활비를 보조받는 사람들도 있었다.

첫 학기에 등록한 수업은 '기초 마이크로 이코노미 이론(Introductory Micro-Economic Theory)'과 '사회 연구(Survey Sociology)'였다. 한 과목당 일주일에 이틀씩 수업이 잡혀 있어 월요일부터 목요일까지는 수업으로, 금요일부터 일요일까지는 숙제와 예습 복습으로 눈코 뜰 새 없이 바빴다.

미국에 온 지 5년이 지났지만 내 나라 말이 아닌 다른 나라의 말로 학문을 연구한다는 건 결코 쉬운 일이 아니었다. 나이가 들수록 배움의 어려움은 상대적으로 더 컸다. 홀몸으로도 버거웠는데 임신을 하고 보니 그 고통이 두 배였다. 너무 힘이 들어 이쯤에서 그만두자 맘먹은 게 한두 번이 아니었다. 하지만 그럴 순 없었다. 그때마다 뱃속의 아기를 생각했다. 훗날 내 아이에게 보다 떳떳하고 자랑스러운 엄마로 인정받기 위해 나는 다시 공부에 몰입했다. 교과서를 읽고 또 읽었다. 이를 악물고 사전을 뒤져 공부한 끝에 A와 B 학점을 받았다.

겨울학기에는 불러오는 배와 무거운 몸을 고려해 한 과목만 택했다. '신체적 인류학의 원리(Principal Physical Anthropology)'. 입덧은 임신 4, 5개월부터는 견딜 만했다. 하지만 잠이 쏟아졌다. 물론 수업 내용이 어렵고 재미를 느끼지 못하는 이유도 컸다. 산달이 가까워올수록 아기의 태동이 부쩍 늘어갔다.

'일어나세요, 엄마.'

내가 졸음에 겨워할 때마다 그 모습이 안타까웠는지 아기는 내 배를 밀기도 하고 툭툭 차기도 하면서 내 잠을 깨웠다.

'고맙다 아가야, 이제 안 잘게.'

뱃속에서부터 나와 함께 공부한 내 아기, 그래서인지 내 딸 성아와의 호흡이 평생을 두고 그리 잘 맞았는지도 모르겠다.

봄학기는 쉬기로 했다. 1976년 3월 16일, 내 딸 성아가 태어났기 때문이다. 갓난아기를 처음 **마**주했을 때의 감격은 평생 잊을 수 없으리라.

내 생애 최고의 날이었지만, 남편은 실망하는 기색이 역력했다. 그는 나와 결혼 전에 이미 딸을 하나 두고 있었다. 그래서 무척이나 아들을 고대하고 있던 참이었다. 아비의 환영을 받지 못한 아이가 나는 너무도 가여웠다. 호르몬 때문인지 산후 우울증이 심해 아이에게 젖을 물린 채 하염없이 눈물을 흘린 적도 하루 이틀이 아니었다. 치료제는 공부하는 것뿐, 다시 학교에 다녀야겠다고 맘먹었다.

그러나 출산 전과 달리 더 큰 문제가 가로놓여 있었다. 백일이 채 안 된 성아를 맡길 곳이 없었던 것이다. 회사에 갈 때 아침에 탁아소에 맡기고 퇴근할 때 데려오기만 하면 되었다. 문제는 저녁이었다.

남편은 목수 일을 배우며 보조원으로 일하고 있었다. 저녁에는 작은 도장을 만들어 합기도를 가르치기도 했다. 남편에게 부탁하여 내가 학교에 가는 저녁이면 아기를 도장에 데리고 가도록 했다. 그래도 맘 편할 리 없었다. 결국 한 과목만 등록했다.

'컴퓨터 프로그래밍(Computer Programing)'. 수학을 닮아 공식을 응용해서 여러 가지 기존의 혹은 새로운 프로그램을 만들어보는 수업. 일주일에 이틀, 저녁에만 수업이 있었다. 문제는 과제였다. 당시 내겐 개인 컴퓨터가 없었다. 숙제를 하기 위해서는 토요일 낮에 학교에 가야만 했다. 남편이 봐주는 것도 여의치 않을 때는 아이를 바구니에 담아 학교에 데리고 갔다.

"아가야, 엄마는 숙제해야 하니까 울지 말고 얌전히 있어야 해, 알았지? 우리 아기, 아유 착하지."

나는 아기가 담긴 바구니를 내 의자 옆 교실 바닥에 가만히 놓아두었다. 딸은 마치 엄마의 말을 다 알아들었다는 듯 조용히 가만히 누워 혼자서도 아주 잘 놀았다. 잠시 컴퓨터를 만지다가 옆을 보면 어느새 쌔근쌔근 잠들어 있기 일쑤였다. 태어나기 전에도, 태어나서도 내 공부를 뒷바라지해주는 효녀 딸 성아.

그러던 어느 날, 내 일생일대에 엄청난 과오를 남길 만한 일이 있었다.

"우리 아기, 엄마 공부 열심히 하라고 일찍 잠들었네."

한 두어 시간만 하면 되겠다 싶어 쌔근쌔근 살도 자는 아이를 홀로 두고 서둘러 학교엘 갔다. 그러나 공부가 잘될 리 없었다. 자꾸만 아이 걱정이 되었다. 수업이 끝나기 무섭게 아파트로 와보니 집 안이 침묵 속에 고요했다.

"휴, 아직 잠들어 있나 보군. 다행이네."

조용조용 문을 열고 아이 침대로 가봤다. 순간 내 가슴이 무너져 내리는 듯했다. 혼자서 얼마나 울었는지 아이가 눈물 콧물 침으로 뒤범벅된 얼굴로 지쳐 헐떡거리고 있었다. 나는 얼른 아이를 안아 들었다. 아기의 작은 흐느낌이 내 가슴을 통해 울려왔다.

"미안해, 성아야. 엄마가 잘못했어. 다시는 안 그럴게."

나는 품 안 가득 성아를 안았다. 눈물샘이 터져버린 듯 주체할 수 없이 울음이 북받쳤다. 서둘러 젖병을 물렸다. 배가 고팠던지 아이는 힘껏 젖꼭지를 빨았다. 훗날 누군가 미국 법에 관한 얘기를 해주었는데 참으로 아찔했던 기억이 난다. 어린아이를 보호자 없이 방치했을 경우, 정부에서 아이를 데려간다는 것이었다. 만약 아이의 울음소리에 누군가 신고라도 했으면 어찌 되었을까. 나의 무지로 하마터면 아이를 빼앗길 뻔했으니…….

워싱턴 주립대학에서의 공부는 쉽지 않았다. 아기 엄마이자 주부이자 경리 사원이었던 내게는 공부할 시간도, 과제를 제대로 해낼 시간도 없었다. 이깟 공부 왜 한다고 이렇게 나를 괴롭힐까. 중도에 포기하고 싶다는 유혹은 항상 내 호주머니 속 잔돈처럼 짤랑거렸다. B학점으로 그 학기를 마감했다.

그즈음 나는 미국 시민권 신청을 했다. 미국에서 살아가려면 나나 딸의 장래를 위해 그 편이 낫겠다 싶었다. 미국 시민권은 영주권을 받고 미국에 온 지 5년이 지나야 신청이 가능했다. 그리고 신청자는 시험을 치러야 했다. 웬만한 사람은 다 통과한다는 얘기를 들었다. 영어 한마디 못하는 할머니도 붙었다고 누군가 말해주었다. 만만하게 생각하던 난 보기 좋게 떨어졌다. 공부를 안 할 수가 없었다. 그리고 겨우 합격.

훗날 미국으로 건너온 우리 가족들 모두 시민권에 도전했다. 그들 모두가 나보다 영어 실력이 좋을 리 만무했다. 그럼에도 단 한 명도 떨어진 사람이 없었다. 유독 나만 그랬다.

'정말이지 서진규, 잘난 척은 금물이라고. 네 건방진 태도는 결국 널 해할 수도 있어.'

시민권 선서식은 미국 국기의 날인 6월 14일이었다. 나는 딸 성아를 유모차에 태우고 식장으로 갔다. 미국 건국 2백 주년을 기념하느라 그곳은 마치 축제 무대와도 같았다. 많은 사람들이 멋진 옷차림을 하고 나와 식이 시작되기를 기다리고 있었다. 성조기를 위시한 여러 깃발이 바닷바람에 힘차게 나부끼고 있었다. 엄숙한 식이었다. 아기도 이러한 분위기를 짐작했다는 듯 울지도 보채지도 않았다. 미국에서 태어난 사람은 바로 시민의 권리와 의무를 부여받는다. 시민권에 관한 한 우리 성아가 나보다 선배였다.

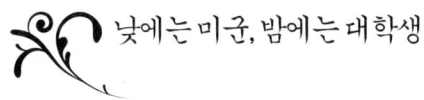 낮에는 미군, 밤에는 대학생

: 당신은 스스로 생각하는 모습대로 될 것이다.
—얼 나이팅게일

1976년 11월, 내 나이 만 스물여덟에 미군에 입대했다. '여자는 무조건 남편에게 복종해야 하고, 1년에 적어도 서너 번은 맞아야 제 자리를 안다'고 생각하는 남편의 폭행과 생계를 꾸려나가기 위한 은신처로 군대만한 곳이 없었다. 대학 졸업장이 없는 탓에 장교가 될 수는 없었지만, 칼리지 2년의 학점을 인정받아 일등병이 되었다. 5개월간의 보병과 보급 주특기 훈련이 끝난 후, 나는 1977년 한국 으로 발령을 받았다. 운이 좋았다. 용산의 미군 부대로 배치를 받았 다. 142헌병 중대본부의 사무병이었다.

어느 정도 자리가 잡히자 나는 다시 공부를 시작했다. 다행히 메 릴랜드 대학(University of Maryland)과 LA 커뮤니티 칼리지(LACC, L. A. Community College)가 군인들과 그들의 가족을 위해 한국에 분교를 설치해두었다. LA 커뮤니티 칼리지는 2년제 대학이었지만 메릴랜드 대학은 4년제였다. 두 대학은 1년에 5학기씩을 제공했다. 또 군인들의 편의를 위해 한국의 13군데에 배치되어 있었다.

학비는 그다지 싼 편이 아니었다. 그러나 현역 군인들에게는 미군에서 거의 전액을 지원해주었다. 모병을 원활화하기 위해서, 그리고 군인들의 자질을 높이고 실력을 쌓게 하려는 생각에서였다. 나는 두 학교를 모두 활용하기로 했다.

1987년 졸업 때까지 나는 낮에는 미군, 밤에는 대학생이었다.

주한 미군에는 나처럼 체계적인 교육 과정에 이해가 부족한 군인들을 위한 교육 자문위원들이 있었다. 그들은 학위를 따기 위해 어떤 필수 과목들을 이수하고 어떻게 학점을 따야 하는지 알아듣기 쉽게 상담해주었다. 그전까지 각 대학에서 취득한 학점을 분석해주고 앞으로 어떤 과목들을 더 들어야 하는지 알려주어 앞으로의 계획을 세우는 데 도움을 주었다.

입대 전까지 내가 따낸 학점만으로도 2년 치가 넘었다. 그러나 학교마다 졸업하기 위한 필수 과목들이 있었는데, 내가 수업으로 들은 것 중에는 2년제 학위에도 적용되지 못하는 과목들이 다수였다. 결국 나는 3년 분량의 수업을 더 들어야만 했다.

지금까지 딴 학점과 내 취미, 그리고 특기를 고려해 비즈니스를 전공으로 정했다. 한국에서의 내 첫 학기는 5월 초에서 6월 말경까지였다. 두 학교에서 한 과목씩 듣기로 했다. 메릴랜드 대학에서는 '인력 자원 경영(Personnel Management)' 수업을 들었다. 편리하게 교실은 부대 안에 있었다. 일주일에 두 번, 저녁 여섯시 반부터 아홉시까지 수업이 이루어졌다.

미국에서와 달리 한국에서는 내 아이 성아를 키우는 데 비교적 걱정이 없었다. 이런저런 갈등으로 남편을 떠나기 위해 군에 입대했고 이혼을 서둘렀지만 마음처럼 쉽지 않았다. 한국으로 발령을 받으면서 남편과 합쳤다. 시어머니를 모시고 살았다. 집안일은 시어머니가 맡아 해주셨다. 당시 내 월급은 한국에서 살아가기에 별 어려움이 없었다. 일하는 아이도 하나 두었다.

첫 수업이 있던 날, 일을 끝낸 후 부대 식당에서 간단히 저녁을 먹었다. 준비해온 사복으로 갈아입고 교실로 향하는데, 마치 미국에서 처음 대학 캠퍼스를 밟았을 때처럼 가슴이 콩닥거리고 설레었다. 한국에서 처음으로 받아보는 대학 수업……. 미국 가기 전의 오기와 결심이 떠올랐다.

'두고 보자, 나도 너희들 못지않게 성공해서 지금처럼 눈물이 아닌 승자의 미소를 보일 테니.'

슬며시 교실 문을 열었다. 벌써 열 명가량의 학생들이 와서 띄엄띄엄 앉아 있었다. 두어 명의 여자들도 있었다. 군복을 입은 사병들 모습도 눈에 띄었다. 학생들의 거의 반은 한국인늘이었나. 나중에 안 일이었지만, 미군 스폰서가 있으면 한국인도 메릴랜드 대학 분교에서 수업을 받을 수 있었다. 미국에 유학을 가기 전, 훈련의 일환으로 공부하는 이들도 있었다. 동양인인 내가 소수였던 미국과는 사뭇 상반된 분위기였다.

쭈뼛쭈뼛 한쪽 구석에 놓여 있는 빈 의자에 가 앉았다. 나무 책상 위에는 누군가가 새겨놓은 낙서로 지저분했다. 잠시 후 중년의 한국인 남자가 들어와 칠판 앞에 섰다. 대머리에 왜소한 체격을 가진 그는 다리를 약간 절었다.

"안녕하세요, 저는 이 수업을 맡은 리처드 김(가명)입니다."

조용하고 가라앉은 목소리였지만 그의 영어는 유창했다. 한국인 교수에게 받는 대학 수업은 난생처음이었다. 팔이 안으로 굽는다고 했던가. 나는 오지랖이 넓게도 그가 혹 실수는 하지 않을까 싶어 조바심이 나기도 했다. 미국인 학생들이 혹여 무시라도 하면 어쩌나 걱정도 되었다.

"함께 수업을 들을 사이니 간단히 자기소개를 좀 할까요?"

그리고 내 차례였다.

"저는 진규 조입니다."

남편의 성을 딴 이름이었다. 한국에서의 첫 대학 수업은 미국에서와는 꽤 달랐다. 나는 당당했고 자신감으로 충만해 있었다.

학기가 거의 반쯤 끝나가던 어느 날, 사무실 일이 늦어 나는 군복 차림 그대로 교실로 들어갔다. 나를 그냥 한국의 여유 있는 아줌마 쯤으로 여겼던 탓인지 학생들이 깜짝 놀라는 눈치였다.

"어머, 미군이셨구나. 어쩐지. 참 멋있으세요."

옆자리에 앉은 한국인 여학생이 반색하며 반겼다.

"예, 예."

나는 무슨 대답을 해야 할지 몰라 그냥 얌전히 대꾸만 했다.

"나는 클라크 병장이야. 조 상병은 어디에서 근무하지?"

한 번도 말을 건 적 없던 미군 병장이 내게 손을 내밀었다.

"난 헌병대 본부에서 근무해."

악수를 하며 나는 자신만만하게 대답했다.

"나는 보급대대본부 보급실에서 일해. 반갑다."

"그래? 나도 실은 보급이 주특기인데. 지금은 행정 일을 보고 있어. 앞으로 잘 부탁해."

알고 보니 교수님은 학적부를 통해 내가 미군이라는 사실을 일찌감치 알고 계셨다고 했다. 그 후로는 모두가 내게 특별한 대우를 해주는 듯했다. 그런 분위기에 우쭐해하는 것도 잠시, 시간이 지날수록 내 행동거지 하나하나에 책임이 느껴지기 시작했다. 대우를 받으면 그만큼 배려해야 하는 게 나의 위치였고, 그에 따른 내 의무라 여겼다. 다른 학생들보다 우수한 학업 결과를 내야 하는 게 너무나 당연한 일이어서 밤낮으로 손에서 책을 놓을 수가 없었다. 싫어도 좋은 척, 추워도 안 추운 척, 더워도 안 더운 척, 힘들어도 쉬운 척, 그러니까 나는 '척'을 숨긴 '척' 박사가 되어야 했다. 가식적이라고 손가락질할지도 모르겠다. 하지만 그러다 보니 이전과 비교해 모든 일을 받아들이는 데 있어 보다 자신감 있고 책임감으로 행하게 되었으니, 이는 분명 내게 이득이 되는 일이었으리라.

"저, 언니는 PX에도 맘껏 드나들 수 있나요?"

어느 날 수업이 끝나고 부대 문을 함께 나서던 한 여학생이 물었다.

"그럼 당연하지."

PX는 군대와 상관없이 한국인들이 드나들 수 없는 곳이다. 그때만 해도 미제를 동경하던 시절이었다. 수입 자유화가 되지 않았던 때라 원하는 미제 물건 구하기가 어렵던 때이기도 했다. 그러나 나는 미군. 돈만 있으면 원하는 것을 언제든 뭐든 다 살 수 있는 나름의 특권을 누리고 있었다.

"와, 정말 부러워요. 나도 꼭 한 번만 들어가봤음 소원이 없겠어요."

"별로 재미날 일도 아닌데 뭘. 막상 보면 실망할걸."

"미제 영양 크림이 필요한데 밖에서는 너무 비싸요. 그림의 떡이죠 뭐."

"그거 원하면 내가 원가에 사다 줄까?"

"아, 정말요? 언니 최고예요."

영양 크림을 시작으로 그 여학생은 계속 나에게 손을 내밀기 시작했다. 한데 문제는 그 여학생 말고 다른 학생들도 연이어 내게 부탁이란 걸 해왔다는 점이었다. 부담스러웠다. 겁이 났다. 비록 내가 개인적으로 경제적 이득을 취하는 것은 아니었지만 그건 틀림없는 블랙 마케팅이라 군법으로 금지된 일 중 하나였다. 걸리면 처벌을 받을 터였다. 그러나 나는 거절하는 법을 잘 몰랐다. 시간이 없다거나 급히 갈 곳이 있다는 핑계로 그들을 멀리할 뿐이었다. 어느 순간

학교에 가는 것조차 꺼려질 정도였다. 그러다 보니 자연히 그들과 서먹해졌다. 이건 그 누구의 탓이 아닌 서로의 입장 차이로 그 불편함에 돌을 던질 수밖에 없는 문제였다.

　그렇다고 학교를 그만둘 수는 없었다. 그야말로 구더기 무서워 장 못 담글 수는 없는 노릇 아닌가. 나는 될 수 있는 한 미군들과 어울렸다. 그들은 내 생존에 위협을 느낄 만한 그런 부탁을 할 이유가 없는 이들이었다. 이를 알아챘는지 내게 더 이상 부탁의 손길을 내미는 한국 학생들은 없었다. 다행이라는 안도의 한숨과, 그럼에도 불구하고 아쉬움이라는 쓸쓸한 한숨이 입에서 터져나왔다. 여기는 한국이고, 나는 미군이었다.

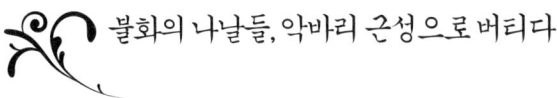 불화의 나날들, 악바리 근성으로 버티다

: 우리의 최대 영광은 한 번도 실패하지 않는 것이 아니라,
넘어질 때마다 다시 일어서는 데 있다.
—올리버 골드스미스

LA 커뮤니티 칼리지에서는 한 과목만 등록했다. 기초 영어 속기 수업이었다. 군대 일로 명령을 하달받거나 수업 시간에 강의 요점을 받아쓰려 할 때면 속도가 너무 느려 고충일 때가 많았다. 속기를 배우면 이런 문제도 해결되고, 또 학점도 딸 수 있으리라 생각했다.

거의 7주 만에 한 학기가 끝이 났다. 대신 매주의 공부 분량과 숙제가 산더미였다. 바쁜 군무와 가족, 그리고 학교 생활을 나는 다람쥐 쳇바퀴 돌듯 빠르게 규칙적으로 옮겨 다녔다. 최선을 다했다. 한국에서의 첫 학기는 두 과목 다 A를 받았다.

그러나 무리가 따르기에 충분한 일상이었다. 무엇보다 시간이 부족했다. 내 신변상의 여러 가지 변화 때문이었다. 우선 내 보직이 행정실에서 보급실로 옮겨졌다. 중대 보급실의 상황은 말 그대로 엉망진창에 뒤죽박죽, 시급히 도움이 필요했다. 내 직업은 대학생

이기 전에 24시간 군인이었다. 내 개인적인 시간이 할애될 수 없음은 당연했다.

결국 나는 그 후 1년 이상 학교를 쉬어야 했다. 시간도 없었지만 짬을 내어 공부에 몰두할 만한 여력이 내겐 없었다. 남편과의 불화는 점점 극으로 치닫고 있었다. 이를 잊기 위해서 나는 오로지 일에 몰두했다. 그만큼 보급실 일이 많기도 했다. 그리고 얼마 후 우리는 상급 부대의 심사를 최고의 성적으로 통과했다.

그 와중에 나는 두 번째 아이를 임신했다. 넘치는 일과, 계속되는 입덧. 그리고 얼마 뒤인 1978년 9월 13일, 아들 성욱이가 태어났다. 남편과 시어머니 둘 다 평생을 두고 기다리던 아들이자 손자. 합의 점을 찾을 수 없던 남편과 시어머니와의 불화는 자연스레 아이를 매개로 화해 분위기를 띠었다. 나 역시 반갑고 기쁘고 고마웠다. 그러면서도 한편으론 성아 생각에 마음 한 구석이 쓸쓸했다. 태어날 때 딸이라는 이유로 괄시를 받았던 성아. 군에 입대할 때도 딸 성아는 태어난 지 8개월 때 낯선 사람의 품에 안겨 한국 땅을 홀로 밟지 않았던가.

출산과 함께 우울증이 생겼다. 이를 치료하기 위해서는 역시나 새로 관심을 가질 무언가가 필요했다. 나는 그 치료약이 무엇인지 너무나도 잘 알고 있었다. 그건 바로 공부였다. 다시 공부를 시작했다.

메릴랜드 대학의 사회학 수업 '성별의 역할(Sex Role)'에 등록했다. 교수님은 정력적으로 활동하는 백인 여자였는데, 특히나 한국을 좋아했다. 과목 타이틀이 암시하듯, 그녀 역시 평등주의자였다.

남녀 차별에 진저리를 떨던 나는 그 교수가 단번에 맘에 들었다.

교수와 나는 이내 친해졌다. 우리는 수업 시간 외에도 자주 만나 식사를 함께하며 이런저런 주제로 토론을 하기도 했다. 시간이 날 때는 내가 한국의 가까운 명승지를 안내하기도 했다. 무엇보다도 그녀는 나의 아메리칸 드림을 놀라워했다. 존경한다는 찬사를 아끼지 않았다.

그 과목의 과제로 나는 매 맞는 아내에 대한 글을 써냈다. 군 안팎의 데이터를 모아 분석한 것을 기본으로 하되 내 경험을 주로 활용했다. 남편의 폭력에 대한 분노와 혐오를 나름대로 감췄다곤 하지만 숨김없이 표출될 수밖에 없는 글이었다. 글을 쓰고, 다 쓴 글을 읽으면서, 나는 가슴속에서 뜨겁게 솟구치는 용광로 같은 화기가 여전함을 느꼈다. 활화산처럼 언제고 다시 터질지 모르는 위기 일발의 관계……. 교수는 내게 A⁺를 주었다.

그 후 나는 한국을 떠나기 전까지 LA 커뮤니티 칼리지에만 등록했다. 그때 알게 된 한 미군 준위의 권유로 플로리다에 땅을 사기도 했다. 그는 군대 일 외에도 부인과 함께 미국의 새 개발 지역의 땅을 파는 부동산 일을 겸하고 있었다.

'법적인 것에 근거한다면 부업으로 부동산 일도 나쁘지 않겠군.'

나 역시 돈이 필요했다. 마침 LA 커뮤니티 칼리지에 여러 가지 복덕방 관련 수업이 개설되어 있었다. 나는 우선 '기초 부동산(Real Estate Principle)'과 '자산 운영(Property Management)', 이 두 과목을 신청했다. 욕심이 있는 만큼 최선을 다해 공부했다. 각각 A와 B학점을 받았다.

다음 학기에도 복덕방 관련 수업을 연거푸 들었다. '부동산 재정 (Real Estate Finance)'과 '부동산 투자 1(Real Estate Investments 1)'을 선택했다. 역시 A와 B학점을 받았다. 그러나 내 꿈은 부동산도 돈도 아닌 듯 그 공부에 더 이상 별 흥미가 생기지 않았다.

나는 보급 준위가 되고 싶었다. 하지만 이도 내 길이 아니었는지 지원했지만 떨어지고 말았다. 실망이 컸다. 그때 특무상사가 내게 이런 권유를 해왔다.

"준위보다 계급이 위인 정식 장교를 해보는 게 어떻겠나?"

나는 강철 우먼으로 단련된 후보생이었다. 우수한 성적을 얻기 위해 달리고 또 달렸다. 악바리 소리를 들을 만큼 나는 독했다. 소대에서 일등을 했다. 보급 장교 교육에서는 일등상과 지도자상을 모두 거머쥐었다.

장교가 되면서 그간 별거하고 있던 남편과 이혼했다. 아이들을 생각해 버티고 살아볼 작정으로 어렵사리 이어가던 결혼 생활이었지만 더 이상은 인내심이 생기지 않았다.

'이러다 남편을 죽일지도 몰라. 그러면 더한 불행을 초래할 거야.'

그 상황에서 이혼만이 최선이었다.

성아는 내가 맡아 기르기로 하고, 성욱이는 남편에게 맡겼다. 둘다 데려올 수 있었지만 뒤늦게 본 손자 녀석에 푹 빠져 있는 시어머니에게 그 일만은 너무 가혹한 처사였다 싶었다. 물론 나보다 제 할미밖에 몰랐던 성욱이에게도 어쩜 그게 더 낫겠다 싶은 생각이었다.

'자라면서 날 원망하겠지만 성욱아, 너는 이다음에 커서 꼭 나를 이해할 거라 믿는다. 너를 두고 가는 죄로 내 가슴 한구석은 언제나 짓물러 있을 거야. 미안해. 그리고 사랑해.'

한편 남편과 나 사이의 양녀 귀자(가명)는 내가 데려가기로 했다. 그애는 한국에서 근무할 때 자매 결연을 맺은 고아원에서 데려다 키운 열 여덟(호적 나이는 열여섯) 살 처녀였다.

그리고 내 나이 서른넷, 나는 재혼했다.

상대는 나보다 열 살이나 어린 청년으로, 이혼 문제 때문에 골머리를 썩고 있을 무렵부터 내게 정신적으로 큰 도움을 주곤 하던 미군 친구였다.

1982년, 나는 그와의 결혼으로 진규 로버슨이 되어 성아와 양녀 귀자와 함께 독일로 향했다. 그러나 독일에서 유류중대 유류소대장이던 내 업무는 신혼 재미를 누리게끔 우리를 놓아두지 않았다. 꼭 두새벽부터 늦은 밤까지, 평일과 일요일도 가리지 않고 정신없이 일로 바빴다.

그래도 학업을 중단할 수는 없었다. 2년제 학점으로 소위 임관은 가능했다. 하지만 소령 심사가 있기 전까지는 4년제 학위를 따야 했다.

독일 내 미군 부대에도 메릴랜드 대학의 분교가 있었다. 나는 비즈니스 수업 두 개를 등록했다. '창조적인 문제 해결(Creative

Problem Solving)'과 '노사 문제(Labor Relations)', 이 두 과목이었다. 쪼갤 수 있는 시간은 잠뿐이었다. 결국 A학점을 두 개 더 보탰다.

그러나 독일에서의 그악스럽게 빡빡한 내 일상도 1년 3개월 만에 허망하게 끝이 났다. 내 생애 최악의 해인 1983년, 그 안에서 나는 요동치는 생의 운명에 그저 맥없이 흔들릴 수밖에 없었다.

동생 광규가 죽었다. 교통사고로 즉사했다고 했다. 믿을 수가 없었다. 서둘러 한국으로 향해야 했다. 목 놓아 울고 계실 부모님 곁에서 이미 떠난 동생이지만 그 마지막을 함께하고 싶었다.

성아는 데려가기로 했고, 양녀 귀자는 내가 돌아올 때까지 남편 톰의 중대장 집에서 머물도록 부탁해두었다. 아무리 부모 자식 사이라지만 톰은 스물넷, 귀자는 열여덟, 단둘이 한집에서 지내기에는 뭔가 꺼림칙한 느낌이 계속되는 연유에서였다.

아니나 다를까, 장례를 마치고 독일 집에 돌아와보니 톰이 초조한 얼굴로 날 기다리고 있었다.

"미안해요, 진. 당신이 없는 동안 귀자와 나 사이에 문제가 좀 있었어요."

귀자는 고아였다. 사랑 한번 제대로 못 받아본 그 아이는 젊고 자상한 제 젊은 아빠에게 일찌감치 호감을 갖고 있었다. 나 역시 이를 어렴풋이나마 눈치 채고 있던 터라 중대장 부인에게 귀자를 맡겼던 참이었는데…….

결국 톰은 불명예 제대로 군복을 벗고 제 고향 아이오와로 돌아갔다. 귀자도 남의 집으로 보내졌다. 독일에는 나와 성아만 남았다. 설상가상으로 훈련이 잦았다. 눈물을 머금고 나는 어린 성아 혼자 한국행 비행기에 태웠다. 그러나 한국에 잘 도착했다는 밝은 성아의 목소리 너머로 또 다른 악재가 나를 기다리고 있었다.

막내동생 명규가 백혈병에 걸렸고, 이를 견디다 못한 엄마가 뇌출혈로 쓰러졌다는 것이었다. 때마침 미군 상병으로 한국에서 근무하고 있던 동생 규호가 엄마를 모시고 하와이로 향했다. 나도 서둘러 그리로 갔다.

대수술 끝에 엄마는 다시 웃음을 찾을 수 있었다. 거의 한 달 동안 병원에서 고군분투했던 내게 하와이의 아름다운 풍경이 그제야 눈에 들어오기 시작했다. 고민 끝에 나는 육군 본부에 선처를 부탁했다. 나의 딱한 처지를 이해한 미군은 다시 한국으로 발령을 내주었다.

1977년 사병으로 내한한 지 6년 만에 나는 장교가 되어 두 번째로 한국을 근무지로 방문하게 되었다. 중위 계급장을 달고 주한 미군 사령부의 유류 담당 참모가 된 것이다.

"네가 미군 장교가 된 게 참말이냐."

부모 형제를 비롯한 많은 사람들이 나를 자랑스러워했다. 곧이어 나는 서울 서초구 잠원동에 아파트를 하나 구했다. 그리고 제천의 부모님과 동생 명규와 딸 성아를 서울로 불러들였다. 제천에서 초등학교 다니던 성아를 서울 집 근처의 신동초등학교로 전학시켰다. 높고 거센 파도처럼 들이치던 내 운명의 소용돌이가 오래간만에 잠잠하게 멎은 듯했다.

그리고 편지와 전화로 끊임없이 나와 성아의 안부를 물으며 함께할 날을 기다리고 있던 톰과의 결혼 생활에 미련없이 종지부를 찍었다.

'그는 아직 젊어. 각자의 길을 택해 가는 게 진정 서로를 위하는 길일 거야.'

1985년 내 나이 서른여덟, 결혼 생활 2년 만에 나는 또다시 혼자가 되었다.

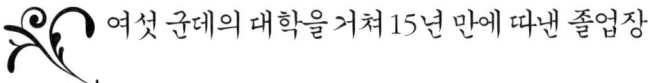 여섯 군데의 대학을 거쳐 15년 만에 따낸 졸업장

: 하면 할수록 더 할 수 있다.
— 윌리엄 해즐릿

　다시 학교였다. 메릴랜드 대학의 비즈니스 코스에 등록했다. 수
강 과목은 '국제 마케팅(International Marketing)'. 교수님은 한국
인으로 한 회사의 사장님이기도 했다. 골프장이나 식당, 체육관 등
교수에게 제공하는, 부대 내의 여러 가지 혜택이 맘에 들었다곤 하
셨지만 자신의 실전 경험을 학생들에게 생생히 전달해주는 데 있어
어떤 보람을 느끼신 게 분명했다. 여타의 어린 학생들보다는 애기
가 잘 통한다고 생각하셨는지 내게 이런저런 조언을 많이 해주셨
다. 물론 수업에 대한 나의 열의도 대단했다. A학점이었다.
　메릴랜드 대학의 카운슬러와 상담했다. '비즈니스 경영과 운영
(Business Management and Administration)' 전공으로 4년제 학위
를 취득하는 데까지 그리 머지않았다고 했다. 신이 났다. 모자라는
과목을 채우려 매 학기마다 등록하고 최선을 다해 주경야독에 임했

다. 성적이 우수해 학장 리스트에도 이름이 올랐다.

그러나 미군 장교라면 꼭 해야 할 보직이 있었다. 소령 진급을 위해서는 반드시 필요한 직책, 바로 중대장. 1985년 2월, 대위가 된 지 4개월 만에 나는 중대장이 되었다. 한국 여성으로서는 최초로 일반 중대의 중대장이 된 것이다. 고속의 행운이라 해도 과언이 아니었다.

하지만 이는 한편 군인으로서의 삶에 더 충실해야 한다는 무언의 압력이기도 했다. 자연히 학교는 뒤로 밀렸다. 중대장이 됨으로써 군인으로서의 나의 미래는 탄탄했지만 대학 졸업장을 딸 수 있을지는 불투명한 학점 미달 상태였다. 나는 상급 보급 장교 교육을 위해 버지니아로 떠나기 전에 이 모든 걸 끝마치고 싶었다.

육군 본부에 3개월의 공부할 시간을 신청했다. 한국의 메릴랜드 대학에서 4년제 학위에 모자라는 필수 과목들을 마치도록 허락을 받은 셈이었다. 심리학과 사회학 등 다섯 개 과목에 등록했다. 오랜만에 공부에만 몰두할 수 있었다. 학점은 A가 셋에, B가 하나, 그리고 미완이 하나였다. 시간 부족으로 한 과목의 논문 한 편을 제출하지 못했던 것이다. 그렇다고 그것이 낙제를 뜻하는 건 아니었다. 가까운 시일 내에 논문을 써서 통과하면 학점을 받을 수 있었다. 하지만 이는 졸업이 한 해 미뤄진다는 것을 의미했다.

한국을 곧 떠나야 했다. 미국으로의 다음 발령이 날 기다리고 있었다. 이렇게 되면 1987년 졸업식에 참석하기는 어려울 게 분명했다. 그러나 다행스럽게도 메릴랜드 대학에서 이런 나의 딱한 사정을 감안해 한 해 먼저 졸업식에 참석할 수 있는 이른바 특전을 주었다.

1986년 5월, 드디어 졸업식을 맞았다. 감개가 무량했다. 1972년 9월 버루크 칼리지에 입학한 지 15년 만에 이뤄낸 쾌거였다. 퀸스 칼리지, 버루크 칼리지, LA 캘리포니아 주립대, 워싱턴 주립대, 그리고 메릴랜드 주립대와 LA 커뮤니티 칼리지 이렇게 모두 여섯 개의 대학을 돌아온 길고 긴 여로였다. 부모님과 오빠와 동생들, 그리고 딸 성아가 이 감격스러운 순간을 함께했다.

사각모를 쓰고 검은 망토를 입은 30대 후반의 내 모습을 쳐다보시는 부모님의 눈에는 자랑스러움과 미안함이 한껏 묻어나 있었다. 온 식구들이 모여 흘리는 눈물이 그간의 내 파란만장한 대학 소사를 요약해주는 듯했다. 성아는 이 엄마의 기쁨을 아는지 모르는지 교정 안팎으로 뛰어다니느라 여념이 없었다.

그러나 마음 한구석에 남은 찜찜함은 여전했다. 얼른 털어버리고 싶었다. 곧바로 미완의 판단을 받은 논문 쓰기에 몰입했다. 미국으로 출발하기 며칠 전에 간신히 논문의 마침표를 찍었다. 그제야 진정한 학사가 된 것이었다.

졸업식이 끝나고 한 달 뒤 우리는 한국을 떠났다. 이번 비행기에는 부모님과 딸 성아가 함께 올랐다. 중대장 임무도 끝냈고, 졸업장도 손에 쥔 채였다. 더 큰 세상이, 더 커다란 꿈이, 그리하여 더 무한한 희망이 우리를 기다리고 있겠지. 그렇게 믿고 싶었다. 믿음은 언제고 믿는 자에게 다가와 눈에 보이는 열매를 따게 할 것이란 확신이 내게 있었다.

행복은 그 일의 크고 작음에 상관없이 존재한다는 걸 나는 믿는다. 스스로 눈을 감고 외면하지 않는다면 언제든 볼 수 있고, 언제든 잡을 수 있는 것이라는 것도 나는 확신한다. 오늘도 수많은 행복의 씨가 그 꽃을 틔우길 갈망하며 주인의 손을 기다리고 있겠지. 흩어져 있는 크고 작은 행복을 찾아내 씨를 뿌리고 꽃을 피우는 부지런함에 따라 그 수확량이 달라질 터……. 난 좀 더 바빠지기로 결심했다.

한국 여자라는 이유로 나는 하버드를 선택했다

대학 졸업장이면 뭘 더 바라겠는가 싶던 나였는데, 보다 더 높은 꿈으로의 비상을 위해 새로운 도전을 시도하기로 했다. 그것은 바로 하버드로의 진학이었다.

사실 내가 하버드를 택한 것은 남들과는 아주 다른 연유에서 비롯된 것이었다.

한국 미8군에서 참모로 근무하던 중 나는 미 육군에 '지역 전문가(FAO, Foreign Area Officer)'라는 주특기가 있다는 것을 알았다. 이 프로그램은 장교들에게 그 국가의 언어를 배울 수 있는 기회는 물론 내학원 석사 과정에 입학하여 그 지역에 대해 연구할 수 있는 기회를 제공하는 4년 반짜리 교육 프로그램이었다. 물론 모든 경비는 군에서 제공했다. 귀가 번쩍 뜨일 만큼 매력적인 제안이 아닐 수 없었다. 나는 주저 없이 내가 가장 자신 있다고 생각한 동북아시아 지역 전문가 주특기에 지원서를 냈다.

가슴 졸이며 몇 달의 심사 기간을 버티던 어느 날, 워싱턴에서 통지서 한 장이 도착했다.

'불가!'

버지니아의 포트 리에서 상급 보급 장교 교육을 받고 있던 나는 잠시의 짬을 내어 육군 본부로 달려갔다. 그리고 불합격 이유를 물었다. 다른 지원자에 비해 내가 가진 자격이 미흡하다고 했다. 자존심이 상했다. 그리고 끈질긴 노력 끝에 나는 진짜 이유를 찾아냈다.

그건 내가 단지 여자라는 이유에서였다. 동북아 지역 전문가들이 접촉해야 할 대부분의 상대가 남존여비 사상에 물들어 있는 한국과 일본의 남자들. 성공적인 임무 수행을 위해서는 상대국의 문화와 풍습을 신중히 고려해야 하는 미 육군성으로서는 이러한 보직을 내게, 일본인이 혹여 업신여길 수도 있는 한국 출신의 여자에게 줄 수 없다는 판단을 내렸던 것이다.

나는 그들의 불가 사유를 받아들이지 않았다. 시험 한 번 없이 그대로 아웃될 순 없는 노릇이었다. 나는 그들을 끈질기게 설득했다. 그리고 마침내 그들은 나를 시험 케이스로 받아 주었다. 절반의 성공을 이룬 셈이었다.

그러나 시험 케이스를 위한 테스트는 그로부터 3년 뒤로 미뤄졌다. 당시 나는 이미 다른 보직으로 명령을 받고 있던 터였다. 1987년 3월, 낙하산 부대로 유명한 포트 브래그로 발령을 받았다. 노스캐롤라이나의 페이어트빌에 있는 이 부대는 미군 부대 중 가장 큰 규모를 자랑하고 있었다.

지역 전문가 교육 과정은 이곳에서의 근무가 끝나는 1989년 9월, 대학원 석사 과정부터 시작하기로 했다. 그해 3월까지 모든 서류가 접수되어야 하므로 2년가량의 준비 기간이 주어진 셈이었다.

테스트 케이스의 성공을 위해 아이비리그급의 좋은 대학을 백그라운드로 삼을 필요가 있었다. 그때 제일 먼저 하버드가 떠올랐다. 〈하버드의 공부벌레들〉이란 드라마와 주변 사람들의 그 흔한 평가라면 하버드만한 대안이 없었다. 일순위였다. 미국에서도 하버드라 하면 껌뻑 죽지들 않는가. 일본과 한국에서 훨씬 더 유리할 것은 말할 것도 없고 말이다.

'미군 장교에, 하버드 학력을 겸비하면 보수적인 한국이나 일본 사회의 남자들도 분명 나를 무시할 수 없을 거야.'

나는 하버드를 선택했다.

하지만 걱정되는 게 한두 가지가 아니었다. 대학 졸업장 한 장을 손에 쥐기 위해 15년을 놀고 논 나였다. 그것도 여섯 군데나 거진 내가 아니던가. 그래도 일단 합격과 불합격 여부는 원서를 내서 평가받아야 판가름이 나는 법. 혹시나 하는 희망으로 입학 원서를 넣어보기로 했다. 만약을 생각해 버클리와 컬럼비아, 메릴랜드 대학원에도 원서를 내보기로 했다.

입학 원서를 넣으려면 각 학교에서 요구하는 입학 자격, 원서 그리고 내야 할 여러 서류들을 챙겨야 했다. 지금이야 인터넷으로 필요한 정보와 자료들을 찾아낼 수 있다지만 그 당시만 하더라도 발품을 팔지 않으면 얻을 수 있는 게 아무것도 없었다. 각 대학에 전화를 걸어 필요한 입학 원서와 기타 설명서를 우송으로 받았다. 수필을 포함한 원서, GRE(Graduate Record Exam, 일반 대학원 입학 자격시험) 일반 분야, 학사 자격증과 성적표, 추천서 등이 포함되어 있었다.

학사 자격증과 성적표는 이미 갖고 있었다. 다른 조건이 어느 정도 준비되었을 때 내가 원하는 대학으로 보내주도록 신청만 하면 되는 일이었다. GRE와 추천서, 그리고 수필은 새로 준비해야 했다.

GRE 시험과 대학원 입시 준비는 난생처음 해보는 일이었다. 무지한 게 당연했다. 부대와 페이어트빌 시내의 도서관을 방문해 GRE를 어디서 어떻게 치르는지 알아보았다. 또 그 내용과 준비 과정이 무엇인지에 대해서도 자세히 알아두었다. 일반 분야는 영어(verbal), 수학(Quantitative) 그리고 분석(analytical) 능력을 시험했다. 수학은 어느 정도 자신이 있었지만 뉴욕의 버루크 칼리지 이후에는 거의 접한 적이 없었다. 많은 것을 잊고 지낸 시간이었다. 복습이 필요했다. 영어와 분석은 공부하지 않으면 안 될 과목이었다. 서점에서 GRE 시험 준비를 위한 책들을 구입했다. 한 자도 놓치지 않으려고 첫 페이지부터 꼼꼼히 읽어내려갔다.

"어, 로버슨 대위, 대학원 준비하나?"

책상 위에 펼쳐진 GRE 준비 책자를 보고 동료 장교가 말을 걸었다.

"응, 근데 시험을 처야 하는데, 아는 게 별로 없어 큰일이야."

"어떤 대학원을 생각하고 있는데?"

"음, 하버드에 한번 도전해보려 하고 있어."

"뭐라고? 하버드? 아무튼 넌 역시 배포가 크군. 그래, 어디 한번 열심히 해봐."

그는 책을 집어 들고 몇 장인가를 뒤적거렸다. 파트타임이기는 하지만 그는 이미 대학원을 다니고 있어 뭔가 소스가 좀 있는 눈치였다.

"참, 넌 이 시험을 친 적 있잖아. 어때? 어렵지 않았어? 넌 어떻게 준비했어?"

임자를 만났다는 생각에 내 질문 공세가 이어졌다.

"그냥 뭐 너처럼 했지. 참, 시험 준비 클래스가 있는 거 알아? 공부 내용보다도 공부하는 방법, 준비할 것, 시험 잘 치는 요령 같은 걸 자세히 알려줘. 또 기출 문제로 훈련도 시켜주거든. 어느 정도 점검하게는 해주지. 아무튼 꽤 큰 도움이 되었어."

귀가 번뜩했다.

"거기가 어딘데?"

"페이어트빌 테크니컬 인스티튜트(Fayetteville Technical Institute)."

그곳은 바로 내가 살고 있는 시내에 위치해 있었다. 혼자서 공부하는 것보다 전문가의 지도를 받는 것이 훨씬 유리하다는 걸 모르는 사람이 어디 있겠는가. 또한 그곳에서 같은 시험을 준비하는, 이른바 동지이자 적들이 있을 테니 위로와 긴장이라는 두 감정을 가질 수 있어 얼마나 좋겠는가.

곧바로 나는 그곳을 찾아갔다. 11월에 있다는 클래스에 등록했다. 연습 시험을 볼 때마다 내 성적은 흡족할 만한 게 아니었다. 시간을 들여 공부에 몰두했다. 1988년 7월, 가까운 시에서 GRE 시험이 있다고 했다.

시험장에는 많은 사람들이 모여 있었다. 대부분 20대로 보였다. 40대로 가는 고갯길에는 나 혼자 서 있는 듯했다. 그러나 하나같이 초조한 기색을 감추지 못하고 있었다. 시험을 치르기 전, 원서에는 결과를 알릴 대학을 쓰도록 되어 있었다. 나는 하버드, 버클리, 컬럼비아, 메릴랜드 대학원이라고 썼다. 시험 결과는 그리 나쁘지 않았다. 그러나 문제는 하버드라는 아이비리그 수준에는 만족할 만한 점수가 아니었다는 것이었다. 도박을 해보는 수밖에 없었다. 도움이 될 수 있는 모든 방법을 동원할 수밖에 없었다. 영어권에 산 지 17년이 넘었지만 그래도 영어는 여전히 외국어였다. 필수 사항은 아니었지만 토플 시험도 치렀다.

추천장에도 신경을 썼다. 우수한 근무 성적에 상관들의 신임이 두터운 편이었다. 중령과 대령 네 명에게 추천을 부탁했다. 그들 모두 기꺼이 써주겠다고 했다. 추천서는 추천자가 밀봉을 해서 바로 지원하는 대학원으로 보내게끔 되어 있었다. 그러나 한편 걱정도 되었다. 군대에서는 성적 평가서를 너무 부풀리는 경향이 있어 그들의 자자한 칭찬이 오히려 해가 되지 않을까 우려되었다.

문제는 대부분의 대학원이 나를 가르친 교수들의 객관적인 추천서에 더욱 신빙성을 둔다는 점이었다. 그들은 나의 학업적인 능력에 더 관심이 있기 때문이다. 여러 대학을 15년에 걸쳐 떠돌다 보니 딱히 추천서를 써달라고 부탁할 교수가 떠오르지 않았다. 그렇다고 손놓고 있을 수는 없는 노릇, 대학원에서는 특히 영어 과목 교수의 추천서를 중시한다는 비밀 아닌 비밀을 알아냈다.

나는 GRE를 가르치던 대학의 야간대학 영어 수업에 등록했다. 교수님은 조금 차가운 인상의 백인 여자였다. 비슷한 나이여서 교수와 나는 쉽게 친해져 함께 밥도 먹고 인생 이야기도 나누는 편한 사이가 되었다. 특히 그녀는 나의 공부에 대한 열정에 크게 감탄한 눈치였다. 도움이 될 수 있다면 언제든지 추천서를 써주겠다는 약속을 받아냈다. 물론 공부도 열심히 했다. 학점은 A였다.

GRE를 가르쳤던 선생도 내게 여러모로 많은 도움을 주었다. 나이 덕을 본 것이었을까. 그녀와도 개인적인 친분을 유지할 수 있었다. 의도적인 것은 아니었지만, 난 학계 사람들의 추천서 문제로 그녀에게 하소연한 적이 있다. 그녀는 누구보다 내가 얼마나 열심히 공부했는지를 잘 알고 있었다. 선뜻 자기도 추천서를 써주겠다고 했다. 정말이지 큰 도움이 아닐 수 없었다. 영어 교수와 GRE 선생의 진심 어린 마음이 담긴 추천서가 아니었다면 내가 지금쯤 원하던 꿈을 이룰 수 있었을까 싶다.

세상일에 있어 개인과 개인이 사적으로 관계를 맺어나가는 일이 얼마나 중요한지에 대해서는 미국 사회 속에 포용된 이후 수시로

경험한 바 있었다. 따지고 보면 이 모든 세상살이가 다 사람살이인
것을.

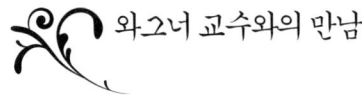 와그너 교수와의 만남

: 세상을 움직이려거든 먼저 자기 자신을 움직여라.
— 플라톤

하버드의 입학 과정에서도 나는 이러한 이치를 적극 활용했다. 썰렁하게 입학 원서만 달랑 보내는 것보다 학교도 구경하고 사람들도 만날 겸해서 가능하면 직접 방문해보고 싶었다. 하버드의 인문대 동아시아 지역학과에 전화를 걸었다. 가슴이 쿵쾅쿵쾅 뛰었다.

"네, 동아시아 지역학과입니다."

젊은 남자의 목소리가 전화기 너머로 활기찼다.

"네, 저, 하버드 동아시아 지역학과 석사 과정에 입학하는 것에 대해 좀 알고 싶은데요."

말이 디듬디듬 튀어나왔다. 나는 내가 현역 군인이라는 것과, 군의 지역 전문가 과정으로 석사 공부를 허락받았다는 등 나의 이야기를 번다하게 늘어놓았다. 그리고 일단 하버드를 방문해서 그 과의 책임자도 만나고 수업도 방청해볼 수 있겠냐고 의견을 타진했다.

"아, 예, 이곳 책임자는 와그너 교수인데 그분과 한번 얘기를 해 보시면 어떨까요?"

지금은 고인이 된 와그너 교수는 미국에서 한국학의 선구자라 할 만한 사람이었다. 2차 대전 당시 일본 담당 군정의 일원으로 교육을 받았던 그는 전쟁이 끝난 후 일본으로 향하던 뱃길을 한국으로 돌렸다. 당시 일본은 맥아더 장군이 기존의 일본 천황과 정부를 활용해 통치하기로 해서 미군정이 크게 필요치 않게 되었다. 그러나 한국에는 소련을 경계할 겸해서 남한을 통치할 군정 요원들이 필요했다. 그것이 인연이 되어 그는 한국 전문가가 되어 일생을 한국학 연구에 바쳤다.

"어서 오시오. 나는 와그너라고 하오."

나이 지긋한 신사가 반갑게 웃으며 손을 내밀었다. 키가 무척 크고 체구가 큰 백인 교수는 마치 이웃집의 친근한 아저씨처럼 편안했다. 자리에 앉기 무섭게 나는 나의 현재와 과거, 그리고 품고 있는 내 꿈에 대해서까지 정신없이 쏟아놓았다. 그는 조용히, 가만히, 나의 이야기를 경청했다.

"참으로 훌륭하군요. 대단합니다. 그리고 참 특이해요. 사실 한국인 여성으로 미군 장교는 난생처음 보니 말입니다."

나는 그의 수업을 한번 청강할 수 있겠느냐고 물었다. 무엇보다 수업이 내게 가장 큰 궁금증이었다.

"마침 이번 시간이 상급 한국어 클래스인데 방청을 해도 좋아요. 내가 가르치는데 고단수가 와 앉아 있으면 좀 긴장이 되긴 하겠지만 말이오."

와그너 교수가 너털웃음을 터뜨리며 자리에서 일어났다. 나도 서둘러 그의 뒤를 따라 교실로 갔다. 반 이상이 동양인이었다. 낯선 사람이 들어와 다들 쳐다보면 어쩌나 걱정했는데 기우였다. 모두들 자신의 책장을 넘기고 할 일들을 하느라 딱히 관심을 두지 않았다.

'아, 이게 말로만 듣던 하버드의 클래스구나. 진짜 하버드의 공부벌레들이구나.'

제목은 알 수 없었지만 과제는 한국의 소설을 읽는 것인 듯싶었다. 와그너 교수가 자리에 앉더니 한 학생을 지적하며 책을 읽으라고 했다. 그 학생은 유창한 발음으로 책을 읽어나갔다. 악센트가 많았지만 신통한 수준이었다.

"교수님, 한국어에서 사람의 '눈'과 하늘에서 내리는 '눈'의 발음은 어떤 차이를 가집니까?"

책읽기가 끝나자 한 학생이 물었다.

"아주 좋은 질문이오. 마침 한국어의 달인이 와 있으니 한번 물어보도록 하죠."

와그너 교수는 빙그레 웃으며 나를 바라보았다. 학생들의 시선 또한 그를 따라 내게 향했다. 얼굴이 화끈했지만 내겐 아주 쉬운 질문임이 분명했다. 나는 확실한 발음과 억양으로 그 차이를 확연하게 보여주었다.

"역시 다르죠?"

와그너 교수가 재차 학생들에게 확인시켰다. 학생들은 잘 알겠다는 듯 고개를 끄덕였다.

노스캐롤라이나로 돌아온 나는 분주해졌다. 원서를 쓸 때 정성을
더 기울였다. 타이프에 원서를 넣고 한 자 한 자 확인해가면서 쳤
다. 수필도 최선을 다했다. 읽고 또 읽고, 고치고 또 고치기를 몇 번
이고 반복했다. 영어가 걱정이라 이를 모국어로 하는 이들에게 읽
혀보고 자문을 구했는데, 그들 모두 친절하게 도와주었다.

그러던 어느 날 하버드로부터 누런색의 커다란 봉투가 내 앞으로
배달되었다. 의아했다. 나는 아직 원서를 보내지도 않았는데…….

송신인란에 적힌 주소를 본 나는 더 의아했다. 하버드의 존 F. 케
네디 스쿨 오브 거번먼트(John F. Kennedy School of Government)
라고 쓰여 있었던 것이다. 봉투를 열고 편지를 읽었다.

"GRE 시험 본부로부터 당신이 소수 민족이며 하버드에 입학하고
싶다는 얘기를 들었습니다. 우리 스쿨에도 원서를 내지 않으시겠습
니까? 우리는 당신처럼 경력 있고 학력을 겸비한 사람들을 환영합
니다……."

아니, 이럴 수가! 이런 편지를 내가 받게 되다니. 물론 합격을 알
리는 통지서가 아니라 지원하라는 초청장이었다. 합격을 보장한다
는 얘기 또한 포함되어 있지 않았다. 그래도 기회가 주어진 것이 어
딘가. 나는 원서를 내보기로 결심했다. 그러고 나서 모든 학교로 원
서를 보냈다. 이후부터는 가슴 졸이는 기다림이 시작되었다.

버클리에서는 불합격 통지가 왔다. 혹시나 해서 원서를 낸 터라

크게 서운하지는 않았다. 하지만 그도 낙방은 낙방이었다. 가슴이 덜컹 내려앉은 것은, 버클리의 불합격이 하버드에서도 좋은 결과를 기대하지 말라는 암시를 주는 것 같았기 때문이었다.

'하버드도 떨어질 게 뻔하구나. 하늘이 무너진다는 기분이 바로 이런 걸까.'

하버드의 불합격으로 미군 지역 전문가의 시험 케이스에서도 성공하지 못할지 모른다는 생각이 자주 나를 괴롭혔다.

'그래도 여기서 멈출 순 없어. 꼭 하버드라야 하는 건 아니잖아. 이빨이 아니면 잇몸이다!'

일찌감치 포기하고 다른 학교를 서둘러 알아보기 시작했다. 그리고 컬럼비아와 메릴랜드 대학원에 보낼 원서 준비에 박차를 가했다.

그러던 차에 하버드의 인문대에서 연락이 왔다.

합격이었다.

내 눈을 의심했다. 믿을 수가 없어서 통지서를 읽고 또 읽었다. 분명한 합격이었다.

"엄마, 나 하버드에 합격했어, 합격!"

곁에 있던 엄마를 부둥켜안은 채 나는 분에 넘치는 낭보를 알렸다.

"야가 와 이라노. 덥어 죽겠고마는."

하버드를 알 턱 없는 엄마를 뒤로한 채 아버지를 찾았다.

"아버지, 저 하버드에 합격했대요, 하버드요!"

아버지는 입에 물고 있던 담배를 떨어뜨릴 만큼 기쁜 마음을 감추지 못했다.

"허허, 우리 딸내미가 하버드에 들어갔다니, 이런 경사가 어디 있노."

초등학교도 나오지 못한 아버지는 일생을 통틀어 내가 하버드에 입학하게 된 것을 최고의 영광으로 아셨다. 아버지 생전에 드린 최고의 선물, 이를 마지막으로 이듬해 여름 아버지는 폐암으로 돌아가셨다.

또다시 하버드에서 연락이 왔다. 이번에는 케네디 스쿨에서 온 것이다. 또 합격이란다. 하버드 인문대와 케네디 스쿨 두 군데 모두의 합격. 두 군데 모두 오라 하는 행복한 고민에 빠졌다. 웃으면서 할 수 있는 고민이란 게 바로 이런 거구나. 가슴이 터질 것 같았다. 내 자존심에 날개가 돋기라도 하려는지 공연히 등이 근질거리는 기분이 들었다. 그런데 정말 난감했다. 차라리 선택의 여지가 없었다면 오히려 홀가분했을 텐데. 그야말로 배부른 투정이 계속되었다. 며칠을 망설인 끝에 나는 인문대를 택했다. 와그너 교수를 개인적으로 만나지 않았다면 아마도 나는 케네디 스쿨을 택했을지 모른다. 그랬다면 박사 코스는 생각도 안 하고 지금쯤 미군 대령으로 군에 남아 있을지도 모른다. 운명이란 이렇듯 뜻하지 않은 순간에 아주 사소한 이유로 결정되는 것이 아닌가, 하는 생각을 해본다. 와그너 교수와의 인연을 생각해서 나는 인문대에 입학하겠다는 회신을 보냈다. 그리고 떨리는 손으로 입학 포기를 서명한 통지서를 케네디 스쿨에 보냈다. 나 스스로 행한 일이었지만 도무지 믿기지 않는 장면이었다.

그러나 아직은 하버드행의 때가 아니었던 것 같다. 얼마 뒤 나는 와그너 교수에게 편지를 썼다. 1989년 가을이 아니라 1990년 가을부터 석사 과정을 이수토록 해달라는 부탁을 담았다. 한국말 말고 내가 가진 실력이라 함은 누구보다 성실할 자신감과 누구보다 뜨거울 열정 그뿐이었다. 세계 유수의 석학들이 모인다는 하버드였다. 천재들이 흔해빠진 그 학교에서 교양 서적 하나 제대로 읽은 게 없는 내가 무턱대고 뛰어들었다간 물에 빠진 듯 무지로 허우적댈 것이 뻔했다. 조금이나마 헤엄치는 법을 익힌 뒤에 새롭게 시작하고 싶었다.

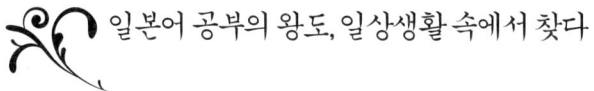

일본어 공부의 왕도, 일상생활 속에서 찾다

1989년 여름. 캘리포니아 몬터레이. 하버드 입학을 1년 미루고 일본어를 먼저 배우기로 했다. 군이 마련해준 미 국방언어학교. 이곳에 딸과 함께 도착했다. 동북아의 끝 보스턴의 하버드와는 정반대의 방향으로 달려온 길이었다.

바다와 해변이, 숲과 꽃이, 역사와 문화가 아기자기하게 어우러진 천국의 땅. 그러나 미국에서 가장 아름다운 도시 중 하나인 이곳에서 나는 내 인생의 가장 큰 슬픔을 겪었다. 언제나 나를 가장 믿어주시고 사랑해주시고 격려해주시던 아버지가 점점 스러져가는 모습을 무기력하게 지켜봐야 했기 때문이다.

일제 강점기에 태어나 탄광과 비행장 공사판에서 몇 번이고 목숨을 잃을 뻔했던 아버지는 그래서 일본어가 유창했다. 마침 미군의 지역 전문가 교육 과정으로 내가 1년간 일본어를 배우기로 되었을 때 아버지는 내 언어 공부를 도와주시겠다며 일본에 가서 한 많은 당신의 과거 발자취를 함께 더듬어보자며 신나하셨다. 그러나 결국 그 바람마저 한줄기 바람 속에 날려버려야 했다. 그리고 나는 일본이라는 새로운 세상의 문을 열 언어라는 열쇠, 일본어를 홀로 공부해야만 했다.

처음 일본어 공부를 시작했을 때 내가 알고 있는 일본어 단어는 열 손가락으로 꼽을 정도였다. 물론 이는 나에게만 해당되는 사항이 아니었다. 국방언어학교의 교육 방식에 따라 한 반에 여섯 명에서 일곱 명의 군인 학생들이 배당되는데, 그들의 일본어 실력도 동양어권인 나에 비해 나을 리 없었기 때문이었다. 일본인 선생님들의 지도 아래 듣기와 읽기, 말하기, 쓰기 등의 훈련이 이뤄졌다. 그들은 교과서뿐 아니라 영화나 드라마를 틀어놓고 귀가 틔도록 애를 썼다. 선생님들 대부분이 일본 시민이거나 일본계 미국인으로 일본어에는 능통했지만 영어가 부족했다. 서로의 언어에 대한 이해가 온전치 못하다 보니 일본어 중에서도 은어를 영어로 설명할 때는 많은 혼동이 일기도 했다. 그런 과정에서 내겐 꽤 큰 이점이 있었다. 일본어를 배워본 사람이라면 알겠지만, 우리말과 일본어는 닮은 데가 많기 때문이다. 단어도 닮았고, 어순이라든지 표현이 유사한 부분도 쉽게 찾을 수 있었다. 또한 읽는 방법은 달라도 같은 뜻의 한문은 읽을 줄 알았다.

일본어를 배우면서 나는 내가 한국어에 능통한 점을 최대한 활용했다. 수업을 들을 때도 영어로 작동되던 내 머릿속의 스위치를 한국어로 바꾸어놓곤 했다. 덕분에 내 일본어 실력은 빠르게 늘어갔다.

"진상, 다스케테(도와줘)!"

설명이 막힐 때마다 선생님과 학생들 너나 할 것 없이 나를 찾았다. 나는 머릿속으로 일단 일본어를 우리말로 해석한 다음 다시 영어로 이해를 시켰다. 가르치는 것을 돕다 보니 내 일본어 실력이 더욱 일취월장해지는 것을 느꼈다. 사람은 배울 때보다 가르칠 때 더 많이 배운다는 말이 실감났다.

국방언어학교의 일본어 과정을 졸업하려면 듣기와 읽기, 말하기 시험을 통과해야 하는데 보통 3점 만점에 2점 정도는 받아야 했다. 읽기의 경우엔 한문을 주로 쓰기 때문에 한국에서의 공부가 큰 도움이 되었다. 난 듣기와 말하기에 중점을 두기로 했다.

영어 공부를 할 때처럼 나는 일본 영화나 드라마를 자주 활용하여 일본어 공부에 힘썼다. 처음에는 무슨 말인지 전혀 알아들을 수가 없었다. 그저 펼쳐지는 그림을 따라가며 스토리를 대충 짐작만 했다. 그러나 자주 접하다 보니 내 귀와 눈이 점점 화면 속 인물들의 말과 행동을 이해해갔다. 뿐만 아니라 일본어로 나누는 대화의 재미가 더했다. 이렇게 일본어 공부를 하다 보니 뜻밖에도 일본 문화에 대한 지식과 이해가 절로 늘어났다. 공부의 맛은 바로 이럴 때 영양가를 최고로 치는 것이리라.

그 외에도 나는 '아루쿠'라는 일본의 대형 잡지사에서 나온 '니

홍고 잔나루(『일본어 저널』)'를 열심히 구독했다. 이 잡지에는 듣기 연습을 도와주는 테이프도 딸려 있었다. 이것이 아루쿠와의 첫 만남이었다. 그리고 그로부터 14년 뒤 나를 인터뷰한 기사가 이 회사에서 출간되는 『한국어 저널』과 『영어 저널』에 실리게 되었으니 사람의 인연을 두고 한 치 앞도 모른다 함에 무릎이 절로 쳐졌다.

듣기 실력을 키우기 위해 나는 늘 귀를 열어두었다. 밥을 짓고 밥을 먹을 때나 밥그릇을 씻을 때, 청소할 때나 쇼핑할 때, 샤워할 때에도 카세트테이프를 틀어놓았다. 잠을 잘 때도 정지 버튼이 아닌 재생을 눌러놓고 잠들 정도였다. 듣기가 수월해지니 당연히 말하기 능력도 향상되었다. 어찌 보면 당연한 일이었다. 듣기를 많이 하면 머릿속에 문장이나 단어들이 자연히 남게 되고, 이렇듯 쌓여 있는 자산들을 활용할 수 있어 더없이 풍부한 대화를 이어나갈 수 있기 때문이다.

말하기 훈련에 있어서도, 일본어가 경상도 억양에 닮았다는 것을 알아차리고 내 사투리를 적극 응용했다. 또 기회가 닿을 때마다 일본 사람들은 물론 일본어를 할 줄 아는 한국인들을 사귀며 회화 연습을 했다. 이런 노력으로 뜻하지 않은 부수입도 챙길 수 있었다. 옆에서 내 공부를 지켜보던 성아가 일본어에 관심을 갖게 되었고, 훗날에는 일본어로 미군의 미사일에 대해 브리핑할 수 있을 정도의 실력을 쌓을 수 있었기 때문이다. 그야말로 일거양득이었다.

외국어든 여타의 그 어떤 공부든, 시간에 쫓들려 할 수 없다는 핑

계는 내게 통하지 않는다. 조금만 부지런해지고 집중력을 키우면 한번에 여러 효과를 얻을 수 있다는 사실이 자명한 탓이다. 아무튼 나의 경우는 그랬다. 일본어가 담긴 카세트테이프를 틀어놓은 채 빨래를 세탁기에 넣고 돌리면서 전기밥솥에 쌀을 안치고, 전화를 하면서 된장찌개를 끓이고, 밥상을 차리면서 일본어 회화를 따라 하는 여러 가지 일을 한꺼번에 행했다. 그런 내게 시간이 없어서 공부를 못한다는 말은 공부하기 싫다는 말과 다를 바 없었다.

그렇게 1년 동안 일본어를 공부하고 졸업 시험을 보았다. 읽기, 듣기, 말하기 전 과목에서 만점을 받았다. 그 학교가 생긴 지 48년 만에 새로운 기록 하나를 세운 것이라 했다. 성취감이 차오르니 자신감에 더욱 무게가 실렸다.

내가 일본어를 배운 것은 일본어 자체를 목적에 두기 위함이 아니었다. 일본어는 하버드에서 석사 과정을 밟는 것뿐만 아니라 내 궁극적 목표인 군의 지역 전문가 역할을 성공적으로 해내는 데 있어 절대적으로 필요한 조건이었다. 실제로 내 일본어 실력은 훗날 하버드에서 공부하는 데, 일본에서 근무하는 데, 또한 시험 케이스의 지역 전문가 임무를 성공적으로 완수하는 데 든든한 초석이 되어주었다.

외국어 공부는 하루라도 쉬면 그만큼을 까먹는다. 하여 나는 하버드에 와서도 상급반 일본어 수업에 등록해 일본어 공부의 맥을 이어나갔다. 이때의 공부를 디딤돌 삼아 나는 석사 과정 이후 일본에서 거의 4년 반의 복무 기간 동안 일본 자위대원들이라든가 민간인들과 사귀면서 일본어 실력이 일취월장하는 기회를 마련할 수 있었다. 특히 자위대 장교들과 합동 훈련을 끝내면 가라오케에 가 노래를 부르곤 했는데 이때의 노래 역시 내 일본어 공부의 수단이기도 했다. 외국어 공부의 왕도는 이렇듯 내 일상생활 속에 있었다.

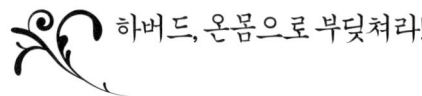# 하버드, 온몸으로 부딪쳐라!

: 실패는 사람을 다치게 하지 않는다.
실패를 두려워하는 마음이 사람을 망치는 것이다.
─잭 레먼

1990년 9월. 내 나이 만으로 마흔 둘에 하버드 석사 과정(RSEA, Regional Studies East Asia, 동아시아 지역 연구)에 입학했다. 10년이면 강산도 변한다고 했던가. 꿈을 찾아 처음 미국에 식모로 발을 내디던 것이 1971년. 이듬해 대학에 입학하면서 난 내 희망의 등불에 불씨를 붙였었다. 그로부터 19년의 세월이 흘렀다. 이제 미군 대위이자 하버드 대학원생이 되었으니, 이는 두 번 강산이 변하는 세월만큼이나 큰 변화가 아닐 수 없었다.

이러한 나의 비상을 환영한다는 듯 활짝 열린 하버드의 교문이 반갑게 나를 맞았다. 눈 안에 들어서니 나정한 '하버드 야드'가 눈 앞에 펼쳐진다. 반대편에는 존 하버드의 동상이 유구한 세월도 다 잊은 채 한결같이 하버드의 움직임을 응시하고 있었다. 그의 왼쪽 구두 끝을 만지면 자손들이 하버드에 온다는 전설, 수많은 관광객들이 이를 바랐는지 그의 발등 위가 햇빛에 반짝였다.

"저 구두 끝 아침 일찍엔 절대 만지지 마세요."

알고 지내던 하버드의 대학생이 진지하게 말해준 적이 있었다.

"왜?"

"하버드의 몇몇 짓궂은 남학생들이 한밤중에 그 자리에 소변을 본대요. 더럽잖아요."

순간 나는 어떤 재치로 빛나는 답 하나가 떠올랐다.

"사실 그래서 더 효과 있는 건 아닐까?"

"네?"

"생각해봐. 진짜로 효과 있는 건 구두가 아니라 하버드에 합격한 그 아이들의 소변일 수도 있잖아. 한국에서는 소변을 약으로 쓰기도 하거든."

하버드 야드 주변을 사무실, 교실, 대학 1학년생들의 기숙사가 둘러싸고 있다. 뒷마당에는 교회의 하얀 첨탑이 하늘을 찌를 듯 서 있고 와이드너 도서관 건물 또한 웅장한 자태로 서 있다. 다른 한편의 교문 밖에서는 카메라를 닮은 사이언스 센터 건물이 위치해 있고, 그 뒤로 〈하버드의 공부벌레들〉로, 영화 「러브 스토리」로 유명한 법대가 나를 반긴다.

하버드 교정만큼이나 널리 알려진 곳이 하버드 스퀘어가 아닌가 싶다. 지하철 레드 라인(Red Line)이 지나가는 매사추세츠 가를 끼고 찰스 강 쪽으로 펼쳐져 있는 이곳엔 갖가지 상점, 식당, 은행, 교회들이 즐비하게 늘어서 있다. 학생들의 교과서는 물론 하버드 로고가 찍힌 모든 것을 살 수 있는 상점(the Coop), 만남의 트라이앵글에 위치한 '아웃 오브 타운 뉴스(Out of Town News)', 커피를 마시며 책을 읽거나 내기 장기를 둘 수 있는 오봉팽(Au Bon Pain), 갖가지 맥주와 전통을 자랑하는 '존 하버드 브루 하우스(John Harvard Brew House)' 등등……. 이름 없는 악사, 가수, 서커스 단원 마술사들이 세계 곳곳에서 이곳을 찾는 많은 방문객의 발길을 잡는다.

하버드의 학생들만큼이나 이곳에서 주인 행세를 하는 이들이 있다. 몸 곳곳에 문신을 새기고 닭의 볏 같은 머리를 하고는 얼굴이나 배꼽, 심지어 혓바닥에도 쇠고리를 잔뜩 달고 전철역 입구 주변에서 버글거리는 펑크 로커들이 자투리 시간도 아껴가며 공부하는 하버드의 학생들과 대조를 이루고 있었다. 군사대국, 경제대국인 미국에서도 물론 홈리스 문제는 골치다. 하버드 스퀘어도 예외는 아니어서 여기저기서 구걸하는 홈리스들이 눈에 띄었다. 이 모든 것이 내게는 영화를 보는 듯 신선하고 재미있었다.

하버드로 이사 오면서 나는 딸 성아의 장래를 위해 좋은 공립 고등학교가 있다는 벨몬트에 자리를 잡았다. 하얀 목조 건물로 된 3층짜리 아파트였는데 우리는 맨 위층에 살았다. 1층에는 백인 할머니가, 2층에는 미 공군 여자 대위가 혼자 살고 있었다. 아파트 베란다에서는 호수를 안고 있는 아담한 벨몬트 고등학교가 보였다. 성아가 벨몬트 고등학교에서 한창 공부할 때 나는 하버드에서 그처럼 공부했다. 어쩌다 보니 맹모삼천지교를 실천하고 있는 나였다.

하버드에 온 나는 늘 바빴다. 좀체 한가할 시간이란 게 없었다. 1974년 LA 캘리포니아 주립대학을 다닌 이후 나는 늘 파트타임 학생이었다. 때문에 풀타임 학생으로서 어떻게 수업 등록을 해야 할지 잘 몰랐다. 우선 학교에서 받은 안내서를 참고했다. 처음 온 학생들을 위한 오리엔테이션에도 빠지지 않았다. 여러 사람들의 환영 인사와 함께 학교에 대해, 등록 절차에 대해, 도서관 활용에 대해 이것저것 알려주는 설명에 귀 기울였다. 이런 초짜가 나만이 아니라는 사실은 우르르 몰려 있는 초보 하버드 학생들을 보며 확인할 수 있었다. 조금 안심이 되었다.

또 같은 과에 입학한 한국인 여학생이 나와 함께 움직여 큰 의지가 되었다. 다트머스 대학을 졸업한 준재인 그녀는 하버드가 위치한 케임브리지 옆 브룩라인 시에서 엄마와 단둘이 살고 있다고 했다. 성아보다 조금 위였으니 나를 엄마라고 여겨도 좋을 그런 젊음이었다. 그래서 어쩌면 그녀에게 내가 더 기댔는지 모르겠다. 처음이라 어안이 벙벙한 한 중년 여인을 엄마라 봐주었으면 하는 기대가 내게 있었기도 했다. 우리는 힘들 때마다 서로를 위로하며 서로에게 의지했다. 그녀는 석사 학위를 끝낼 때까지 나의 친한 친구이자 동지로 내 곁을 든든히 지켜주었다.

무지하다면 그 부끄러움을 쓴 약으로 삼아라!

> : 진정한 성공의 비결은 실패한 사람들밖에는 모른다.
>
> ─ 콜린스

RSEA는 동아시아 지역의 정치, 문화, 사회, 역사 등등의 전반에 관해 가르치고 연구하는 석사 과정이다. 와그너 박사는 이 학과의 책임 교수를 겸하면서 고대 한국사를 가르치고 있었다. 학생들의 서무 일이나 학업 진도와 같은 전반 과정은 마거릿이라는 백인 여자가 책임졌다. 키와 체구가 큰 편이었던 그녀는 어린 딸과 함께 살고 있다고 했다. 그러면서 박사 과정을 밟고 있었는데, 일을 겸하고 있어서인지 항상 분주해 보였다.

내가 미군에 있으면서 몸에 밴 나쁜 버릇이 하나 있었는데, 다름 아닌 스폰서 제도에 대한 기대였다. 미군에서는 다른 지역으로 전출을 가면 그곳에서 내가 자리를 잡을 때까지 나를 안내하고 돌봐줄 스폰서가 마련된다. 그러니까 집을 구하는 것도 아이들의 학교를 찾는 것도 수업에 등록하는 것도 다 포함하여 무엇이든 도움을 받을 수 있도록 그 제도가 마련되어 있었던 것이다. 이는 군에서 중하게 여기는 군인들의 사기를 높이기 위함과 동시에 유사시를 대비해 시간을 줄이는 목적도 있었다. 나는 그 점에 너무 오래 길들여져 있었다. 혼자서는 뭐든 더뎠다. 신경질이 났다.

"하버드에서는 학생들에 대한 배려가 너무 부족한 것 같아요. 학생들이 어떤 수업을 받아야 하는지, 등록 과정은 어떻게 이뤄지는지 개별적인 안내가 없잖습니까."

지도교수와 첫 인터뷰를 하며 나는 불평을 늘어놓았다. 그러나 지도교수의 표정은 냉담했다.

"여긴 하버드입니다. 그리고 대학원 과정이고요. 그 정도는 학생 개인이 알아서 해야 합니다."

그의 싸늘한 대답을 듣는 순간, 내가 하버드에 있음을 다시 한번 실감했다.

당시 하버드에는 열 명가량의 미군 지역 전문가 대위들이 공부하고 있었다. 나와 같은 동북아시아 지역 전문가는 두 명이 더 있었는데, 그중 한 명은 한국계 남자였다.

"뭐라고? 교수님에게 그런 얘길 했어?"

그들은 내가 지도교수에게 그런 불만을 토로했다는 얘기를 듣고 어처구니없다는 듯 웃었다.

"사실이잖아. 보다 자세한 설명을 해줘야 하는 게 아니겠어? 문제가 있어도 딱히 물어볼 사람도 없고 말이야."

"그럴 때마다 우릴 찾으라고. 여긴 군대가 아니라 하버드라고. 앞으로 모르는 거나 궁금한 게 생기면 그 즉시 호출하도록 해."

"알았어. 그럼 등록하는 것부터 알려줄래? 전혀 감이 없어."

"그래. 그럼 아침 열시에 사이언스 센터 앞 분수대에서 만나자."

등록하는 날 아침, 난 어김없이 약속 시간보다 15분 앞서 사이언스 센터로 갔다. 약속 시간까지 혹 기다려야 할지 몰라 책도 한 권 챙겼다. 분수대는 그 주위로 작은 바위들이 옹기종기 모여서는 그 사이로 물을 뿜어내고 있었다. 물줄기 위로 무지개가 비쳐 보였다. 나는 마치 관광객처럼 커피를 마시며 여유롭게 주변 풍경을 둘러보고 있었다. 바로 그때였다.

"*Now, there is JinontheRocks!*"

동료 대위의 큰 목소리가 들렸다. Jinontherocks란, 'Gin on the rocks'를 비유한 썰렁한 농이었다(이때의 'Gin'은 얼음과 함께 마시는 술을 뜻함). 이는 내가 분수대 주변 바위 위에 앉아 있는 것을 보고 그들이 나를 놀리느라 던진 말이었다.

그들의 안내로 더들리 하우스로 가서 등록을 했다. 그곳은 인문 대학원 학생들에게는 아지트와 다름없는 곳이었다. 나는 그들이 일러주는 대로 내 성(Robertson)의 첫 알파벳인 'R'를 담당하는 카운터로 가 서류를 받았다. 인석 사항을 확인하고 몇 가지 사항을 적어내는 것으로 등록은 끝났다. 스터디 카드는 나중에 들을 수업이 정해지면 그때 적어 내도록 되어 있었다. 생각보다 간단했다.

하버드에서 나는 함께 공부하는 미군 지역 전문가 대위들과 주기적으로 만나 피자와 맥주를 나눠 먹으며 회포를 풀곤 했다. 그중에서 난 유일한 홍일점이었다.

그들을 만나면 내심 반가우면서도 좀처럼 벗어나기 힘든 자격지심에 시달리곤 했다. 우선 나는 그들보다 열 살가량 나이가 많았다. 그들은 아무렇지도 않게 나를 대했지만 문제는 내게 있었다. 한국에서 나고 자란 나는 차별이 심한 유교 사상에 반발하며 컸지만, 한편으로는 뼛속 깊이 그에 감염되어 있었던 것이다. 나이 든 여자가 그들과 친구처럼 어울리는 것이 왠지 과분하다 싶었고, 그로 인해 스스로에게 느끼는 초라함은 너무도 큰 것이었다. 일반 상식이나 당시의 정세 혹은 군의 정보에 있어서도 나는 늘 그들보다 한참 모자랐다. 학교 수업을 따라가는 것만으로도 내 능력의 한계에 부딪쳐 힘들던 때이기도 했다. 그럼에도 난 내 안의 갈등을 벽돌로 꾹 눌러놓은 채 항상 능청스런 배우처럼 연기를 했던 것이다.

한번은 저녁을 먹으면서 학교 수업 내용과 교수들에 관한 얘기를 나누고 있을 때였다. 그러다 한 대위가 누군가의 이름을 대며 참 대단하다는 칭찬을 덧붙이는 것이었다. 나는 그가 누구인지 전혀 몰랐다. 그대로 가만히 있었으면 됐으련만 나도 모르게 질문이 튀어나왔다.

"그가 누군데?"

"아니, 그 사람도 모른단 말이야. 말도 안 돼."

순간 내 얼굴이 화끈해졌다.

"모르긴 누가 몰라. 수업 얘기 하다가 갑자기 다른 사람 얘기를 꺼내니까 혼동해서 그렇지."

얼떨결에 난 말을 얼버무렸다. 나는 그가 당시 한창 매스컴에서 떠들어대던 미국 정부의 고위 관리였던 것을 나중에야 알았다. 학과 수업에 따라가기 바빠 텔레비전이나 신문을 가까이할 틈이 없던 나였으니 이를 알 턱이 없었다. 그 이후로는 모임에 참석하는 것이 망설여지기도 했지만, 그래도 군과 학교 생활에 많은 도움이 되어준 터라 나는 일련의 부끄러움을 쓴 약으로 삼기로 했다. 밤잠을 아껴가며 공부해야 할 이유가 내겐 너무도 당연했다.

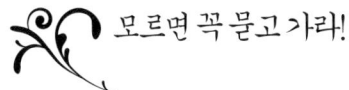 모르면 꼭 물고 가라!

> : 배움은 우연히 얻어지는 것이 아니라
> 추구하는 열정과 근면함의 결과이다.
> ― 애비게일 애덤스

하버드에서의 첫 학기에 나는 네 과목을 등록했다. '고대 한국 역사' '산업화하는 동아시아' '상급 일본어 1' 그리고 '한국 경제'였다. '고대 한국 역사'는 와그너 교수의 수업이었다. 그 과목은 중고등학생 시절에 배웠던 것이었으므로 어느 정도 자신이 있었다. '한국 경제'는 서울대에서 교환교수로 온 송병락 교수가, '상급 일본어 1'은 와세다 대학의 교환교수가 맡았다. 그리고 '산업화하는 동아시아'는 에즈라 보겔 교수의 담당이었다.

24시간이 모자라도록 온몸으로 뛰어다녔다. 한국 여자 정말 무섭고 강하다, 라는 얘기를 수도 없이 들을 정도였다. 하지만 죽을 각오로 덤빈다 해서 하버드의 벽이 하루아침에 내가 넘을 수 있을 만큼 그 키를 낮추기야 하겠는가. 듣던 대로 따라가기조차 벅찼다. 나이 때문이었을까. 기억력도 점차 현저히 떨어지는 듯했다. 공부 외에는 아무것도 할 수 없었지만 애초에 나는 천재적인 하버드 공부벌레들의 상대가 될 수 없었다. 그 사실을 잘 알고 있으면서도 그 한계를 몸소 깨달을 때면 눈물이 쏟아졌다. 눈물이 내 눈앞을 캄캄하게 가로막는 것, 나는 그게 좌절이라는 말의 정의임을 알았다.

그렇게 하버드에서의 첫 학기가 끝났다.

성적은 A가 셋에 B⁺가 하나였다. 생각지도 못한 성적이었다. 안도의 한숨이 절로 나왔다. 다만 가장 잘 나올 거라 예상했고 기대했던 한국 고대사의 성적이 가장 부진했던 게 참으로 아쉬웠다. 그래도 내 스스로가 무척이나 대견해 보였다.

'잘했다, 서진규!'

첫 학기 성적을 받고 보니 공부에 제법 자신감이 생겼다. 봄학기 역시 네 과목에 등록했다. 하버드에는 MIT나 웰즐리(Wellesley), 터프스(Tuffs) 등 주변 몇몇 대학과의 교환학교 제도가 마련되어 있다. 각기 다른 학교에서 제공하는 다양한 커리큘럼을 통해 학생들에게 폭넓은 공부의 기회를 주려는 의도에서였다. 물론 그 학교의 학생들 역시 하버드에서의 공부로 학점을 인정받을 수 있으니 그야말로 윈윈 제도가 아닐 수 없었다. 외교학으로 명성이 나 있는 플레처(Fletcher) 대학은 터프스의 일부로 속해 있었기 때문에 그곳에서 취득한 학점 역시 하버드가 인정했다. 나도 그 제도를 활용했다. 세 과목은 하버드에 신청했고, 나머지 한 과목을 플레처에 등록했다. 한국 근대와 현대를 다루는 외교학 수업이었다.

두 번째 학기 성적은 처음보다 못했다. A, A-, 그리고 B+가 둘이었다. 실망스러웠다.

'너무 성적에 연연하지 말자. 내 처지에 이 정도가 어디야. 여긴 수재들로 득실대는 하버드라고. 설마 일등을 원한 건 아니겠지. 아무튼 졸업만 해도 나는 성공이야. 그러니까 지금처럼 계속 성실하게 따라가보자. 한 단계 한 단계 최선을 다하는 것만으로도 네겐 큰 산을 정복하는 것과 다름없어.'

이렇게 무사히 하버드에서의 1년을 보냈다. 여름방학은 한국에서 보내기로 결정했다. 미군 대위의 월급이 나오니 시간에 구애받지 않고 맘 편히 공부만 하면 되었다. 게다가 우등생 딸 성아가 함께였다.

하버드는 학문을 파고 진리를 캐는 일 외에도 아주 중요한 역할을 한다. 우수한 하버드 교수들과의 친숙한 만남은 물론 현재 세계를 이끌어가는 인물들과의 만남과 인연의 끈을 제공한다. 물론 그 값진 기회를 어떻게 활용하는가 하는 것은 학생들 개인의 몫이었다. 하버드에서 나는 중국의 장쩌민, 싱가포르의 리콴유, 일본의 도요타를 만날 수 있었다. 일반인이 쉽게 만날 수 없는 유명 인사들과의 만남이 하버드에서는 가능했다.

또한 하버드에서 와그너, 에커드, 보겔, 고든, 크레이그, 볼리이소, 이리에, 나이 등 세계적인 석학의 가르침을 받았다. 그중에서도 에즈라 보겔 교수는 나와 내 딸 성아의 삶에 직간접적으로 큰 영향을 끼친 사람이다. 보겔 교수와의 만남도 와그너 교수 때처럼 운명에 가까웠다. 정말 우연 같지만 필연 같은 행운.

석사 과정을 마치면 나는 주일 미 육군 본부의 정치군사고문이라는 직책을 맡아야 했다. 일본에 대해 좀 더 많은 것을 알아야 하는 것은 당연지사였다. 하지만 1년 전부터 일본어 공부를 해오고 있는 것 말고는 일본에 대해 아는 바가 거의 없었다. 하버드 석사 과정 첫 학기에 일본 정치 세미나 과목을 듣기로 했다.

세미나는 보통 열 명 남짓한 대학원생과 교수가 한 주제를 놓고 토론하는 형식으로 진행되었다. 특히 이 수업은 인기가 높아서 많은 학생들이 수강 신청을 해놓은 상태였다. 교수가 학생 한 사람 한 사람을 인터뷰해서 열 명 정도만 토론자로 뽑는다고 했다. 나는 주눅이 들었다. 교수는 일본 정치 전문의 백인 여자였는데 너무도 당당하고 차가운 이미지로 위압감을 주기에 충분했다.

'어쩌면 뒤늦게 공부하는 내게 어떤 공감을 얻을지도 몰라. 게다가 난 미군 장교잖아. 일본어에도 꽤 자신이 있고.'

용기를 내어 그녀의 사무실을 찾아갔다.

"안녕하세요. 저는 서진규라고 합니다."

"반가워요. 그런데 왜 이 세미나를 택한 거죠?"

단도직입적으로 그녀가 물었다. 당황했지만 애써 태연한 척 대답을 이어나갔다.

"저는 현역 미군 대위입니다. 동북아 지역 전문가 교육의 일부로 하버드에서 석사 과정을 밟고 있는데, 졸업 후에는 일본의 미 육군 본부의 정치군사고문을 맡도록 되어 있습니다. 일본어 외에는 일본에 문외한이라 이 세미나를 택하게 되었습니다."

그렇게 대답하며 나는 그녀의 표정을 살폈다. 별반 감정이 드러나지 않는 얼굴이었다.

"그렇다면 수업을 잘못 택했군요. 여긴 기초반이 아니에요. 일본에 대해 전문적인 지식을 갖고 있는 학생들이 모여 깊이 있는 토론을 하는 시간이지요. 차라리 보겔 교수의 기초 과목을 선택하는 게 어떻겠어요?"

그녀가 자신의 과목 대신 내게 권한 것은 '산업화하는 동아시아'란 수업이었다. 그렇게 해서 나는 처음으로 보겔 교수를 알게 되었다. 일주일에 두 번 한 시간씩 보겔 교수는 하버드 옌칭 건물의 큰 강당에서 학생들에게 직접 강의했다. 학생들의 성적을 관리 운영하기 위해 예닐곱 명의 조교가 배정되었다. 대학원생인 조교들은 보통 15명가량의 학생들을 담당하며 일주일에 한 시간씩 별도로 만나 배운 것에 대한 토론을 했다. 대부분이 대학생인 이 수업에서 나 같은 대학원생도 몇몇 보였다.

토론 시간이나 강의 도중 나는 질문을 많이 하는 편이다. 내가 지식이 많고 아는 게 넘쳐서가 절대 아니다. 오히려 그 반대였다. 질문을 하면 뭔가 내용을 이해했기 때문이구나, 하는 주위 사람들의 반응이 이어지는 것 같았다. 질문에 대한 답을 듣고 이해하지 못해도 별 상관이 없었다. 그런데 이렇게 계속 질문하다 보니 신기한 일이 생겼다. 질문을 하기 위해선 일단 수업 시간에 집중해야 하는데,

그러다 보니 내 이해도 지식도 점차 풍부해져갔던 것이다.

특히 보겔 교수의 강의에 나는 많은 질문을 던졌다. 때때로 보겔 교수의 한국어 발음을 직접 고쳐주기도 했다. 자연스럽게 보겔 교수는 나라는 학생을 기억했다. 물론 공부에도 최선을 다했다. A학점을 받았다. 그리고 이듬해에 나는 보겔 교수의 조교가 되어 그 과목을 가르치고 싶다는 뜻을 밝혔다. 그는 흔쾌히 허락했다.

학생들은 원하는 대로 조교를 선택할 수 있었다. 말하자면 조교의 인기도에 따라 지원자 수가 결정되는 시스템이었는데 이를 효율적으로 운용하기 위해 가능한 한 섹션의 참가자를 15명 정도로 제한했다.

한국 여성 출신에 미 육군 대위라는 이력 때문일까, 아니면 마음씨 좋은 아줌마처럼 편안해 보여서 점수를 후하게 줄 거라 생각했던 걸까. 내 섹션에 가장 많은 아이들이 몰렸다. 인원을 추리고 난 17명만 내가 맡았다.

내 섹션에는 여러 인종의 학생들이 있었는데 한국계도 세 명이나 포함되어 있었다. 한 명은 ROTC 출신으로 군복을 입은 모습이 내겐 친근하게 느껴졌을 뿐 아니라, 믿음직스럽기 그지없었다. 무엇보다 놀라웠던 것은 그 학생의 영어 실력이었다. 모국어가 아니었음에도 'Writing Center'의 일원으로 다른 하버드의 대학생과 대학원생들에게 영어 코치를 해줄 정도였다.

다른 두 명은 여학생들이었다. 한 명은 고등학교를 졸업한 후 하버드에 지원했다가 떨어져 버클리에 입학했던 친구였다. 그녀는 그곳에서 2년을 다닌 뒤 높은 경쟁률을 뚫고 하버드로 전학을 왔다. 그 아이는 성아와도 무척 사이가 좋았는데 훗날 성아가 하버드에 진학할 때 큰 영향을 끼친 것도 사실이다. 성아 역시 고등학교를 졸업한 뒤 하버드에 지원했으나 떨어졌고, 조지타운에서 2년을 다닌 뒤 17대 1의 경쟁률을 뚫고 하버드로 전학을 온 같은 케이스였으니 말이다. 이 여대생은 리더십이 강하고 실력 또한 우수해서 내가 섹션을 이끌어가는 데 큰 의지와 도움이 되었다.

또 한 명의 여학생은 하버드의 심한 경쟁을 견디지 못해 한때 정신이상에 시달린 적이 있는 예민한 친구였다. 잘 웃는 얼굴과는 어울리지 않게 그녀는 세상에 대해 부정적인 시선을 품고 있었다. 내가 한 사람 한 사람의 영향력이 얼마나 위대한가에 대해 얘기한 직후의 어느 날이었다.

"진, 나는 그렇게 생각하지 않는데요."

섹션의 토론이 끝나 다른 학생들이 다 자리를 뜬 뒤에도 그녀는 홀로 남아 내게 도전을 해왔다.

"왜?"

"나는 사람으로서의 한계가 분명 있다고 보거든요. 아무리 한 사람이 세상을 바꾸려 발버둥쳐도 결국 그 사람은 소수에 불과해요. 요즘처럼 다수가 파워를 갖는 시대에 한 사람의 힘이라고 해봤자 달걀로 바위 치기 아닌가요."

나름대로 자신의 삶에 대한 힘겨움과 고뇌가 한껏 묻어나는 질문이었다.

"그렇지만 다수도 알고 보면 한 사람 한 사람이 모여 된 것 아니니. 한 가지 꼭 기억해야 할 점은 한 사람이 다수를 바꾸려 한다는 건 해보나마나 불가능하다는 섣부른 판단이라는 거지. 또, 뭐든 한 순간에 끝나는 일은 없어."

"그러면요?"

"한 사람이 몇십 년이 걸리더라도 자기 주변의 다섯 사람을 변화시킨다고 생각해보자. 그게 과연 불가능한 일일까. 그리고 그 다섯이 다시 자기 주변의 다섯 사람을 바꾸어놓는다고 생각해봐. 그렇게 긴 세월이 간다고 치면 어느 순간 세상이 바뀌어 있을 것 같지 않니? 오늘날 우리들 여성을 생각해봐. 우린 긴 세월 속에 엄청나게 변화해왔잖아. 처음부터 안 될 거라 단정짓고 행하지 않았다면 지금의 우리란 존재가 여기 이렇게 머물러 있었을까?"

"그럴까요……."

그녀의 얼굴에 순간이었지만 미소가 스치고 지나간 듯했다. 갸우뚱하게 고개를 기울였다 펴는 그녀는 아직 어린 청춘이었다. 무엇보다 그녀의 생각을 단숨에 바꾸려 했던 것이야말로 방금 전에 내가 편 주장을 스스로 반박한 셈이 아닐 수 없었다.

"지금 당장 믿지 않아도 돼. 아무튼 힘을 내. 공부 때문에 버둥거리는 건 너뿐만이 아니라 여기 하버드에 있는 모든 친구들도 마찬가지야. 물론 나도."

나는 그녀의 등을 두드려주고 함께 교실을 나왔다.

사실 하버드 학생 17명을 가르친다는 일이 내겐 버거운 노릇이었다. 한국이란 나라가 동아시아 산업화의 중요한 케이스로 다뤄지기 때문에 한국을 모르는 학생들에게 나의 실전 경험은 중요한 교재 구실을 했다. 하지만 동아시아의 또 다른 나라인 일본과 중국을 가르치려 할 때는 만반의 준비가 필요했다.

자신 없는 주제에 대해서는 어떤 한 이슈를 정한 뒤 두 그룹으로 섹션을 나누어 논쟁을 시키기도 했다. 나는 주로 진행만 맡으면 되기 때문에 나의 모자란 실력을 조금이나마 감출 수 있었다. 하지만 그렇다고 해서 손 놓고 강 건너 불구경 하듯 시간만 보냈던 것은 아니다. 경쟁에 능통한 학생들을 논쟁에 뛰어들게 함으로써 아이디어를 확인하고, 또 한편으로는 새로운 아이디어를 터득하기도 했기 때문이다. 그들을 통해 배우는 재미는 실시간 현장감을 맛볼 수 있을 뿐 아니라 발상 자체가 신선했다. 그건 교수에게서 배우는 공부와는 또 달랐다.

나는 간간이 다양한 시대와 직업과 나라에서 겪은 체험을 학생들에게 들려주곤 했다. 공부에만 도가 텄지 세상 물정을 모르는 학생들이 놓칠 수 있는 일상적인 노하우들과 함께 여러 다른 문화에 대한 다양한 차이까지 나는 협소해질 수 있는 그들의 학업에 균형을 맞춰주려고 애썼다.

덕분에 내게 배우는 학생들은 동아시아 경제 발전에 대한 구체적인 지식은 물론이거니와 앞으로 그들이 이끌어 나갈 세계에 있어 각자가 해낼 수 있는 역할이 무엇인가 하는 실리적인 고민을 공유

할 줄 알았다. 우물 안 개구리 식의 공부가 아닌 우물 밖 세상에 대한 호기심으로 뛰어오를 준비를 하는 아이들을 보며 나는 처음으로 가르치는 사람으로서의 보람을 느꼈다.

'이 아이들 중에 미래의 케네디가 나올 수 없다고 누가 확신할 수 있겠는가. 이들이 자라서 미래 사회에 공헌할 수 있다면 이 얼마나 보람된 일인가.'

학부생들을 가르치며 나는 또 하나의 중요한 성과를 얻었다. 보겔 교수로부터 인정받게 된 것이다. 그 후 그는 몇 해 동안 내게 크리스마스카드를 보내주는 등 자상한 스승으로서의 가르침을 잊지 않았다. 추천장이 필요하면 언제든 부탁하라면서 내 어깨를 두드려주곤 했다. 보겔 교수는 내가 박사 과정에 입학 원서를 냈을 때도, 성아가 하버드로의 전학 원서를 냈을 때도 한 치의 망설임 없이 추천서를 써주었다.

세계적인 석학 보겔 교수가 나의 후원자라니, 하버드의 학생으로서 이보다 더한 '빽'은 없었다. 든든했다.

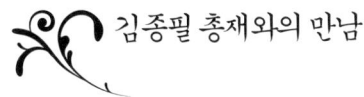

김종필 총재와의 만남

: 꿈을 꽉 움켜쥐어라.
만약 꿈이 사라져버리면 인생은 날개가 꺾인 새처럼 날 수 없게 되기 때문이다.
—랭스턴 휴스

하버드에서의 석사 과정은 졸업 논문을 요구한다. 나는 '박정희의 쿠데타와 미국 외교의 타협(Park Chung Hee's Military Coup and the Compromise of U. S. Foreign Policy)'이라는 주제로 연구 논문을 썼다. 미국의 영향력 아래 있던 한국에서 왜 박정희의 쿠데타가 성공할 수 있었으며, 미국 외교는 어떤 타협을 했는가에 대해서 좀 더 심도 있는 연구를 하고 싶었다. 하버드 도서관에는 그야말로 방대한 자료들이 산재해 있었다. 나는 이를 최대한 활용하면서도 좀 더 일차적인 자료를 구하고 싶었다.

쿠데타 낭시의 한국인의 징시를 파악하기 위헤 설문조사를 행했다. 논문에 도움이 될 만한 질문들을 만들어 한국 사람들에게 고루 나눠주었다. 직장인, 농부, 가정주부, 대학생 등 약 8백 명가량이 답을 보내주었다. 조사 결과 과반수 이상의 한국인이 박정희를 긍정적으로 보고 있다는 점을 알 수 있었다. 나는 그것을 취해 내 논문에 포함시켰다.

그 외에도 당시의 증인들을 찾아 인터뷰를 했다. 마침 군사혁명 당시 주도적 역할을 했던 장교들 중 한 사람이 하버드에서 연수하고 있었다. 그분을 통해 당시의 상황을 인터뷰했다. 또 그분의 추천으로 외교안보위원회의 임동원 원장님을 만나 외교안보연구원의 많은 자료들을 검토하고 복사할 수 있었다. 아울러 국회 도서관 관장의 소개로 국회의 자료도 쉽게 접할 수 있었다.

이 모든 일련의 과정이 내가 미 육군 장교라는 점, 하버드의 석사 과정에 있다는 점, 박정희와 국제 외교사에 대한 연구를 한다는 점에 큰 점수를 땄던 것 같다. 더구나 관장님은 혁명의 핵심이었던 김종필 자민련 총재에게까지 직접 전화를 걸어 자리를 함께할 수 있도록 배려해주셨다. 관장님은 자리를 뜨려는 내게 주저하며 말을 건넸다.

"저, 이런 말이 어떻게 들릴지 모르겠지만, 총재님 방문하실 때는 가급적 정장을 차려입으시는 게 좋겠네요."

아뿔싸! 얼굴이 화끈 달아오르는 것을 느꼈다.

군복으로 한 시절을 다 보낸 나였다. 그러니 유행하는 옷차림에 대해서도 둔감했다. 챙겨봤자 입을 시간도 없고, 갈 곳도 딱히 없었다. 또한 하버드의 학생들은 대체로 캐주얼한 청바지 차림이어서 그들처럼 편히 입고 다니던 나였다. 그러니 마땅한 정장 한 벌이 있을 턱이 없었다. 기억을 더듬어보니 사복 정장을 입은 기억 또한 없었다.

다음 날 부랴부랴 친구 남영이를 찾아가 자초지종을 말했더니 웃음부터 터뜨리는 것이었다.

"네가 얼마나 대충이었으면 점잖은 남자분이 그런 말씀을 다 하셨을까. 너두 참 못 말린다, 야. 지금부터라도 좀 챙기고 다녀. 공부도 좋지만 여기 사람들 좀 봐. 장난 아냐."

"나야 뭐. 근데 미국에 있을 때는 이런 고민 한 번도 안 했었거든. 어쨌거나 얼른. 시간 없어."

난 남영이의 도움으로 근처 동네 상점에서 옷 한 벌을 마련했다. 백화점에 가서 거금을 쓸 내가 아니란 걸 남영이는 잘 알고 있는 듯했다. 대충 짜깁기를 하고 보니 검은 치마와 빨간 재킷이 곧잘 어울렸다. 군복 정장용 검은 구두와 가방의 코디도 썩 괜찮았다.

약속한 바로 그날, 성아와 함께 김종필 총재의 사무실로 찾아갔다. 비서실장의 친절한 안내를 받으며 들어간 방에서 무엇보다 인상적이었던 건 병풍이었다. 김 총재는 성아가 미국에서 자랐음에도 한국말이 유창하다며 칭찬을 아끼지 않았다. 흐뭇했다. 내가 인터뷰하는 동안 성아는 마치 사진 기자처럼 연신 카메라 플래시를 터뜨렸다. 김종필 총재는 당시의 일을 비교적 자세히 털어놓았다. 아무래도 나는 학자 체질이 아니었나보다. 유독 그의 농담이 인상 깊었다.

"일본 사람들은 당시의 한국 사정을 보고 이렇게 말했지요. '데모크라시(민주주의)'가 아니라 '데모 쿠라시(데모로 산다)'라고 말이오."

　사실 총재와의 만남은 이번이 처음은 아니었다. 미국 가기 전, 내가 관악산 골프장의 식당 웨이트리스로 일할 때 그가 자주 골프를 치러 오곤 했었다. 내가 보문동의 같은 육사 8기생 서용돌 장군의 조카라는 이야기를 듣고는 내게 '동대문 아가씨'란 별명을 지어주었던 것이 그였다.

　또 한 번은 뉴욕 아리랑 식당에서 일할 때였다. 당시 뉴욕 총영사의 집으로 초대를 받아 왔던 그에게 내가 음식 서빙 도우미를 해드린 적이 있었다. 그때 그는 내가 대학생이라는 말을 듣고 격려의 말씀도 해주셨는데…… 그로부터 20년 뒤 나는 미군 대위로, 하버드의 석사 과정 학생으로 총재를 다시 만나게 된 것이었다.

　'서울에서나 미국에서나 웨이트리스로 있던 나와 하버드 대학원생이 된 나…… 어떻게 날 기억하시겠어. 강산이 두 번 바뀐 세월만큼이나 사회적으로도 변해 있는 나인데…… 어쨌든 너 그래도 참 열심히 살았다, 서진규!'

　그 외에도 나는 내 논문 주제와 관련 있는 서적들을 잔뜩 챙겨 하버드로 가져갔다. 정치 드라마 〈제2공화국〉도 보았다. 그러고는 노스캐롤라이나의 내 집에서 그와 관련된 드라마 수십 편을 보기도 했다. 처음부터 끝까지 쉬지 않고 보다 보면 아침이 곧 밤이 되고 밤이 곧 아침이 되곤 했다. 드라마라 픽션을 무시할 수 없었지만 내 주제를 보다 재미나게 묘사하는 데 있어 큰 도움을 받은 것도 사실이었다.

방학 동안 연구 자료로 모은 것을 하버드로 가져와 지도교수였던 카터 에커트 교수에게 보였다. 그는 원더풀을 연발하며 나를 칭찬했다. 방학 동안 흘린 땀이 괜한 것이 아니었구나 하는 생각에 보람은 그 배에 달하는 듯했다.

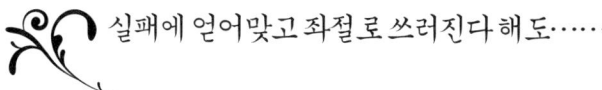

실패에 얻어맞고 좌절로 쓰러진다 해도……

> : 신은 내게 바꿀 수 없는 것을 받아들이는 평온함과
> 바꿀 수 있는 것들을 바꾸는 용기, 그리고
> 그 들의 차이를 이해하는 지혜를 주었다.
> ─라인홀트니부어

하버드에서의 2년째.

두 과목을 제외한 나머지 시간은 주로 졸업 논문 연구와 집필에 할애했다. 논문에 투자한 시간들은 통과와 불통의 두 갈래로 나뉜다. 하루하루 엄청난 노력과 시간의 투자로 A 두 개와 통과 여섯 개라는 성적을 거뒀다. 석사 과정도 무사히 졸업하게 된 것이다. 석사를 졸업하면 군에 복귀하는 게 수순이었다. 그럼에도 나는 또 한 번의 도전을 시도했다.

하버드 박사 과정!

사실 처음 하버드에 올 때만 해도 박사 지원은 꿈에도 생각지 못했었다. 또한 군에서나 군을 떠나서나 내게 박사 학위는 꼭 따야 할만한 당위성을 지닌 것이 아니었다. 그럼에도 나는 어느 순간 내 다음의 목표를 그렇게 잡아두었던 것 같다. 박사 과정을 이수하기 위

해 언제 다시 하버드로 돌아올 수 있을지는 나도 알 수 없었지만 무모함을 가장한 도전이라는 매력은 벗어나기 힘든 중독과도 같았다.

RSEA 과정을 이수한 여러 학생들은 그대로 학교를 떠나기도 하지만 더러는 박사 과정에 지원하기도 한다. 그러나 같은 하버드라 해서 박사 과정으로의 전환이 결코 쉬운 것은 아니다. 다른 지원자들처럼 공평하게 원서를 내고 심사 과정을 거쳐야 하기 때문이다. 나역시 이 과정을 통과해야만 박사 학위에 도전할 수 있었다. 이미 석사 과정을 밟고 있었으므로 내게는 입학 원서가 아니라 과정 변경 신청이 필요했다.

나는 내 특기, 취미, 경력, 그리고 당시 내 입장에서 성취 가능성이 가장 높은 과를 찾았다. '역사와 동아시아 언어학과(HEAL, History and East Asian Languages)'가 여러모로 내게 적합하다는 결론을 내렸다. 왜 계속 공부하려 하는가의 내용이 담긴 수필과 교수들의 추천서, 그리고 성적표 등을 자료로 구비해야 했다.

나는 자신만만했다. 이미 나는 하버드의 학생이었고 역량 있는 교수님들의 추천서 또한 첨부할 수 있었다. 뿐만 아니라 나를 아는 많은 동료 학생들이나 학교 관련 직원들도 나의 합격을 믿어 의심치 않았다.

하지만 자만은 성공의 가장 큰 적이란 말이 맞았던가. 1991년 봄에 접수한 박사 과정 신청에서 나는 보기 좋게 미끄러졌다. 교만하게 군 대가였다.

불합격 통지를 받고 맥이 탁 풀렸다. 내 삶에 꼭 필요한 과정도 아닌데 뭐, 하면서 스스로를 위로하려 했지만 나도 모르게 눈물이 났다. 나는 실패에 얻어맞고 좌절로 쓰러졌다. 허탈감이 컸다. 남은 석사 과정을 잘 끝낼 수 있을까 하는 두려움까지 밀려오기 시작했다. 포기가 내 모토다 싶을 만큼 마음이 약해져갔다. 모든 게 끝난 것만 같았다.

'이런 바보야. 너 지금 뭐 하고 있니!'

나 자신에게 화가 치밀기 시작했다.

'만약 합격했다면 어쩔 뻔했어. 그게 더 문제잖아. 군에서 시간을 줄 리도 없고, 그렇다고 군을 포기할 수도 없는 거잖아. 차라리 잘 됐다고 생각해.'

하지만 내 고집도 어지간히 셌다. 여러 번 스스로를 어르고 달랬지만 좀처럼 가라앉지 않는 미련이 수도 없이 나를 괴롭혔던 것이다. 이 필요치 않다 싶은 도전을 왜 그만둘 수 없는 걸까. 이것이야말로 운명이란 말인가.

나는 다시 한번 일어섰다. 그리고 왜 떨어졌는지 하나하나 그 원인을 짚어나갔다. 원서를 철저히 점검했고, 박사 과정에 지원하려는 사유가 담긴 수필을 여러 번 쓰고 고치는 데 많은 시간을 할애했다. HEAL의 서무 담당인 일레인 모스먼을 만나 합격에 필요한 성공 방안에 대해서도 조언을 구했다.

HEAL의 경쟁률은 보통 15대 1이 넘었다. 치열한 경쟁에는 우수한 성적과 추천서를 포함한 모든 서류가 준비되어야 하는 것이 기본이었는데 무엇보다 나를 자신의 박사 학위 제자로 받아줄 교수의 적극적인 손이 필요했다. 나는 보겔 교수를 찾아갔다.

"진이 관심을 갖고 있는 게 국제 외교 관계로군요. 또 HEAL에 지원하니까 역사학 교수님의 지원이 필요하고요. 얼마 전에 시카고 대학에서 하버드로 온 아키라 이리에 교수님이 적격일 것 같은데 그분을 한번 찾아가보는 게 어떻겠소."

일본 사회학 분야에서 세계적인 권위를 자랑하는 에즈라 보겔 교수가 국제 외교사와 미국 외교사 분야에서 명성이 자자한 이리에 교수를 추천해준 것이다.

떨리는 가슴을 누르며 이리에 교수의 사무실 문을 두드렸다. 이리에 교수는 적당한 키와 체구에 목소리만큼이나 잘생기고 지적인 외모의 일본인으로, 특히나 적당히 섞인 숱 많고 잘 다듬어진 백발의 머리 모양이 인상적이었다. 대부분의 하버드 교수 연구실이 그러하듯 그의 방 역시 갖가지 책이 벽을 삥 둘러 가득 채우고 있었다.

'이 사람이 내 미래를 쥐고 있단 말인가.'

잔뜩 긴장한 표정으로 나는 쭈뼛거리며 교수가 가리키는 의자로 가 앉았다. 떨리는 마음을 감추려고 애써 미소를 보였다. 그러고는 단도직입적으로 박사 학위에 도전하고 싶다는 내 의지를 밝혔다.

"저는 지금 미군의 지원을 받으며 석사 과정을 밟고 있습니다. 내년 6월에 졸업합니다. 그전에 박사 과정으로 변경하고 싶습니다."

내가 뱉은 말이지만 참으로 뻔뻔하다 싶은 모양새였다. 사실 나는 이리에 교수의 수업 한 번 받아본 적이 없지 않은가. 나와는 일면식조차 없던 교수에게 기회를 달라니, 그것도 하버드의 박사로 밀어달라는 부탁을 하다니. 하지만 그런 염치를 따지기에는 시간적 여유가 한참이나 모자랐다.

'에라 모르겠다. 밑져야 본전인데, 까짓것 나 좀 한번 봐달라고 하지 뭐.'

나는 왜 내가 박사 학위에 도전하려고 하는지, 그럴 자격이 있는지, 학문의 세계에 내 나름의 어떤 공헌을 할 수 있는지, 묻지도 않았는데 줄줄 털어놓기 시작했다. 이리에 교수는 일단 한·미·일 삼국의 국제 관계사를 연구해보고 싶다는 내 이야기를 진지하게 들어주었다. 길고 장황하게 이어진 내 이야기가 끝나고서도 그는 아무 말이 없었다. 입이 바싹 타들어가는 듯했다. 잠시 후, 이리에 교수가 나를 빤히 쳐다보며 말을 걸었다.

"그래, 보다 구체적인 연구 주제는 잡은 건가요?"

"제 배경과 능력, 취미 등을 고려해 학계에도 아직 연구가 미흡한 두 개의 연구 주제를 고민하고 있습니다. 하나는 한일 간의 문제가 된 독도에 관한 연구이고, 또 하나는 1959년 무렵 북송된 재일 교포들에 관한 연구입니다."

나는 또 한참을 왜 이 연구들이 필요하고 중요한가에 대해 일장 연설을 했다.

"내 생각에는 북송 재일 교포에 관한 연구가 더 필요할 것 같은데요."

교수님의 뜻밖의 관심에 용기가 생긴 나는 연구 계획과 가능성에 대해 열변을 토한 다음 교수님의 반응을 기다렸다. 한참 뒤에야 교수님이 무겁게 입을 열었다.

"좋소. 그렇다면 내가 밀어주겠소."

"네? 정말이신가요? 아, 고맙습니다, 교수님. 정말 열심히 해보겠습니다."

이리에 교수로부터 승인이 떨어졌다. 이로써 나를 밀어주고 이끌어줄 유력한 지도교수를 만나게 된 것이었다.

그 후 이리에 교수는 전담 코치처럼 내게 필요한 조언을 아끼지 않았다. 처음으로 그의 수업도 수강했다. 서무 담당인 일레인도 이리에 교수가 날 밀어주겠다는 소식을 접하더니 더한 열성으로 날 도왔다. 나는 틈날 때마다 다른 교수님들을 만나 내가 왜 박사 과정에 들어오고 싶은지, 그런 나를 왜 선택해야 하는지 그 이유에 대해 타당한 근거를 대며 논리적으로 설득하기 시작했다.

1992년 봄, 서른두 명의 지원자들 가운데 단 두 명이 HEAL의 박사 과정에 합격했다.

그 둘 가운데 하나가 바로 나였다.

좌절하지 않고 포기하지 않고 힘찬 용기로 끝까지 도전한 결과였다.

이는 또 다른 나의 시작이었다.

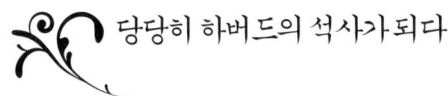

당당히 하버드의 석사가 되다

: 시간 중에서도 가장 어리석고 못난 변명은 '시간이 없어서' 라는 변명이다.
—에디슨

하버드의 박사 과정에 있어 반드시 요구되는 능력 중 하나가 바로 외국어 실력이다. 내가 속해 있는 HEAL에서 학위를 따려면 동양어 중 두 개 정도는 필수적으로 능통해야 했다. 다행히 나는 영어를 곧잘 했고 한국어를 모국어로 할 줄 알았으며 몬터레이의 국방 언어학교에서 이미 상급반 수준으로 일본어를 공부해둔 터였다.

또한 유럽계 언어를 번역할 수 있는 실력이어야 했다. 프랑스어, 독일어, 러시아어 중에서 어느 하나라도 최소한 중급 이상은 유지해야 했다. 프랑스어, 러시아어는 아는 단어 하나 없다지만 독일어는 달랐다. 고등학교 때 3년간 기초를 배우기도 한 데다 1년가량 독일에서 근무한 적도 있었다.

당연히 유럽계 언어 번역 능력 시험 과목으로 독일어를 택했다. 하지만 당시 내 독일어 실력은 초급에도 미치지 못했다. 뒤늦게 수

강 신청을 하고 눈물겨운 독일어 공부에 몰입했다. 나이가 들어서인지 처음 미국에서 영어로 대학 강의를 들을 때보다 더 힘겨웠다. 하지만 어렵게 여기까지 왔는데 독일어 때문에 모든 걸 포기할 수는 없었다.

수업 시간에 내준 과제에 충실하면서도 책방에 가서 기초 독일어 책을 잔뜩 사들고 와서는 한 권 한 권 독파해 나가기 시작했다. 실마리를 풀고 나면 재미가 붙고 실력이 느는 게 외국어 공부의 장점이기도 했다.

하지만 결과는 혹독했다. 학기말 시험에서는 A학점을 받았지만, 중급 능력 시험에서는 불합격 통지를 받고 말았다. 믿기조차 싫었지만 분명한 실패였다. 일본으로 떠나기 겨우 한 학기만을 남겨둔 채였다.

"어이 진, 뭘 그렇게 골똘히 생각해? 아무리 불러도 뒤도 한 번 돌아보질 않으니."

역사학과의 동료였다. 나는 그의 진심 어린 걱정에 그만 속내를 내비치고 말았다.

"얘길 들어보니 독일어 시험에서 떨어지는 사람들이 많은가 봐. 그러지 말고 프랑스어로 바꾸면 어때?"

"말도 안 돼. 독일어는 고등학교 때 3년이나 기초를 했는데도 떨어졌는데…… 프랑스어는 단어 하나도 아는 게 없는걸. 게다가 새로 시작할 시간도 없구."

"실은 나도 독일어 시험에서 떨어진 경험이 있어. 다시 여기서 프랑어를 배워 시험을 보고 합격했거든."

"글쎄, 난 자신이 없어."

"너무 걱정 마. 넌 언어에 탁월한 재능이 있잖니."

"무슨 소리야."

"너 미국 올 땐 한국말밖에 몰랐다며. 근데 지금은 하버드에서 석사 과정을 공부하고 있잖아. 일본어 실력도 뛰어나다며. 이번에도 너 자신을 한번 믿어봐."

정말 그럴까……?

하지만 일분일초가 급했다. 나는 곧장 다음 학기의 프랑스어 수업 스케줄을 찾았다. 기초반도 중급반도 개설되어 있지 않았다. 그때 우연히 야간대학 안내서가 눈에 띄었다. 정신이 번쩍 났다. '중급 불어 번역' 이란 코스가 내 렌즈에 잡혔던 것이다.

서둘러야 했다. 하버드의 야간대학은 'Continuing Education' 이라는 프로그램에 정식 하버드 코스와는 달리 별도의 수속을 마쳐야 했다. 서두른 탓에 겨우 시간에 맞춰 등록할 수 있었다. 하지만 문제는 거기서 끝이 아니었다. 프랑스어의 기초도 닦지 못한 내가 어떻게 중급 코스를 소화할 것인가가 관건이었다.

그러나 해보기도 전에 미리 포기할 수는 없었다.

용기란 무엇인가. 그곳이 불구덩이란 것을 알았을 때 뛰어드는 그 마음이 바로 용기 아니던가. 나는 일단 시도해보기로 맘먹었다.

야간대학 수업 역시 하버드 교정에서 이뤄졌다. 나는 과제물로 꽉 찬 배낭을 메고 교실로 들어섰다. 세 명의 학생이 서로 멀찌감치 떨어진 채 앉아 있었다. 그들은 각자 저마다의 교재를 책상 위에 펼쳐놓고 공부하느라 열심이었다. 자신감이 없던 나는 칠판에서 가장 멀찍이 떨어진 구석으로 가서 자리를 잡았다. 수업 시간이 가까워 오자 웅성웅성 열 명이 넘는 학생들이 우르르 교실 안으로 몰려들었다. 하버드의 정규 수업 과정과 달리 다양한 연령대의 구성원으로 교실은 어느새 꽉 찼다.

잠시 후 50대 정도로 보이는 금발의 백인 여자가 교실로 들어오더니 칠판 앞에 섰다. 그녀는 얼굴 가득 웃음을 띠며 학생들에게 불어로 인사말을 거는 듯했다. 그러곤 출석부에 표시를 해나가던 그녀가 순간 나를 쳐다보았다.

"진 로버슨입니다."

"반가워요. 그래, 프랑스어 경험은?"

"사실 저는 프랑스어를 공부한 적이 없습니다."

나는 말을 더듬었다.

"이 수업은 중급반이라 따라오기 힘들 것 같은데, 기초반에 등록하는 게 어때요?"

"저도 그러고 싶습니다만, 시간이 없어서요. 전 지금 현역 미군 대위인데 올여름 하버드 석사 과정이 끝나는 대로 군에 복귀해야 하거든요."

순간 교실 안의 많은 학생들이 웅성거렸다. 나는 쥐구멍에라도 숨고 싶은 심정이었다.

"외국어를 배워본 적이 있습니까?"

"네. 지금 쓰고 있는 영어가 제겐 외국어입니다. 그리고 일본어에 능통한 편입니다."

"일본계인가요?"

"아니요. 저는 한국계입니다."

"그럼 세 나라 말을 하시는 거네요?"

"뭐 그렇기는 합니다만……."

하버드 대학원에서 서너 개의 외국어 실력은 기본이었다. 일곱 개에서 여덟 개의 언어에 능통한 학생들도 다수였다. 그들에 비하면 나는 평균 이하일 뿐이었다. 그러나 야간대학에 다니는 사람들의 대부분은 직장인이었다. 그들 입장에서 보면, 내 실력 또한 대단하다 여길 게 빤했다.

"그래요. 기초반을 거치지 않고 중급반 수업을 듣는 건 무척 힘든 일이지만 외국어를 공부한 경험이 있으니 가능할 수도 있겠다는 생각이 드네요. 그럼 기초반 교재를 알려줄 테니 혼자서 공부를 따라오도록 하세요. 그렇다고 봐주는 건 없습니다. 중급반 수업도 충실히 해보도록 하세요."

"감사합니다, 교수님."

겨우 허락을 받아내긴 했지만 사실 죽을 맛이었다. 한 달이 지나도록 나는 수업 시간에 말 한마디 입에서 꺼낼 수가 없었다. 겨우 한두 마디 정도 알아듣는 수준에다 발음도 시원치 않았으니 말이다.

다행히 석사 과정의 네 과목이 논문 준비를 위한 자유 세미나로 채워져 있어 필요에 따라 시간을 조절할 수 있었다. 하지만 석사 졸업 논문 접수 마감이 초를 다투어 나를 압박해오고 있었다. 프랑스어에만 온 신경을 집중할 수도 없었다. 줄일 수 있는 시간은 오직 잠뿐이었다.

결국 석사 논문을 시간 내에 접수시켰다. 통과였다.

믿을 수 없었지만 중급 프랑스어 역시 통과였다. 그것도 A학점으로.

그렇다고 안심하기에는 일렀다. 프랑스어 번역 시험을 앞에 두고 또다시 나의 수호천사인 일레인이 내게 도움을 주었다. 마침 논문을 쓰고 있던 동료 학생 캐롤라인이 프랑스어에 능통했던 것이다. 일레인은 그녀로 하여금 내 프랑스어 공부를 도와주도록 부탁했다. 일레인의 요청은 경우에 따라서는 명령이기도 했다.

캐롤라인은 논문 쓰는 시간을 쪼개 내 프랑스어 가정교사 노릇을 했다. 우리는 우선 하버드 도서관에서 몇 권의 프랑스어 책을 빌렸다. 이를테면 캐롤라인이 일주일간 공부할 범위를 정해주면 내가 사전을 찾아가며 번역하는 식이었다. 그러고 나면 캐롤라인이 내가 번역한 것을 검토하고 잘못 해석한 부분을 지적하여 바로잡아주는 식이었다.

믿기 힘들 만큼의 강행군이었다. 하지만 불평하고 좌절할 시간조차 내겐 사치일 만큼 다급한 순간순간이었다.

학기가 끝나기 며칠 전 프랑스어 시험이 있었다.

아주 겨우, 통과였다. 이로써 박사 학위를 위한 필수 조건 중 하나인 외국어 능력 시험을 난 무사히 치른 셈이었다.

1992년 6월 8일 목요일, 나는 하버드의 석사 학위 졸업식을 맞았다. 논문이 통과되었고 석사 학위도 받았으며, 박사 과정 입학도 예정되어 있었다.

이 기쁨을 함께하기 위해 어머니는 한국에서, 언니와 오빠는 노스캐롤라이나에서 나를 축하하러 와주었다. 고등학교 1학년을 마친 성아가 통역 겸 안내를 맡아 그들 사이에서 분주히 움직였다.

친하게 지내던 세 명의 동료 대위들은 이미 작년에 졸업해 그 자리에 없었다. 대신 일본계의 다른 동료가 내 졸업을 축하하기 위해 참석했다. 그 대위 역시 동북아 지역 전문가로 내년 여름 하버드의 석사 과정을 졸업할 예정에 있었다.

"진! 진심으로 축하해요. 정말 기뻐요!"

하버드 인문대학원 졸업생들의 행진 출발점에 도착하니 친하게 지내던 한국계 동료 졸업생이 반갑게 포옹해왔다. 그녀의 진심이 따스하게 전해져왔다.

여기저기 폭죽처럼 축하의 인사말들이 터져나왔다. 마음이 한껏 들뜨고 신이 났다. 까만 가운과 사각모를 쓴 채 15년 만에 졸업하던 메릴랜드 대학의 졸업 때와는 비교할 수 없을 만큼의 감동이었다. 그때는 여러 학교를 돌고 돌아 간신히 마련하느라 이 학점 저 학점이 퀼트 이불처럼 꿰매져 너덜너덜했던 졸업장이 아니던가.

하지만 이번엔 달랐다. 정식 대학원생으로 분교가 아닌 본교에서 당당하게 받아낸 학위였다. 그것도 명실공히 세계 최고라는 하버드에서!

찬란한 하늘을 향해 두 팔을 벌려 환호성이라도 지르고 싶었다. 물론 마음으로는 수백 번도 더 질러댄 함성이 내 안에서 메아리치고 있었다.

석사 과정을 졸업하자마자 군에 복귀해야 했던 나는 박사 과정에 일단 휴학계를 제출했다. 그리고 지역 전문가 교육의 마지막 과정을 이수하기 위해 성아와 엄마와 함께 일본으로 건너갈 채비로 분주했다.

보스턴을 떠나던 날, 공연히 마음 한구석이 싸했다.

물론 다시 돌아올 하버드였다.

'기다리고 있어. 빨리 돌아올게.'

자랑스러운 하버드의 학생증을 손안에 꼭 쥐어보았다.

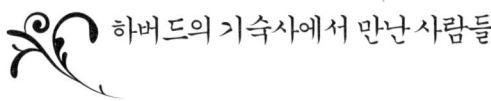

하버드의 기숙사에서 만난 사람들

: 전 세계를 알면서도 자기 자신을 모르는 자가 많다.

—라퐁텐

1997년 1월. 나는 다시 하버드로 돌아왔다. 석사 과정을 마치고 군 복무를 위해 일본으로 떠난 지 4년 반 만의 귀국이었다.

석사 과정 때와는 달리 내게 큰 변화가 있었다. 나는 더 이상 미군 장교가 아니었다. 1976년 일등병으로 시작했던 군 생활을 20년 후 소령으로 마감했던 것이다.

또한 딸 성아가 내 곁에 없었다. 성아는 일본에서 고등학교를 마치고 워싱턴 시의 조지타운 대학에 재학 중이었다. 하버드를 원했지만 합격하지 못한 쓰라린 기억을 품은 채.

공연히 하버드 광장을 서성거렸다. 떠나기 전이나 놀아온 시금이나 변한 게 아무것도 없는 듯싶었다. 캠퍼스 풍경도, 학생들의 젊음도 그리고 아름다운 자연도 모두 그대로였다. 단지 내가 조금 더 나이 든 모습으로 돌아왔다는 것 말고는.

군을 떠나 내가 하버드로 돌아오기로 결심했던 배경에는 내 꿈이 자리하고 있었다. 지나친 야심이라고, 터무니없는 망상이라 해도 좋다. 나에게는 평생을 하루같이 다져온 나 자신과의 약속이 끈끈하게 자리하고 있었다.

'모든 사람들에게 평등의 기회를 주는 세계를 만드는 데 앞장서는 것. 그러기 위해서는 미군 장교보다 하버드 박사의 말이 더 영향력 있지 않을까. 펜의 힘이 칼보다 강하다고 하잖아. 학문으로, 책으로 세상에 공헌하는 것이야말로 진짜일 테니까.'

그리고 군 대신 하버드를 택했다. 나는 나의 선택에 확신했다.

석사 과정 때는 성아와 함께 아파트에 살았지만 이번에는 나 혼자였다. 숙소로 대학원 기숙사를 택했다. 아무리 늦깎이라지만 진짜 하버드생다운 생활을 한번쯤은 누려보고 싶었다.

내가 하버드에서 살게 된 첫 번째 기숙사는 퍼킨스 홀이었다. 낡고 오래된 검붉은 벽돌 건물에서 오랜 세월을 하버드 학생들과 함께 쌓아온 연륜이 느껴졌다. 케임브리지 시의 옥스퍼드 가에 위치한 덕분에 내 주소는 세계의 명문인 '하버드' '옥스퍼드' '케임브리지' 이 세 이름이 다 들어가 있었다. 뭔가 조짐이 좋았다. 더구나 내 주임교수인 이리에 교수님의 첫 기숙사도 퍼킨스 홀이었다는 얘기를 들어 알고 있던 터였다. 왠지 기분 좋은 예감이었다.

처음 발을 내디딘 퍼킨스 홀은 몹시 낯설고 차가운 기운을 내뿜고 있었다. 배당받은 열쇠로 입구의 문을 열고 들어가니 양쪽으로 통하는 복도가 길게 뻗어 있었다. 내 방은 2층에 위치해 있었기 때문에 문 건너편으로 층계를 따라 올라갔다. 계단 끝이 닳고 부스러져 있는 것을 보며 얼마나 많은 하버드 학생들이 이곳을 오르락내리락했을까 하는 생각과 함께 묘한 일체감이 들었다. 층계참의 손잡이도 예사롭지 않은 듯했다. 그리고 하버드를 졸업해 살다가 죽어 다시 이곳을 찾은 유령들도 있겠구나 하는 생각에 순간 등골이 오싹해지는 것도 같았다.

딸깍. 내 방문을 열었다. 에계, 정말이지 너무 작은 방. 나처럼 나이 들어 내 집이 있고 몇 개의 방을 소유해본 사람에게는 숨이 탁 막힐 정도로 답답한 방. 그나마 기숙사 중에서도 가장 큰 규모에 속한다는데도 나에게는 너무 작은 밀실이었다. 한 칸짜리 방에는 책상과 의자, 침대, 옷장, 그리고 길게 뻗은 나무 벤치가 있었다. 창문 밑에 누운 듯 놓여 있는 벤치는 오래되어 어딘지 골동품 같은 냄새를 풍겼다. 마치 관광 갔을 때 보았던 어느 유럽 고적지의 방에 들어와 앉은 기분이 들었다.

기숙사 내 방에는 샤워실과 화장실이 없었다. 대신 각 층마다 단체로 사용할 수 있는 샤워 시설과 화장실이 마련되어 있었다. 2층은 여성 전용이었고, 3층은 남성 전용이었다. 내 방은 그나마 샤워실과 화장실이 바로 건너편에 있어 여러모로 편했다. 사실 나이를 그렇게 먹고도 귀신이 무서운 것은 여전했다. 무엇보다 화장실 가는 일이 괴로웠다. 다행히 대부분의 하버드 학생들 방은 새벽 네시까지는 기본으로 불이 켜져 있기 일쑤였다. 대낮처럼 밝은 그들의 방에서 흘러나오는 불빛 덕분에 두려움을 떨칠 수 있을 정도였다.

다른 면에 있어서도 나는 하버드 학생들의 이러한 야행성 기질 턱을 톡톡히 보기도 했다. 나이 탓인지, 아니면 일찍 자고 일찍 일어나는 군대의 습성 때문인지 나는 밤 열한시쯤 잠들어 새벽 여섯시쯤 일어나는 습관을 고수하고 있었다. 덕분에 기숙사 내 샤워실과 세탁기 러시아워를 피할 수 있었다. 나는 이 두 가지 일을 학생들이 잠든 사이에 아침 일찍 해치울 수 있었던 것이다.

기숙사는 전 세계 곳곳의 다양한 인종들이 모여든 곳이라 풍겨오는 음식 냄새도 가지가지였다. 대부분의 학생들이 더들리 하우스에서 식사를 했지만 더러는 기숙사 부엌에서도 음식을 해먹었다. 학교 식당의 음식이 입에 맞지 않는다기보다는 돈이 없어 사먹지 못하는 가난한 나라의 학생들이 주로 그랬다. 다양한 향신료 냄새가 뒤섞여 코를 찌를 때면 내가 정말 이 세상 어디쯤 와 있는 것일까 하는 생각이 들곤 했다.

하버드 기숙사는 남녀 공용이었다. 게다가 방문 시간이나 남녀 출입에 따로 제한을 두고 있지 않아 자주 그네들의 방에서 말소리나 웃음소리가 뒤섞여 들려오곤 했다. 더러는 학생이 아닌데도 애인으로 기숙사에 와 머무는 사람들도 있었다. 문제는 기숙사 벽이 무척 얇다는 데 있었다. 방음이 제대로 되지 않아 옆방 사람이 방귀 뀌는 소리까지 실시간으로 스테레오로 들려올 정도였다. 밤늦게까지 홀로 공부하는 아이들에게 가장 큰 고역은 옆방에서 들려오는 남녀의 신음 소리였다. 한창 혈기왕성한 이들에겐 밀려드는 잠보다 더한 곤혹스러움이었으리라.

하버드의 기숙사는 여름방학엔 방을 모두 비워주어야 한다. 학생들이 주로 여름에는 여행을 떠나든가 고향으로 돌아가기 때문에, 기숙사는 여름학교에 오는 학생들에게 방을 내주든가 혹은 밀렸던 수리를 하기도 한다. 또한 매년 방을 새로 배당받기 때문에 쓰던 방을 다시 배정받는다는 보장도 없다. 완전히 하버드를 떠나지 않을 거라면 싸놓은 짐을 창고에 옮겨두어야 한다. 여러모로 꽤 불편하다는 생각이 들었다. 전통이라고 해서 무조건 고수할 필요가 없는, 언젠가 기회가 되면 이 제도에 뭔가 변화를 주고 싶었다.

"안녕. 난 요코라고 해. 이 방에 살아. 누가 내 이웃이 될까 궁금했는데 반가워."

어느 날 화장실에 가려고 방을 나서는데 옆방 문이 열리면서 깔끔하게 생긴 일본 여자가 반갑게 인사를 건넸다. 20대 후반 정도로 보였다. 나중에 안 일이지만, 그녀는 제네바의 어느 국제기구에서 근무하는 재원이었다.

"안녕, 난 진이라고 해. 반가워. 잘 부탁하고."

"나도 잘 부탁해. 그런데 혹시 한국 사람?"

"어머, 어떻게 그렇게 금방 알아봤지. 아무튼 내가 일본과는 인연이 많은 편인가 봐. 사실 한 달 전까지만 해도 일본에서 살았거든."

"어머, 그래? 어디 있었는데?"

"도쿄 옆의 자마 시."

"재일 교포구나!"

"아니. 군대 일로 한 4년 반가량 근무했어."

"군무원?"

"아니, 얼마 전까지 미군 장교였어. 작년 12월에 제대했거든."

"와아! 멋있다! 미군 여성 장교는 처음 봐. 더구나 한국계 여성이라니. 너무 신기하다. 이따가 저녁 함께 먹을래? 궁금한 게 많아."

"그래 좋지."

요코와 나는 함께 식사하며 이런저런 얘기를 허심탄회하게 나누었다. 때마침 이미 기숙사에 살고 있는 이웃사촌에 대해 호기심이 발동하던 차였다. 하버드에서는 학업만큼이나 교우 관계도 중요하다. 지금까지와는 상상도 할 수 없을 정도로 다양한 인간관계의 네트워크가 그물망처럼 펼쳐져 있어 내가 힘들고 어려울 때나 의지처가 필요할 때 든든한 그물침대가 되어주기 때문이다. 물론 나라는 존재 또한 그들에게 그런 존재여야 함은 물론이고 말이다.

옆방에 살던 요코 말고도 기억나는 친구가 또 하나 있다. 복도 건너편 방에 살고 있던 모잠비크 출신의 친구. 끝없는 내분이 이어지는 제 나라 사정 때문에 괴로워하던 그녀는 모잠비크의 관리직 중견 간부였는데, 내가 석사 과정에서 지원했던 케네디 스쿨에 재학 중이었다. 더운 나라에서 온 그녀는 하버드의 길고 긴 추위를 몹시 힘들어했다. 히터가 들어와도 몸이 적응하지 못해 자주 병원을 찾곤 했다. 내게 마침 한국의 밍크 담요가 있어서 학기가 끝날 때까지 빌려줬다. 그때의 고마움을 잊지 못한 그녀와 나는 가끔 만나 한국 식당에도 가고 중동 식당에도 종종 들렀다. 서로에게 미지의 세계를, 꿈을, 희망을 나눠주던 즐거운 시간과 추억이었다. 그 여름에 그녀는 케네디 스쿨을 졸업하고 모잠비크로 떠났다.

"진, 잊지 말고 꼭 우리나라에 들러. 내가 밍크 담요보다 더 따뜻한 우리나라 사람들의 정을 느끼도록 해줄게. 그동안 고마웠어."

그 후에도 가끔 그녀와 나는 천 리를 한순간에 엮어주는 이메일을 통해 서로의 안부를 묻곤 한다. 짧은 만남이었지만 먼 훗날까지 계속될 인연이라는 것을 우리 둘은 이미 알아차렸던 듯싶다.

비록 나와 같은 기숙사를 쓴 건 아니었지만 내가 일본에 있을 때 매스컴에서 보던 일본 황태자비의 여동생도 기숙사에 살았다. 언니 때문에 공인이 된 그녀는 신분과는 비교될 수 없을 만큼 무척이나 겸손했다. 약간 수줍은 듯 말수가 적었지만 대화를 나누기에는 편안했다.

"그녀는 황태자비의 여동생이라는 이유로 자신을 특별히 대하거나 곁에서 호들갑 떠는 사람을 딱 질색으로 안대. 그냥 보통 친구로 여겨주기를 바란다나."

이런 얘기를 옆방 친구가 전해주었다. 나는 그 얘기를 염두에 두고 그녀를 대했다. 그녀와 내 옆방의 일본 학생이 주최가 되어 매주 수요일 더들리 하우스에 '재팬 테이블' 모임을 만들었다. 일본과 일본어에 관심 있는 학생들이 한 테이블에 모여 일본 말로 대화를 나누며 함께 식사를 즐겼다. 그 시간은 내 일본어 실력이 보다 더 향상되는 데 큰 도움이 되었다. 성아가 하버드로 왔을 땐 함께 데려갔다. 모임 사람들은 일본말을 잘하는 성아를 몹시 예뻐했다.

모임 멤버 중에는 한국의 여승도 있었다. 파르라니 깎은 머리에 회색 승려복을 입고 있어 모두의 시선을 끌기에 충분했던 그녀는 한 보살의 후원으로 일본에서 공부를 마치고 하버드에서 연구하는 중이었다. 그녀는 황태자비의 여동생과 매우 친해서 늘 함께 다니는 것 같았다. 그녀는 곱상하게 생긴 데다 성격이 화통했고 유머가 넘쳐 주변에 많은 사람들이 모여들었다.

더들리 하우스에서 매일 저녁을 먹으며 나는 많은 학생들과 친해질 수 있었다. 기숙사 학생들은 낼 모레면 쉰 살인 학생을 스스럼없이 대해주었다. 나를 맞아주는 내 딸 또래의 젊은 학생들보다 나이 든 내가 더 쑥스러울 정도였으나 그들은 아무 거리낌 없이 나를 '진'이라고 불렀다. 그렇게 이름을 불릴 때마다 나는 내 나이를 잊고 그들과 동년배가 된 듯 젊음으로 돌아가 흥겨워하곤 했다. 앳되어 미성년자라고 보아도 무방한 학생들과 술집에라도 들르게 되면 웨이터는 으레 신분증을 조사했다. 무의식적으로 나도 함께 신분증을 내밀면 웨이터가 머쓱한 듯 웃음을 지어 보이곤 했다.

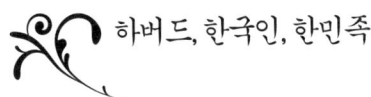

하버드, 한국인, 한민족

: 우정은 사랑을 받는 데 그 의미가 있는 것이 아니라
사랑을 주는 데 있다.
—루소

하버드에서 나는 한국 학생들과도 많은 인연을 맺었다. 그러나 한국 학생들은 무척 달랐다. 그들은 언제 어디서든 나를 어른으로 깍듯이 대접했다. 그 바람에 깜박 잊고 지내던 내 나이가 선명히 떠오르곤 했다. 오히려 그게 서운했다. 유교의 나라에서 나고 자란 그들은 또 그들 나름대로 나를 부르는 호칭 문제 때문에 우물쭈물 불편해하는 것처럼 보이기도 했다. 나이 앞에서 껌뻑 죽는 그들과 나이를 잊고 싶어하는 나 사이에 타협이 이뤄졌다. 호칭은 바로 선배님. 서진규 선배님. 나이의 많고 적음에 상관없이 어느 학교 어느 지역 출신과도 상관없이 나는 한국인 학생들에게 통일된 하나의 선배님이었다.

대부분의 하버드 학생들이 그렇듯, 한국의 후배들도 야행성인 경우가 태반이었다. 보통 새벽 네시가 넘어야 잠자리에 들었다. 자명종도 별로 소용없던 후배들은 어쩌다 아침 일찍 중요한 일이 있으면 내게 깨워달라고 부탁해오곤 했다. 물론 그들은 자신들의 엄마나 고모나 이모뻘인 나를 진심으로 배려해주는 것을 잊지 않았다.

퍼킨스 홀에 함께 살며 우리는 자주 한밤중에 따로 모여 맥주를 마시거나 차를 마시는 시간을 즐기기도 했다. 하루는 내가 '김병장'이라는 호칭으로 불러주던 후배에게서 전화가 왔다. 철학하는 친구와 지금 맛있는 차를 준비했는데, 잠시 머리 좀 식히자는 것이었다.

"그래 좋아. 안 그래도 머리 터지기 일보 직전이었어. 잠깐 기다려."

값비싼 장소에서 값비싼 음식을 먹고 마시는 게 무슨 소용이랴. 소박하나마 작은 티 테이블 위에 은은한 차나 시원한 맥주 한 캔이 놓여 있고, 작지만 환한 초에 불이 붙어 밝게 타오르고, 그 불빛에 서로의 얼굴을 비춰가며 조곤조곤 대화를 나눌 수 있으니 그간의 피로가 한순간에 녹아내리는 듯했다.

또 한국의 후배들과 가끔 볼링을 치러 다니기도 하고, 영화도 함께 보러 다니며 공부하는 틈틈이 나름의 문화생활을 즐겼다. 어느 날은 김병장이 철학하는 친구와 석사 공부를 하는 선배의 차를 타고 새로 개봉하는 「스타워즈」를 보러 가자고 했다. 극장은 하버드에서 자동차로 약 15분 거리의 프레시 폰드(Fresh Pond) 쇼핑몰에 있었다. 벨몬트와 접해 있는 그곳이 내겐 옛 추억에 대한 그리움이 살아나는 곳이었다. 석사 과정 시절에 매주 토요일, 딸 성아와 함께 와서 빨래도 하고 쇼핑도 하고 때론 영화도 보면서 밀린 회포를 풀던 바로 그곳.

마침 눈이 내려 온 천지가 하얀 털옷으로 갈아입고 있었다. 집도 나무도 길도 계속 내리는 눈송이에 뽀얀 피부를 자랑하고 있었다. 네 사람이 겨우 끼여 탈 수 있던 자동차는 낡다 못해 금방이라도 풀썩 그대로 주저앉을 듯했다. 덩치 큰 김병장이 결국 운전사 노릇을 할 수밖에 없었다. 미끄러운 눈길을 아슬아슬 차가 굴러나갔다.

"김병장, 왜 이렇게 느려. 눈길이라 아무리 조심해도 그렇지 15분이면 갈 거리를 지금 한 시간째라구."

영화를 보고 나오니, 그사이 눈은 더 내려 자동차 위에도 소복하게 쌓여 있었다. 기숙사로 돌아가는 길이 더 걱정이었다. 금방이라도 유리를 뚫고 나갈 듯 김병장은 운전대에 바싹 가슴을 댄 채 헤드라이트가 비춰주는 길에 온 신경을 곤두세운 것 같았다. 긴장감이 확연하게 느껴졌다. 뒤를 돌아보니 느린 거북이걸음으로 삐뚤빼뚤 이어진 하얀 바퀴 자국이 보였다간 이내 눈에 뒤덮이길 반복하고 있었다.

차를 주차하고 기숙사로 늘어가던 김병장이 한숨을 내쉬며 말했다.

"선배님, 저 이 정도면 운전면허 시험에 너끈히 통과할 수 있겠죠?"

"아니, 뭐라고?"

이 의리의 사나이들은 나의 이사 부대 역할을 톡톡히 해주기도 했다. 이사할 때면 아침 일찍부터 열 일 제쳐놓고 내 방으로 달려왔다. 학자의 길을 걷다 보니 물론 이삿짐의 반 이상이 두툼한 책일 때가 많았다. 수십 상자의 책들을 층계도 마다 않고 날라다 주는 모습을 보며 다른 나라 친구들은 몹시 부러워하면서도 의아해하곤 했다.

"어쩜 네 한국인 친구들은 마치 제 일처럼 진을 도울 수 있지?"

세미나나 컨퍼런스가 끝나면 함께 매사추세츠 가의 고급 중국집으로 몰려가 맛있는 음식과 술을 나누기도 했다. 누군가의 기분이 우울하다고 하면 모두 나이트클럽으로 몰려가 춤을 추며 가라앉은 기분을 풀어주기도 했다.

하버드에서 만난 후배들은 내게 한민족이라는 것이 무엇인지 다시금 깨닫게 해준, 그야말로 '내 친구들'이었다. 같은 피, 같은 말, 같은 문화를 나눌 수 있는 이들이 있어 나는 하버드에서 외롭지 않았다. 아니, 외로울 틈조차 없었다.

공부라면 늘 1, 2등을 다투던 수재들이지만, 그래서 뭔가 다를 것도 같지만 그들은 생활에 있어서 나처럼 지극히도 평범한 한국인이라는 사실을 발견할 때마다 친밀함은 더해졌다.

그러던 어느 날 뜻밖의 소식이 들렸다. 나의 모국 한국이 엄청난 경제난에 봉착했다는 것이었다. 파산이라니, 내가 겪어본 적 없는 일이어서 생소함이 더욱 컸다. 크고 작은 회사들이 줄줄이 문을 닫고 실업률은 하늘을 찌른다고 했다. 직장을 잃고 집을 잃고 가정을 잃고 나라 전체가 파탄에 빠졌다고 했다. 세상에, 어떻게 이런 일이 우리나라에……

달러가 절대적으로 필요하단 얘기를 들었다. 얼마 되지 않지만 저축한 돈을 송두리째 한국으로 보냈다.

한국의 경제난은 하버드의 한국인 유학생들에게도 고스란히 전해졌다.

"왜들 그렇게 풀이 죽어 있어? 자네들 집에도 그 여파가 닥친 거야?"

어느 날 저녁 더들리 하우스에서 밥을 먹는데, 한국 유학생들의 표정이 너무나도 어두웠다. 항시 서로를 놀리듯 주고받던 농담도, 이런저런 일상의 푸념도 늘어놓는 이 하나 없었다. 대화가 자주 끊어지면서 긴 침묵이 종종 이어졌다.

"우리 집은 아직 괜찮지만, 그 태풍이 언제 들이닥칠지 몰라요."

"내가 아는 친구들 중에도 집이 난리인 애들이 여럿이에요. 학교를 못 다니게 되었다네요."

"벌써 휴학계를 내고 떠난 애들도 많아요."

학비는커녕 한국에 있는 가족들을 걱정하느라 한숨이 늘어지는 친구들의 마음을 내 어찌 모르겠는가.

"내가 갑부라면 얼마나 좋을까. 무능력해 아무 도움도 못 되고, 내가 할 말이 없다."

"그게 무슨 말씀이세요. 나라 전체의 위기인 걸 선배님이 무슨 수로요."

집안에서 원조받고 있던 아이들도 그렇지만, 나라나 학교나 대기업에서 장학금을 받던 아이들의 근심도 무시할 수 없었다. 장학금을 지원하던 기업에서도 불투명한 내일에 대한 예고를 앞서 보내왔던 것이다. 모두가 하루 앞을 내다볼 수 없는 상황이었다.

다행히 하버드에서 그런 유학생들을 배려해주려는 움직임이 보였다. 당분간 학비를 면제해주거나 나중에 낼 수 있게끔 하는 여러 제도를 제공했다. 너무도 고마운 처사였다.

어쨌든 이 난관을 그저 팔짱 끼고 지켜볼 수만은 없었다. 어려움에 처한 한국 유학생들을 도와야겠다는 결심이 섰다. 일단 아이들이 당장 먹고살 곳이 필요하단 생각이 들었다. 나는 혼자 쓸 아파트를 구하려던 계획을 바꿔 한국 학생과 룸메이트를 해 방세를 반으로 줄이기로 했다. 여차하면 단칸짜리 아파트를 하나 구해 여러 학생들이 먹고 잘 수 있도록 숙소로 만들어줄 참이었다.

"너무들 걱정하지 마. 하늘이 무너져도 솟아날 구멍이 있다고 하잖아. 날 봐. 정신 차리고 씩씩하게 힘을 내면 아무리 가파른 고갯길도 넘게 되어 있다고. 그리고 우린 이렇게 여럿이잖아."

아이들은 내 계획에 무척 감동한 눈치였다. 난 그 아이들의 도움으로 학교 기숙사에서 커크랜드 가에 있는 하버드 소속의 아파트로 숙소를 옮겼다. 1999년 KBS의 〈일요 스페셜〉에서 방영했던 나의 다큐멘터리를 통해 한국의 시청자들에게 소개된 바로 그곳이기도 했다. 자주 이용하던 하버드 옌칭 건물과 내가 좋아하던 하버드 야드가 지척에 있어 무엇보다 맘에 들어하던 곳이었다.

중국 철학을 전공하던 내 룸메이트는 장학생으로 서울대를 졸업하고 다시 한국 모 기업의 장학금을 받아 하버드에서 공부하던, 이른바 수재였다. 매스컴 타는 것을 극도로 싫어해 내 다큐멘터리에 출연하는 것을 한사코 거부했지만, 늦깎이로 만학에 겨워하는 나를 모델 삼아 힘들 때마다 고비를 넘겨왔더란 얘기를 선후배나 친구들에게 종종 해왔다고 했다. 비록 내게 직접 표현하지는 않았지만 돌고 돌아 가장 가까이 지내는 룸메이트에게서 나에 대한 칭찬을 들으니, 또 다른 의미의 용기이자 독려로 내게 큰 힘이 되어주었다.

한편 대기업의 장학금을 받던 유학생들의 고민은 다행히 해결되었고, 덕분에 그들을 위한 아파트를 따로 구하지 않아도 되었다. 어떻게 해서든 하버드 유학생들의 장학금은 마련해주겠다는 반가운 소식을 기업들이 보내왔기 때문이었다. 우리는 그 행운을 축하하기 위해 맥주 파티를 열었다. 하지만 기쁜 마음도 잠시, 우리는 고국에 있는 식구들을 비롯해 온 국민들의 암울함을 걱정하느라 슬픈 표정을 감출 수 없었다.

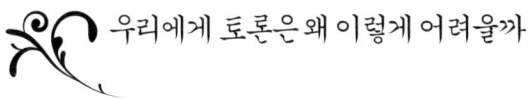# 우리에게 토론은 왜 이렇게 어려울까

: 태양광선도 초점이 맞지 않으면 태우지 못한다.

— 그레이엄 벨

"정말 힘들어 죽겠어요."

어느 날 나는 한국 학생들과 더들리 하우스에서 저녁을 먹고 있었다. 메뉴는 내가 좋아하는 라자냐였다. 음식을 먹으며 우리는 여느 때와 다름없이 학교에서 있었던 일들을 두서없이 떠들고 있었다. 그때 막 도착한 한 후배 학생이 무거운 빅 백을 내려놓고 의자에 털썩 주저앉으며 한숨을 크게 내쉬었다. 모두들 그를 주시했다. 서울대를 졸업하고 모 기업의 장학금으로 박사 과정에 들어와 있는 학생이었다.

"오늘 무슨 일 있었어? 왜 그래."

옆에 있던 학생이 음식을 씹으며 물었다. 잘게 부서진 음식물들이 테이블 위로 튀었다.

"토론이 너무 힘들어!"

힘없는 목소리에는 좌절이 한껏 묻어나 있었다.

"에이 씨, 난 또 뭐라고. 그게 어디 어제오늘의 문제냐."

"한국 사람이라면 안 겪는 사람 어디 있냐. 다 똑같지."

모두들 당연한 질문이라는 듯 한마디씩 거들었다. 몇몇은 자신의 쓰린 추억이 기억난다는 듯 씁쓸한 표정을 지어 보이기도 했다.

"영어도 힘들어 죽겠는데, 세미나에서 토론에 참여하지 않으면 성적이 잘 나오지 않으니. 정말 미치겠다고."

"사실 한국은 주입식 교육이 대부분이잖아. 우린 선생님이 가르쳐주는 대로 듣고 외우고 풀고 시험 치고, 그렇게 자랐는데 우리더러 교수님 앞에서 다른 학생과 논쟁을 벌이라니, 그것도 외국어로, 그거 아주 못할 짓이지 뭐."

"가뜩이나 영어 때문에 주눅 들어서 미국 애들하고 대화하기도 힘든 판에 그 어려운 주제로 서로 공방을 하라니."

봇물 터지듯 아이들의 입에서 불평 불만이 끊임없이 터졌다.

"우리도 이렇게 힘든데, 선배님은 어떠세요?"

"왜 아니겠어. 나 역시 힘들어 죽겠는걸. 사실 안 힘든 사람 있음 어디 나와보라고 그래."

"그래도 선배님은 영어 실력 좋으시고 연륜도 있으시고 성격도 좋으시고, 우리보다는 덜하시지 않나요."

"물론 내 영어가 일반적인 한국인들보다는 낫다고 볼 수 있지. 하지만 여긴 미국 아니냐. 아무리 내가 잘한다 해도 난 외국인일 뿐이야."

"그러니 우린 오죽하겠어요."

"그렇다고 때려치울래?"

"……."

그랬다. 미국의 대학이나 대학원에서는 토론 수업을 중시한다. 특히 대학원생들이 주로 들어야 하는 세미나 클래스에서는 토론이 성적의 큰 비중을 차지할 정도다. 토론을 통해 얻는 것이 너무도 많기 때문이다.

토론을 통해 학생들은 자신의 주관을 다른 사람들이 잘 알아듣도록 발표하는 능력을 가다듬게 된다. 발표하는 것 이상으로 상대방의 이론을 잘 듣고 이해하는 배려와 분석력 또한 키운다. 그런가 하면 다른 사람들의 주장에 귀 기울이며 자신의 차례를 기다릴 줄 아는 인내를 배우기도 한다. 다른 사람들의 의견에 대해 자신이 동의하는가, 동의하지 않는가를 판단해 논리적으로 표현하는 훈련을 하기도 한다. 여러 사람 앞에서 주저 없이 자신의 의사를 표현할 수 있는 용기를 북돋워주기도 하고 상대방을 이해시키고 자신의 주장에 동의하도록 하는 설득력을 겸비하게도 한다.

수동적인 교육 방식에 익숙했던 한국 학생들에게 이러한 하버드의 토론 문화는 큰 곤욕이 아닐 수 없다. 사실 머리로는 다른 이떤 나라에 뒤질 리 만무한 우리 아이들이 서툰 외국어로 발표하고 논쟁하다 보니 어려움을 겪는 것이었다. 대체로 경쟁의식이 강한 한국 학생들은 많은 갈등으로 고뇌한다. 토론에 적극적으로 참여할 수 있는 능력이 부족한 것은 인정하지만, 지는 것을 받아들이기는 쉽지 않기 때문이다. 그것도 한국에서 제1의 수재 소리를 듣던, 누구에게도 지지 않을 학업 실력을 겸비한 아이들이 아니던가. 토론 수업 전날에는 공연히 배가 아프고 잠이 오지 않는 하소연을 입에 달고 살듯이 아이들의 토론 문화에 대한 스트레스는 과다한 상태다.

'물 반 잔의 비유.'

같은 상황이라도 어떤 마음가짐으로 보느냐에 따라 다르게 보인다는 게 내 철학이다. 같은 문제라도 마음먹기에 따라서는 불가능할 수도 가능할 수도 있는 것이다. 힘들어하는 후배들을 도와주고 싶었다. 처음에 산 넘기가 어려워도 넘다 보면 수월해진다는 진리를 일찌감치 깨우쳐주고 싶었다. 까짓것 토론쯤이야 하는 자신감을 키워주고 싶었다.

"영어는 내가 좀 나을지 몰라도, 난 사실 자기들보다 못한 게 너무 많잖아."

"네?"

"대학 공부를 정규적으로 받지 못하고 여기까지 왔기 때문에 학문적으로 난 아주 부족해. 그래서 늘 자격지심에 시달렸지. 사실 나도 처음에는 딱 죽고만 싶었어. 한마디 내뱉었다가 바보 소리를 들을까 봐 말이 입 안에서 뱅뱅 돌지 뭐야. 그래서 생각해낸 것이 다른 사람이 발표한 것에 대해 뭔가 질문이라도 하자였어."

아이들이 고개를 연신 끄덕였다.

"난 수도 없이 자기 암시를 했어. '너 언제까지 이렇게 기죽어 살 거야? 그러려면 차라리 학교를 그만두든가.' 그리고 생각했어. '근데 대체 뭐가 두려운 거지? 너도 쟤가 한 얘기, 대충이지만 알아들은 거잖아. 질문도 준비했고.' 이러면서 스스로에게 용기를 불어넣었지. 그리고 왜 도둑질도 하다 보면 는다고, 그렇게 한 번 하고 두 번 하다 보니까 사람들 앞에서 말하는 두려움이 없어지더라. 슬슬 재미도 붙고 말이야. 그때부터는 수업 시간에 좀 더 충실히 준비하게 되고 내가 문제 제기를 하는 것도 전혀 망설여지지 않았어. 그랬더니 표현력도 늘고 머리 회전도 빨라졌어. 나중에는 토론을 주도하는 역할도 크게 어렵지 않더라고."

"정말 그럴 수 있을까요?"

"물론이지. 그러다 보면 수업 시간에 두각을 드러내니까 동료들이나 교수들도 나를 어느 순간부터 주목하게 되고, 또 나름대로 인정해주는 것도 같고, 함께 더 얘기해보자며 복도에서 날 붙잡고 늘어지던 친구도 생기던걸."

"아, 맞다. 맞아. "

"그러니까 눈 딱 감고 첫 산만 넘어. 그다음은 뭐 미끄럼 타고 내려오기야."

"그래도 부족한 영어 실력은 하루아침에 느는 게 아니잖아요. 선배님은 그만큼의 세월이 든든한 백이 되어주니까 얼마나 좋아요."

"너무 기죽을 필요 없어. 걔들이 뭐 너희들처럼 한국말을 잘하니? 머지않아 너희들처럼 머리 좋은 녀석들은 걔네들의 코를 납작하게 해줄 게 분명해. 답답하면 한국말로 해버려. 알아듣지도 못하는데 얼마나 시원해. 한번은 내가 겨우 영어로 뭔가를 발표했는데 누가 피식 웃는 거야. 이유를 모르니까 좀 창피하고 난처하고 화도 나고 그렇더라. 에라, 모르겠다 그냥 한국말로 '넌 뭐가 잘나 웃고 그래? 영어밖에 못하는 놈이 한국말도 모르면서.' 이렇게 해버렸더니만 다들 무슨 소린가 싶어 날 빤히 쳐다보더라. 얼마나 속 시원했는지 몰라. 난 아무 일도 없었다는 듯 환하게 웃으면서 영어로 이래버렸어. 'Anyway, that's all. Thank you.'"

아이들에게 온갖 격려의 말을 전했지만 속으로 안타까운 마음은 금할 길이 없었다. 글로벌한 경쟁에서 살아남으려면 한국의 교육 방식으로는 부족하다는 생각이 아이들을 통해 확인되는 참이었다. 언제쯤 우리 아이들이 유연하면서도 폭넓은 사고로 전 세계 어디서든 유감없이 실력 발휘를 하게 될까.

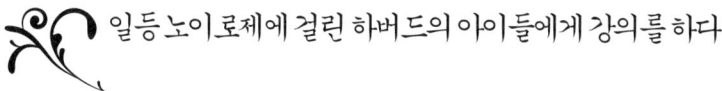

일등 노이로제에 걸린 하버드의 아이들에게 강의를 하다

: 한 번도 실수한 적이 없는 사람은
한 번도 새로운 것에 도전해본 적이 없는 사람이다.
—알베르트 아인슈타인

하버드에서 얻은 것은 헤아릴 수 없이 많다. 어떤 것은 내 삶의 현재와 미래를 바꿀 정도로 중요한 영향을 미쳤다. 보람도 컸다. 학부생들을 가르치며 얻은 교훈도 있었다. 사회가 무시하던 가발공장 직공이었던 내가 감히 세계가 인정하는 하버드의 준재들을 가르치다…… 내 인생 어느 때 어느 구석에서도 생각조차 해보지 못한 일이었다.

박사 과정을 위해 하버드로 돌아온 지 일주일쯤 지났을까. 나와 같은 과의 동료 학생에게서 전화가 걸려왔다. 그 역시 나와 비슷한 시기에 석사 과정을 시작한 중국인 남학생이었다.

"2학년 동아시아학과에 조교 한 사람이 모자라는데…… 어때 한 번 가르치지 않을래? 한국 전문가가 필요하거든."

동아시아학을 전공하는 대학생들을 위한 클래스였다. 토론을 통해 전문 지식을 쌓고 이론을 분석하게 함으로써 동아시아에 대한 진정한 이해에 이르게 하는 데 목적을 둔 과목이었다.

"사실 난 가르치기엔 실력 부족이야. 특히 중국과 일본에 대해서는 정말 아는 게 없고……. 아무튼 자신이 없어."

나는 진실을 말했건만, 그 친구는 내가 겸손을 떤다고 생각한 모양이었다.

"아니야. 너 정도면 충분해. 대체로 학생들의 토론에 중점을 두는 과목이니까, 토론 방향만 잘 이끌어주면 돼. 또 그 시간에 토론할 주제나 내용은 일주일 전에 배부되니까, 그걸로 예습하면 된다구. 걱정 안 해도 돼. 조교들 중에 중국이나 일본학 전공 박사 후보들이 있으니까, 서로 도와가면서 준비하면 돼. 어때, 하는 거지?"

"글쎄, 시간도 너무 부족하고…… 사실 난 제너럴 이그잼이 끝날 때까지는 아무 과목도 안 가르치려고 하는데……."

내가 별로 내켜하지 않는 듯하자 그는 작전을 바꿨다.

"일레인이 그러는데, 네가 가장 적격이래. 일레인 그 친구가 입에 침이 마르도록 네 칭찬을 하더라구. 담당 교수가 볼라이소 교수인데, 일레인 말이 너라면 그 교수도 금방 동의할 거라는 거야. 어때, 한번 같이 해보자."

볼라이소 교수라면 중세기 일본 역사 전공으로 내가 석사 과정에 있을 때 많은 도움을 주셨던 분이 아닌가. 그 교수는 내가 박사 과정에 지원했을 때도 한 치의 망설임 없이 추천장을 써준 고마운 분이었다. 일레인은 내가 속해 있는 '역사와 동아시아 언어학과'의 서무 담당이었다. 누구보다 나를 신뢰하고 도와주는 좋은 친구였다. 내 진짜 실력을 알 수 없는 그녀는 나의 박력과 군대 경험만 보고 내가 학문적인 실력을 겸비한 우수한 교육자라고 믿는 것 같았다.

'허울을 벗은 내 진짜 모습을 보면 얼마나 실망할까……. 그렇지만 뭐 한번 도전해보는 것도 좋겠지. 이것도 좋은 경험이 될 테니까.'

나는 기초 실력이 부족했기 때문에, 더 많은 노력을 기울여야 했다. 매 주마다 주어진 과제 외에 전반적인 상식도 공부해야 했다. 특히 중국과 일본의 역사와 사회, 문화에 대해 이것저것 읽었다. 과제를 이해하는 데 반드시 필요한 준비였다. 급기야 강의 준비에 할애하는 시간이 내 박사 과정 시험을 준비하는 시간보다 더 많이 소요되기 시작했다.

결국 나는 1998년 5월에 치를 예정이었던 박사 과정 시험을, 한 학기 늦추어 11월로 연기하고 말았다.

하버드에는 '일등 노이로제'에 걸린 학생들이 수두룩하다. 하버드를 목표로 앞만 보고 달려온 아이들 다수가 재학 중이기 때문이다. 그러나 일등은 오로지 숫자 1, 같은 경쟁 공간 안에서 누구나 다 일등을 할 수는 없다. 그 자리는 오직 한 사람만의 차지다. 늘 일등을 해왔던 아이들은 그보다 뒤진 2등, 3등은 몽땅 묶어 실패라고 애기할 정도다. 더러는 충격으로 정신이상 증세를 보이는 학생이 있는가 하면, 심지어 자살하는 학생들도 생겨난다. 하버드는 이러한 사태를 막기 위해 다양한 상담 조직을 운영한다. 그러나 모든 제도가 그러하듯 완전할 수는 없다.

이렇게 일등을 지켜온 학생들은 아는 것도 많다. 적어도 나와 비교할 때 그랬다. 그들은 자신의 의견을 주저 없이 밝히고, 교수나 조교의 논리에 두려움 없이 도전한다. 그리고 모두가 A학점을 원한다. 물론 모두에게 A를 줄 수는 없다. A 이하의 학점을 받은 학생은 그 이유를 따져 묻고, 심한 경우 조교의 설명에 동의하지도 쉽게 승복하지도 않는다. 교수에게 항의하는 것도 불사한다. 바로 이러한 학생들을 내가 가르치게 된 것이다. 순간순간 두렵지 않을 수 없었다.

아무리 예습을 꼼꼼히 했다 싶어도 역부족일 때가 많았다. 그럴 때마다 나는 내가 평생을 활용해온 생존의 노하우를 썼다. 나는 그들에 비해 내가 좀 더 자신 있게 논의를 끌어갈 수 있는 주제를 찾았다. 그것은 바로 나의 삶, 그 자체였다. 나는 석사 과정 때처럼 자주 내 체험과, 거기에서 비롯된 깨달음을 생생하게 들려주었다.

"현재 우리 사회를 움직이는 법, 제도, 풍습, 문화…… 이 모든 것은 자연의 철칙이 아니다. 그것은 인간들이 만들어낸 것에 불과하다. 우리의 선조들이 필요에 의해 만들어낸 것에 지나지 않는다. 많은 것들이 보다 나은 인류의 삶을 위해 만들어졌다고 본다. 그중에는 우리가 안심하고 살아가는 데 꼭 필요한 것들도 많다."

아이들의 눈이 호기심으로 가득했다. 신이 났다.

"그러나 동시에 옳지 않은 것, 시대에 전혀 맞지 않는 것들도 존재해왔다. 그중에는 돈 많은 사람들이 자신들의 돈을, 권력자들이 자신들의 권력을 지키기 위해 만든 것도 허다하다. 우리가 잘 아는 노예 제도가 바로 그런 것들 중 하나였다. 지금도 기세등등하게 존재하는 인종이나 남녀 차별 역시 그 한 예일 것이다."

학문에 대한 토론 때와는 또 다른 긴장감이 돌았다.

"또한 많은 제도나 풍습 등은 우리의 선조들이 그들이 처한 환경 속에서 만든 것들이다. 과학이 고도로 발달한 지금, 그 환경은 이미 낡은 것이다. 마차가 다니던 시절에 만든 규칙들은 우주를 날아다니는 지금은 맞지 않을 경향이 크다. 만일 그것들이 맞지 않다, 부당하다고 판단될 경우엔 어찌할 것인가? 우리의 조상들이 만든 것이므로 그냥 방치하고 받아들여야 하는가? 아니다. 오늘의 주인이 누구인가? 바로 우리가 아닌가? 그것은 오늘의 주인인 우리가 올바르게 고치고 바꿔나가야 한다. 그것이 우리의 고귀한 권리이자 신성한 의무이다."

샛별처럼 눈을 반짝이며 나의 철학을 흡수하고 분석하는 미래의 주인들을 보니 내 마음은 더욱 뜨겁게 달아올랐다.

"우리가 살아간다는 것은, 그때그때 주어지는 숱한 문제를 풀어간다는 것이라 할 수 있다. 하지만 그것이 무슨 문제이든, 해답은 언제나 한 가지 이상일 수 있다는 사실을 명심해야 한다. 해답을 찾을 때에도 지나치게 주어진 범주에 구애받지 말아야 한다. 스스로 범주를 만들어내는 상상력과 도전이 절실하다. 늘 새롭고 더 큰 세계를 꿈꾸어야 한다. 또한, 해답 하나를 찾았다고 해서 문제가 끝난 것이 아니다. 스스로 찾아낸 해답은 누군가를 움직일 수 있을 때에만, 즉 사회화될 때에만 진정한 해답이 된다. 해답을 확실하게 육화한 다음, 논리적으로 상대방을 설득시킬 수 있는 능력을 갖추어야 한다는 의미다."

나는 하버드 대학생들에게 개개인의 중요성에 주목하라고 강조했다. 그 개인들이 저마다 세계를 변화시킬 가능성을 갖고 있기 때문이다.

"미래 사회의 리더는 개개인들에게 잠재되어 있는 능력을 이끌어내고, 그것이 공동체적인 선에 이바지할 수 있도록 해야 한다. 그러기 위해서는 차별이나 억압이 없는 사회를 건설해야 한다. 차별이나 억압은 자원의 낭비를, 우리에게 엄청난 손실을 가져온다."

또한 나는 몸으로 이룬 공부의 중요성을 강조했다.

"상아탑 안에서 이루어지는 학문 탐구도 중요하지만, 삶의 현장에도 우리가 배워야 할 것은 무한하다. 하지만 그런 살아 있는 지식은 그것을 애써 찾고자 하는 사람들의 깨어 있는 눈에만 보인다."

제도적인 교육 시스템에 너무 구애받지 말라고 당부했다.

"초등학교에 들어간 지 16년 만에 대학을 졸업하는 것이 목표가될 수는 없다. 설사 몇 년 늦어지더라도 가치 있는 교육, 즉 산 교육을 받는 것이 더욱 중요한 성취가 될 수 있다. 젊어서 좋은 자리에 취직했거나 꿈을 이루었다고 해서 우리는 그를 인생의 승자라고 단정할 수 없다. 만일 그에게 올바른 인성, 남을 배려하는 따스함, 용기 있는 도전과 열정이 없다면 그의 나머지 인생이 언제 불행으로 밀려갈지 알 수 없기 때문이다."

"중요한 것은 당장의 욕망을 채우기 위해 긴 삶을 망치는 일은 없어야 할 것이다. 죽을 때 스스로 후회 없는 삶을 살았노라 자신할 수 있는 그런 삶이야말로 성공한 삶이라 할 수 있을 것이다. 꿈은 자신의 인생 전체를, 아니 죽은 후에 남겨질 것까지, 하나의 프로젝트로 보며 이루었을 때 진정한 삶의 의미가 있다고 나는 믿는다."

내 가르침이 유효했던 걸까. 한 학생은 2학년이 끝나자 학교에 휴학계를 내고 중국으로 건너갔다. 부잣집의 잘생긴 백인 남자였다. 그는 1년간 영어 강사와 바텐더로 일하면서, 중국 각지를 돌아다녔다. 중국인들 틈에서 살아 있는 중국을 배운 것이다. 그리고 이듬해 가을, 하버드로 돌아왔다. 1999년 초 KBS의 〈일요 스페셜〉 팀이 나의 삶에 대한 다큐멘터리를 만들 때 그 학생을 인터뷰한 적이 있었다.

"전에도 중국엘 갔었거든요. 그땐 베이징 대학에서 중국의 엘리트 학생들과 함께 공부를 했었지요. 그때 나는 영어 발음도 엉망이고 또 지저분해 보이는 중국인들에게서는 배울 것이 별로 없다고 무시했습니다. 그러곤 하루빨리 미국으로 돌아갈 생각만 했었지요. 아무튼 석 달이 마치 삼년처럼 지루했답니다. 그런데 진의 수업을 받은 뒤 다시 중국에 가보고 나서야 많은 것을 깨달았습니다. 중국을 어느 정도 이해할 수 있게 되었을 뿐만 아니라 저 자신에 대해 많은 것을 느꼈어요. 무엇보다도 내가 얼마나 행운아인가를 알았습니다. 나에겐 미국의 백인 남자로서 하버드라는 '무한한' 가능성이 주어졌습니다. 그 가능성을, 내 삶을 결코 헛되이 하지 않겠다는 결심이 서더군요. 그리고 그 1년이 어쩌면 그리도 짧게 느껴지던지. 아무튼, 똑같은 사실이 내가 세상을 보는 눈을 바꾸었을 때 얼마나 다르게 보일 수 있는가를 알게 한 중요한 계기였습니다."

곁에서 그의 얘기를 듣고 있던 나는 속으로 무한한 환희에 차올랐다. 가르치는 사람으로서의 기쁨은 바로 이런 데서 찾을 수 있는 것이리라.

중국학을 전공하는 세 학생 중 다른 두 명은 3학년을 마치고 교환학생으로 1년간 중국에서 공부했다. 교환학생을 지원할 때 내게 추천서를 부탁해왔기에 흔쾌히 써주었던 나는 그들을 통해 하버드 옌칭 연구소의 교환학생 프로그램이 무엇인지 상세히 알게 되었다. 성아가 이화여대에 교환학생으로 가게 된 것도 실은 이들과의 만남에서 발단이 되었다.

2000년 6월, 성아, 중국을 다녀온 학생, 그리고 중국에 교환학생으로 갔다 온 두 학생들도 같은 날 졸업했다. 한꺼번에 네 사람의 장래를 축하해줄 수 있게 되어, 더욱더 마음이 설레었다. 이들의 성취를, 열정을, 꿈을 지켜보면서 나는 또 다른 꿈을 보았다. 이들을 통해 나는 미국을 바꿔나갈 엄청난 꿈을 꾸었던 것이다. 또한 미국을 통해 세계를 그리고 미래까지도 바꿔나갈 꿈을 꾸었던 것이다.

무엇보다 가장 멋있는 것은 이 모든 꿈이 진정 가능한 꿈이라는 것이다. 꿈을 더 높이 더 크게 꿀수록 그것을 이룰 수 있는 가능성 역시 비례로 커진다는 것을 나는 보다 확신할 수 있었다.

자식을 강하게 키우려면 부모가 먼저 강해져야 한다

어느 금요일 밤, 센트럴 스퀘어로 임시 자리를 옮긴 라이샤워 인스티튜트의 고든 교수를 뵙고 하버드 스퀘어 쪽으로 걸어가고 있을 때였다. MIT와 하버드를 연결하는 매사추세츠 가의 주말 밤거리가 클럽에서 쏟아져 나오는 음악 소리에 왁자지껄한 사람들의 말소리와 웃음소리로 평소와는 달리 요란한 분위기를 띠고 있었다. 심각한 논문 문제에서 조금 벗어나볼 겸해서 아무 생각 없이 천천히 걷고 있는데, 누군가 나를 부르는 것 같았다.

"하이, 진. 어딜 그리 급히 가세요?"

돌아보니 젊은 남자가 클럽 문 앞에 서서 환하게 웃고 있었다.

"진, 나예요, 필릭스."

그는 내가 가르치던 학생이었다.

"야~ 필릭스. 오랜만이야. 별일 없지?"

"덕분에요. 아니, 그런데 무슨 생각을 그리 골똘히 하세요? 세 번이나 진, 진, 진 그렇게 불렀는데……."

"요즘 내가 논문 때문에 슬럼프야. 복잡한 문제를 풀어야 하는데 생각보다 만만찮아서……. 어디 숨었는지 꼭꼭 숨어서는 도무지 나올 생각을 안 하네. 아니, 근데 여긴 클럽 아냐? 필릭스는 미성년 아니었어?"

"작년에 겨우……."

"아, 그러고 보니 생각나네. 우리 섹션 마지막 날, 내가 한국 식당에서 저녁 사줬었지. 그땐 모두 미성년자라서 맥주에 대한 유혹을 참느라 힘들어했는데. 아무튼 그때 그 친구들은 모두 다 잘 있겠지? 같은 교정에 있으면서도 얼굴 한번 못 보네."

"저도 가끔이긴 한데, 모두들 잘 있는 것 같아요. 그나저나 내가 중국 가려고 장학금 신청할 때 추천서 써주셔서 큰 도움이 되었어요. 고마워요."

"그래? 잘됐네. 그리고 그건 당연한 거지 뭐."

"잠깐만요."

그때 마침 젊은 남자 둘과 한 여자가 클럽 문 앞으로 왔다. 필릭스는 그들을 멈춰 세우더니 신분증을 보여달라고 했다. 그들도 당연히 그럴 마음이었다는 듯 순순히 신분증을 꺼내 필릭스에게 건넸다. 이를 찬찬히 살핀 뒤에야 필릭스는 그들에게 신분증을 돌려주며 들어가도 좋다는 시늉을 했다. 그들은 유쾌한 얼굴로 환히 웃으며 문 안으로 들어섰다.

"뭐야, 여기서 일하는 거야?"

"네, 그럼 제가 여길 놀러 오겠어요. 공부할 시간도 모자라는데요."

"그렇구나. 돈벌이는 어때?"

"패스트푸드점에서 아르바이트하는 것보다는 나아요. 하지만 그래도 빠듯한걸요. 장학금과 학교에서 빌린 돈으로도 부족해 요즘은 독일어 번역 일도 돕고 있어요."

"그렇게 바빠서 공부는 언제 해?"

"다들 그러는데요 뭘. 힘들지만 참아야죠."

"부모님이 안 도와주셔?"

"진, 제가 알기로 진도 딸에게 학비 안 도와주는 걸로 알고 있는데요."

사실이었다. 딸 성아가 그랬고, 조카들이 그랬고, 내 제자들이 그리고 대부분의 미국 대학생들이 그랬다. 물론 나도 그랬다. 한국에서와 달리 미국의 대학생이나 대학원생들은 대부분 자신들의 학비와 생활비를 스스로 충당한다. 학교에서 마련해주는 내출금과 다른 기관에서 제공하는 장학금을 얻는 데 혈안이 되는 것도 다 그런 이유 때문이다. 그리고 통역, 식당 종업원, 경비, 클럽의 가드 등 갖가지 다양한 직업으로 그들 스스로 생활을 꾸려나간다. 청소나 접시닦이, 패스트푸드점 아르바이트 또한 기본이다. 언젠가 성아가 내게 이런 말을 해주었다.

"엄마, 우리 기숙사 화장실 누가 청소하는 줄 아세요?"

"글쎄, 누가 하는데?"

"우리 학교 남학생들."

"설마."

"정말이야. 시간이 안 맞아서 일을 찾지 못한 아이들이 쓰레기 치우는 일이며 청소며 이런 거 안 가린다잖아. 하버드의 남학생들이 하버드의 여학생 화장실을 청소하다니, 좀 그래. 그치?"

그렇게 이곳의 아이들은 몸으로 부딪쳐 제 삶을 개척해 나간다. 값싼 일당이라지만 훗날 이런 다양한 경험이 어떤 수익을 창출할지는 아무도 모른다. 하버드의 아이들은 세상 속으로 뛰어들기 전에 세상을 단련해 나가는 법을 여기서 더 배우고 익힌다. 모든 아이들이 다 그런 것은 아니지만, 엄마의 치마폭에 싸여 안일하게 살아가는 한국의 아이들, 세상 속에 내던져져 경쟁할 힘을 어디에서 비축할 수 있을까 하는 우려를 금할 수가 없다. 그것도 엄마의 몫이라 여길까.

눈에 넣어도 아프지 않을, 모든 것을 다 주어도 아깝지 않을 사랑스러운 내 아이들. 그러나 부모들이 언제까지 아이들을 지켜줄 수는 없다. 살다 보면 가정이 파산하기도 하고 교통사고나 질병으로 인해 부모의 존재가 하루아침에 무로 변해버릴 수도 있다. 혼자서는 아무것도 할 수 없는 아이를 홀로 남겨두게 되었을 때, 부모처럼 온 정성과 마음으로 돌볼 이가 아무도 없을 때를 생각해본 적이 있는가. 내 아이를 사랑하는 것은 부모로서 모두 같은 마음이리라. 하지만 내 아이를 어떻게 사랑할 것인가 하는 방식에 있어서는 모두가 다른 마음일 것이다.

"자식을 강하게 키우려면 부모가 강해져야 합니다."

나는 이러한 마음으로 성아를 키웠다. 그리고 지금 성아는 나와는 비교할 수 없을 만큼 강한 경쟁력으로 미국 사회의 리더십 강한 여성으로 씩씩하게 살아가고 있다.

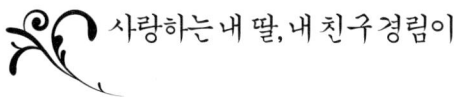 사랑하는 내 딸, 내 친구 경림이

: 좋은 친구가 생기기를 기다리는 것보다 스스로 다른 사람의
좋은 친구가 되었을 때 참된 기쁨을 느낄 수 있다.
—버트런드 러셀

몇 년 전, 뉴욕의 카네기 홀에서 가수 윤형주 씨 가족의 특별 공연이 있었다. 나는 그의 가족들과도 친분을 맺어온 터라 참석할 기대로 맘이 부풀어 있었다. 나보다 한 살 위인 그를 나는 꼬박꼬박 오라버니로 불렀고, 그의 아이들은 날 고모라고 불렀다. 그리고 또 한 사람, 경림이. 그녀도 함께 콘서트장에 가기로 했다. 하버드를 벗어나고 싶었다. 아니, 논문에서 잠깐이나마 헤어나고 싶었다. 뉴욕행 비행기를 탔다.

"선생님, 제가 뉴욕에 있는 한, 숙소는 걱정 마세요."

털털하고 성격 좋은 경림이가 큰소리를 뻥뻥 쳤다. 뉴욕 주립대 기숙사에서 미국인 대학생 룸메이트와 함께 지내고 있는 처지를 빤히 아는 내게 무슨 꿍꿍이가 있어 그럴까. 나는 미안함 반 호기심 반으로 그저 한번 지켜보기로 했다.

"선생님, 여기예요."

활짝 웃는 얼굴로 나를 맞이하는 경림이의 옷차림이 한국에서 보던 것과는 사뭇 다르다. 미국의 여느 학생들과 다름없이 수수하면서도 간편해 보인다. 우리는 마치 이산가족이 해후하듯 오래도록 가만히 껴안는 것으로 안부를 대신했다.

"참, 이쪽은 제 친구예요."

그때 경림이가 함께 온 한국 아가씨를 소개했다. 그 아이는 가족과 함께 미국으로 이민을 왔는데, 뉴욕에서 혼자 디자인을 공부하고 있는 학생이라 했다.

택시를 타고 뉴욕 시내로 달렸다. 뉴욕. 내가 처음 이민 와 미국의 전부라 여겼던 바로 그 도시, 뉴욕. 떠난 이후에도 간간이 찾아오지만 그때마다 감회가 새롭다. 택시는 뉴욕의 기차역인 펜 스테이션 부근의 조금은 허름하다 싶은 호텔에 멈춰 섰다.

'잠자리 걱정은 말라더니 얘가 호텔을 잡았나.'

의아한 마음으로 쳐다보니 뭐가 그리 신나는지 경림이는 영어로 뭐라 조잘대기 바빴다. 미국에 온 이후, 경림이는 나를 만날 때나 이메일을 주고받을 때도 철저히 영어를 고수했다. 그런 자기만의 철저한 원칙 때문인지 경림이의 영어 실력은 놀랄 정도로 향상되어 있었다.

"여기 머물도록 하세요. 이 친구가 사는 곳이거든요."

"초면에 그런 신세를 져서야 되겠니."

"좁고 누추해서 좀 불편하시겠지만 전 괜찮아요."

경림이의 친구는 수줍은 듯 대답했다.

"얘는 나랑 막역한 사이라서 다 이해해요. 그러니까 맘 편히 계시면 돼요."

"그래도……."

멋쩍은 듯 주저하며 그들을 따라 들어가보니 그만 벌어진 입이 다물어지지 않는 거였다. 말이 원룸이지, 하프 룸이라 해도 과언이 아닐 만큼 너무 조그마한 공간이었기 때문이다. 자잘한 살림살이까지 포함해 겨우 두 사람 누우면 발 디딜 틈조차 없는 이 방에서 어떻게 잠잘 수 있을까.

"경림아, 네 의리야 세상천지가 다 알고 있으니까 걱정 말고 너라도 기숙사에 가서 자면 어떻겠니."

"에이, 뭐가 문제예요. 우리 셋 다 이렇게 날씬한데. 다 나중에 생각하면 추억이 될 거예요."

그렇게 우리 셋은 그 좁은 방에서 3일 동안 꼭 끼여서 잠을 잤다. 열이 많은 내가 에어컨도 없이 작은 선풍기에 의지해 더위를 식혔지만 신기하게도 덥다는 생각보다 따뜻하다는 느낌이 오래도록 전해져왔다. 그게 바로 정이란 거겠지, 서로를 배려하고 품어줄 때의 훈훈한 마음 같은 거.

처음 가본 카네기 홀은 윤형주 씨 가족 콘서트를 보기 위한 사람들로 붐볐다. 거의 모두가 한국인이었다. 물론 진행도 한국어로였다. 경림이와 나는 윤형주 씨와 그의 가족들에게 살짝 인사를 전하고 공연장 좌석으로 돌아와 커튼이 오르기만을 기다렸다.

"어머, 경림 씨 반가워요."

우리 등 뒤에 앉아 있던 한 중년 여인이 경림이의 어깨를 가볍게 건드렸다.

"예, 안녕하세요? 반갑습니다."

"근데 어머님을 모시고 왔나 봐요."

나를 알아보지 못하는 게 당연한데도, 그때마다 난 어찌할 바를 몰라 딴청을 피우거나 그냥 살짝 입가에 미소를 띠는 것으로 인사를 대신했다.

"어, 모르세요? 왜 서진규 선생님이라고…… 미군 장교로 계시다가, 지금은 하버드에 다니시는…… 텔레비전에도 여러 번 나오신 유명한 분인데……."

당황한 경림이가 어떻게든 날 설명해서 이해시키려고 애쓰는 것 같았다. 그러나 중년 여인은 전혀 모르겠다는 듯 고개를 갸우뚱거리기만 했다.

"미국에 오래 사신 분들은 아마 잘 모르실 거예요."

그 후로도 종종 나를 경림이의 엄마로 착각한 이들에게 인사를 받곤 했다. 애교가 많고 다정한 경림이가 나와 함께일 때면 팔짱을 끼거나 손을 꼭 잡고 걷는 데서 오해를 불러일으켰을 것이다. 길에서 경림이를 알아보고 따라와 사인을 요구하던 팬들도, 식당 주인들과 종업원들도 그랬다.

"죄송해요. 선생님이 이해를 좀 해주세요. 제가 텔레비전에 너무 자주 나갔나 봐요.”

“무슨 소리. 난 경림이 엄마로 불리는 게 너무 좋은걸. 기분 좋아.”

“그래도, 그게 참……..”

“그러지 말고 차라리 이참에 아예 내 딸 하는 게 어때?”

“정말요? 그래도 되겠어요?”

농담 반 진담 반의 내 제안을 받아들이는 경림이의 얼굴 표정이 환했다.

“엄마……..”

“그래, 경림아………..”

우린 그렇게 모녀지간의 인연을 맺었다.

경림이가 뉴욕에 있는 동안 우리는 자주 서로를 찾아가 만나곤 했다. 때로는 내가 뉴욕으로, 때로는 경림이가 내가 있는 하버드로……. 아직 젊은 경림이는 값이 저렴한 차이나타운 버스를 타고 하버드를 찾았고, 반백의 나는 주로 편안한 기차를 타고 갔다.

때로는 텍사스에서 미군 장교로 근무 중인 딸 성아가 멤버가 되기도 했다. 우리 셋은 맛있는 음식을 사먹으러 다니거나 뮤지컬을 보며 북적이는 맨해튼 서리를 신나게 누볐다. 또, 성아기 몇 달간 웨스트포인트에서 출장 근무를 할 때는 그곳까지 찾아가기도 했다. 경림이는 멋진 사관생들의 훈련 모습에 입을 다물지 못했다. 유구한 역사가 담긴 고풍스런 건물들을 앞에 두고 기웃거릴 때면 정말이지 사탕

가게 앞에서 발을 떼지 못하는 어린아이처럼 천진난만한 게 예뻤다.

경림이는 그렇듯 호기심이 많았다. 그걸 감추는 것이 아니라 적극적으로 드러냈고 이를 열정적으로 자기화할 줄 알았다. 그래서인지 그 아이 주변에는 늘 사람이 많았다.

무엇보다 내가 경림이를 신뢰하는 가장 큰 이유는 명민한 그 아이의 투철한 책임감 때문이다. 경림이는 처음 미국에 왔을 때부터 아무리 답답해도 웬만하면 영어로 모든 소통을 다 하려고 노력했다. 자신에게 주어진 시간이 얼마인지를 알고 이를 쪼개어가며 최대의 효과를 발휘하기 위해 매 순간순간을 허비한 적이 없었다. 마치 하버드에서 공부하는 다른 학생들처럼 1분 1초 치열했던 경림이. 연예인인 경림이와 한 반이 되려고 사무실로 찾아가 반을 바꿔달라던 아이들이 그래서 더 한심스럽게 보였는지도 모르겠다.

경림이의 영어 실력은 연기 학원으로 옮긴 이후 일취월장했다. 그곳에서 한국말을 할 수 있는 사람은 오로지 경림이 하나뿐이었다. 졸업 연극에서 영어로 열연하는 '딸 경림이'의 모습을 보면서 나는 정말이지 너무나도 뿌듯했다.

엄마와 딸로 만났지만 내가 생각하는 경림이는 오히려 친구에 가깝다. 그녀에게 무한한 신뢰와 질투와 선망, 이 모든 걸 버무린 감정, 그래 사랑을 느끼니 말이다. 사랑하는 내 딸, 내 친구 경림이와 오래도록 우정이 변치 않으리라 믿는다.

구하라, 그러면 얻을 것이다 - 제너럴 이그잼 준비

: 찾으라, 그러면 발견할 것이다. 두드려라, 그러면 열릴 것이다.

— 신약성서

제너럴 이그잼은 논문 연구를 위한 자격이 있는지 없는지를 가늠하기 위한 일종의 자격시험이다. 전공하고 있는 세 분야에 대한 나의 전반적인 지식을 구두로 시험하는 제도. 이 시험에 통과하지 못하면 논문 연구는 포기해야 한다. 그것은 다시 말해 박사 학위를 포기해야 한다는 말과 같다.

그 세 개의 분야는 내 주임교수인 아키라 이리에 교수의 전문인 국제 외교사 외에 한국이나 일본의 고대사와 현대사를 택해야 했다. 내 논문 주제가 현대의 한국·미국·일본 관계사인 터라, 박사 과정에 입학하자마자 바로 예외 허락을 받아두었다. 즉 고대사는 생략하고 국제 외교사, 한국과 일본의 현대사를 택하겠다는 것이었다. 물론 나를 시험할 교수님들의 허락을 받아 제출했다. 한국 현대사는 한국 경제 발전에 미친 일본 식민지 정책의 영향에 대한 연구로 유명한 카터 에커트 교수로, 일본 현대사는 일본의 메이지 유신(明治維新)을 연구했던 앨버트 크레이그 교수로 정했다.

나이 칠십을 바라보던 크레이그 교수는 하버드 학생들 사이에 까다롭기로 소문난 분이었다. 자기 마음에 들지 않는 논문을 학생들이 보는 앞에서 쫙쫙 찢어버린 적도 있다는 얘기를 들을 정도였다. 여러 동료 학생들이 말렸다. 그러나 내게는 전혀 다른 인상을 주었다. 언제나 만남을 반가워하고 조용히 얘기를 듣는가 하면 찬찬히 말씀하시기도 했다. 내가 군인이었다는 사실과, 나의 아메리칸 드림이 도움이 되었다는 사실을 나중에 알았지만.

크레이그 교수의 명예로운 퇴임을 축하하기 위한 파티에 교수님의 직계 제자들과 동료 교수들만 초대를 받았었다. 나는 교수님의 제너럴 이그잼 마지막 제자의 자격으로 참석할 수 있었다. 그때 처음 교수님의 부인을 만났다. 그녀는 자그만 체구에 성격이 활달한 일본계 여성이었다.

"아, 반가워요, 진. 이제야 만났네요."

내가 인사하자, 그녀는 내 손을 꼬옥 쥐며 흥분한 어조로 나를 반겼다.

"???"

그녀는 어리둥절한 내 모습을 보며 한바탕 깔깔 웃더니 자초지종 설명을 늘어놓았다.

"어느 날 저녁때 교수님이 집에 왔는데, 전과 달리 아주 흥분해 있었어요. 들어오자마자 교수님이 이렇게 말씀하시더라구요. 오늘 아주 특이한 학생을 만났어. 지금 박사 과정에 있는 한국계 중년 여성인데, 20년이나 미 육군에 몸담았었다는군. 얼마 전에 소령으로 전역했대. 그녀는 스물세 살에 혼자 식모로 이민을 왔는데 당시 영어도 거의 못했고 돈이라곤 단돈 백 달러뿐이었다는군. 참 대단해. 그리고 그녀의 딸까지 만나 셋이서 함께 점심을 먹었거든. 근데 그 딸 역시 하버드 학부생인데, ROTC 생도라더군. 정말 감동적인 얘기 아니오. 그러고는 여러 사람들에게 자랑스럽게 진의 얘기를 하더라니까요."

키가 크고 마른 체구에 엄하고 조용한 교수님은 어딘지 멋지고 점잖은 사무라이를 연상시켰다. 그런 교수님의 흥분된 모습을 상상하기란 쉽지 않았다. 아무튼 나의 삶과 노력을 높이 사주시고 따뜻하게 배려해주시던 교수님이 무척이나 고마웠다.

1997년 9월, 본격적으로 제너럴 이그잼 준비에 들어갔다. 교수들의 허락서에 사인을 받기 위해 서류 준비차 학과 사무실에 들렀다.

"진, 고대사도 하나 하는 거지?"

일레인이 마치 당연한 것을 묻고 있다는 표정으로 물었다.

"아니. 세 과목 다 현대사인데……."

"고대사도 하나 해야 돼. 우리 과 학생들 너무 예외가 많다는 지적을 받았어."

이미 세 교수님들의 허락을 받았는데도 일레인은 내가 현대사 세 과목을 하려는 것에 대해 반대 의견을 내놓았다. 공식대로 한국이나 일본의 고대사와 현대사를 하라는 것이었다. 썩 내키지 않는 제안이었다. 더욱이 한국 현대사를 가르치는 에커트 교수는 그 학기엔 안식년이어서 하버드에 안 계셨다. 게다가 한국 고대사를 가르치는 교수는 다음 1년을 홍콩에 가 있을 거라고 했다.

고대사를 한다면 결국 일본사였다. 일본 고대사에 대해서는 오다 노부나가, 도요토미 히데요시, 도쿠가와 이에야스의 스토리 외에는 아는 것이 거의 없었다. 우연한 기회에 읽은 대하소설 『대망』이 내가 아는 전부였다.

"제프도 그랬고 또 딴 애들도 현대사만 했잖아. 나도 그렇게 하게 해줘. 고대사는 정말 자신 없어서……."

"일본 고대사는 진을 항상 높게 평가해주시는 볼라이소 교수님이니까 잘 가르쳐주실 거야. 그러니까 진이 모범으로라도 고대사를 해. 넌 할 수 있어."

속이 상했다. 내 논문을 쓰는 데도 고대사보다는 현대사 공부가 더욱 도움이 될 터였다. 그런데 일레인의 고집에 또 발동이 걸렸다. 전혀 물러설 기색을 보이지 않는 것이었다. 짧은 기간 동안 교대로 지명되는 학과의 책임 교수보다 항상 그 자리를 지키는, 그래서 더 영향력을 가진 일레인의 강제 반 제안 반의 말을 그냥 무시할 수도 없었다.

'그래, 한번 해보자. 모르는 게 많은 부분이니까 좀 배워두면 앞으로 더 좋은 일이 될 수도 있잖아.'

무슨 일을 하기로 결정하면 나는 항상 무서운 속도로 일을 추진하는 버릇이 있다. 그야말로 번개처럼, 마치 금방 처리하지 않으면 이룰 수 있는 가능성이 연기처럼 사라지기라도 할 것처럼. 그래서 다른 사람들이 놀랄 정도로 많은 일을 이루어내며 직장에서나 학교에서 좋은 평가를 받아왔다.

하지만 그것은 자주 후회를 불러오기도 한다. 귀가 얇은 덕에 깊이 여러 가지를 고려하지 않고 한순간에 결정해버리는 경우가 많은데, 잘못된 결정이라는 것을 깨달았을 땐 이미 돌이킬 수 없는 데까지 와버린 후일 때가 많았기 때문이다.

제너럴 이그잼 역시 예외일 수 없었다. 그날로 볼라이소 교수를 찾아가 일본 고대사 시험을 보도록 허락을 받았다. 교수님이 준비해둔 관련 서적 리스트도 받고 주기적으로 만날 시간도 정했다. 장소는 교수님의 사무실로 정했다. 며칠 후 일레인이 반색하며 나를 반겼다. 나와의 대화를 다른 박사 후보생과 얘기했던 모양이다. 그 학생은 내가 시험 과목을 현대 한국사에서 고대 일본사로 바꾼 직후, 길에서 우연히 만났던 동료였다. 그가 내가 시험 과목을 바꿨다는 얘기를 일레인에게 전해주었던 것이다.

"정말 하늘이 놀랄 일이야. 너처럼 번개 같은 사람은 아마 세상에 없을걸. 어떻게 한번 한다고 마음먹으면 숨도 안 돌리고 해버리니…… 정말 대단하다."

하지만 그녀의 말만 듣고 행했던 이 결정 때문에 나는 훗날 논문을 쓰는 데 더 많은 어려움을 겪어야 했다. 담당인 에커트 교수가 안식년을 마치고 돌아와 내 결정을 듣고 못내 아쉬워했을 정도였으니 말이다.

다행히 곁에서 보는 것처럼 제너럴 이그잼 준비는 끝도 없이 펼쳐진 사막을 걸어가는 것처럼 막막하기만 한 것은 아니었다. 그 내부에 들어가보니 나름대로의 질서와 길이 존재했다. 나같이 무지한 사람도 눈에 불을 켜고 찾으려 노력하면 최소한 미아가 되거나 포기하지 않아도 되었다. 교수님들의 지도와 배려 그리고 동료 학생들의 도움이 길잡이와 등불이 되어주었다. '구하라, 그러면 얻을 것이다'의 재발견이었다. 물론 원체 기초가 탄탄하지 못한 탓에 느린 속도와 깊이의 부족은 어쩔 수 없이 감수해야 했지만 말이다.

우선 본격적으로 공부해야 할 책 리스트를 만들어야 했다. 교수님들은 나름대로 자신들이 중요하다고 생각하는 책들의 리스트를 가지고 있었다. 그러나 그것들을 그대로 다 공부할 수는 없었다. 그 리스트는 대체로 수백 권에서 때로는 천 권 이상의 책 이름들을 수록하고 있기 때문이다. 다른 동료 학생들, 특히 이미 제너럴 이그잼에 통과한 선배들의 도움을 받아 내게 필요한 책들을 주제당 약 백 권씩 골랐다. 그 리스트를 교수님께 제출했다. 교수님들의 절충과 제안이 따르는 승낙을 받으면 시험 범위는 주로 그 책들로 한정된다.

제너럴 이그잼 준비를 위한 교수님들의 역할이 그걸로 끝나는 것은 물론 아니다. 그들 역시 자신의 학생들이 올바로 공부하여 많은 지식을 쌓고 시험에 통과해 다음 단계인 논문으로 매진할 수 있기를 바라기 때문이다. 매주 교수님과 한 시간씩 일대일의 세미나를 통해 미리 정한 책들에 대한 깊은 토론을 했다. 그것은 내가 올바른 길을 가고 있는지, 적당한 페이스를 지키는지, 어느 정도의 준비가 되었는지를 가늠하기 위한 시간들이었다. 세미나를 시작할 때는 교수와 학생 사이에 언제쯤 시험을 볼 것인가를 대충 정해두고 그 목표를 향해 속도전을 벌인다. 그러나 학생의 준비 정도에 따라 목표는 수시로 조정된다. 그 과정을 통해 교수들은 학생을 준비시키고 시험을 치르기 전에 이미 그 학생의 실력을 파악하는 셈이다. 시험에 통과할 자격이 되지 않은 경우엔 일을 미루고 좀 더 공부하도록 권한다. 시험관이기도 한 교수님들의 권고는 시험에 떨어진다는 예고나 다름없다. 그 후엔 세 교수님들과 학생이 두 시간가량 한자리에 모일 수 있는 날을 정해 시험을 보게 된다.

생각했던 대로 시험 준비는 내게 너무 벅찬 과정이었다. 거의가 생소한 3백 권가량의 책과 저자를 짧은 시간 내에 외우고 파악한다는 것 자체가 높고 가파른 오르막이었다. 거기다 나 자신의 의견을 붙이고 논리적으로 이유를 설명하며 교수님들을 설득해야 한다. 그야말로 끝이 보이지 않는 벽을 님으려는 무모한 도전처럼 느껴졌다. 겹치는 좌절을 헤어나지 못해 포기하자는 유혹이 자꾸만 나를 잡아당겼다.

'그래도 난 포기할 수 없어. 어떻게 올라온 세월인데. 군대까지

포기하면서 택한 길, 좀 느리더라도 힘이 들더라도 난 꼭 해내야
해. 딸 성아를 위해서도, 또 온갖 차별에 희망을 잃고 삶을 포기하
는 수많은 가여운 사람들을 위해서도 이대로 주저앉을 수는 없어!'

마음을 다잡고 제너럴 이그잼 준비에 몰두했다. 하루 24시간이
모자란다는 게 빈말이 아니었다. 넘어야 할 가파른 산처럼 나를 압
박하고 있던 이 시험 준비를 위해 셀 수 없이 많은 책을 읽어야 했
다. 턱없이 짧은 실력을 알기에 모든 책을 처음부터 끝까지 철저히
공부하고 싶었다. 우주와도 같이 심오하고 방대한 학문의 세계에
서, 목마른 나무처럼 수분을 빨아들이고 싶었다. 그러나 시간이 없
었다. 깊이 있는 탐독은 학위 과정이 끝난 후로 미루고 거의 수박
겉핥기 정도로 만족하는 수밖에 없었다. 부족한 시간 때문에 그 책
에 대한 북 리뷰(Book Review)를 참고했다. 동시에 차례(Table of
Contents), 서론(Introduction), 결론(Conclusion) 등을 주의 깊게
읽어 책의 내용과 저자의 취지를 파악하려 애썼다. 어느 날인가는
밥 먹을 시간도 잊고 공부에 몰두하다 보니 너무 배가 고팠다. 컵라
면이라도 하나 먹어야겠다 싶어 부엌으로 나갔다. 마침 부엌에 있
던 룸메이트가 나를 보고 외쳤다.

"이번 시험에서 교수님들이 선배님을 떨어뜨리면, 우리가 데모하
러 갈 거예요. 선배님이 얼마나 열심히 공부했는지는 우리가 증언
할 수 있다구요."

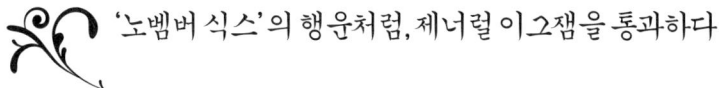

'노벰버 식스'의 행운처럼, 제너럴 이그잼을 통과하다

: 경험이란 값을 치를 수 없는 보물이다.
— 셰익스피어

그렇게 공부한 보람이 있었다.

1998년 11월 6일, 행운의 '노벰버 식스'. 한국에서 중대장으로 근무할 때의 내 콜 사인으로 무선 통신을 할 때 이름 대신 사용했는데, 마침 시험일자가 노벰버 식스여서 기분이 좋았다. 떨리는 마음을 안고 시험장인 라이샤워 인스티튜트(Reischauer Institute) 회의실로 갔다. 서두르는 것을 싫어하는 탓에 나는 약속 시간보다 15분가량 일찍 도착했다. 평소 별다른 생각 없이 자주 들렀던 곳이지만, 그날은 왠지 낯설고 두려웠다. 들어가기가 꺼려지기까지 했다.

"헬로 진. 웰컴, 웰컴."

이미 도착해 있던 일레인이 활짝 웃는 낯으로 나를 반기며 살짝 안아주었다. 낯익은 향수와 편안함이 불안한 내 마음을 감쌌다.

"고마워. 니가 있어 참 다행이야."

"어때, 자신 있지?"

"아니, 전혀. 너무 겁이 나고 떨려."

사실 그랬다. 꽤 오래 준비해온 터라 교수님들도 안심하고 시험 날짜에 동의했었다. 그러나 곧 시험장에 들어가야 하는 순간의 내 머리는 그저 텅 빈 공간처럼 느껴졌다.

"다른 학생들도 그땐 다 그렇게 느껴. 그래도 다 해내잖아. 네 실력은 교수님들이 준비 과정에서 이미 다 파악했고, 그만하면 되었다 싶으니까 시험에 동의한 거라구. 이건 그냥 형식에 지나지 않으니까 너무 겁내지 마."

"하지만 떨어진 학생도 있다면서. 내가 또 하나의 기록이 될 수도 있잖아."

중국 역사를 전공하던 동료 한 명이 떨어진 기록이 있었다. 물론 다음 해 시험에 통과했고, 박사 과정을 무사히 마치긴 했었다. 나 역시 떨어지는 불명예의 주인공이 되고 싶진 않았다. 그러나 여전히 불합격의 가능성은 존재했다.

"그건 시험 때 너무 긴장하는 바람에 교수님들 질문에 대답을 못해서 그렇지. 그래도 넌 아니야. 내가 널 하루 이틀 알았니? 넌 끼가 있잖아. 넌 준비 과정보다 실전에서 더 실력을 발휘하니까 이번에도 틀림없이 잘할 거야."

"그럴까?"

"그렇다니까. 그러니까 너무 떨지 말라구."

"응. 노력할게."

말은 그렇게 했지만 몸은 그야말로 아니올시다였다. 갑자기 배가 살살 아파왔다. 긴장하고 겁나면 언제나 찾아오는 반갑지 않은 손님. 여지없는 설사였다. 시간이 얼마 남지 않았으나 자연의 부름은 거역할 수 없었다. 마음은 급하건만 몸은 제멋대로였다. 서둘러 볼일을 보고 다시 회의실로 발걸음을 재촉했다.

"어이 진. 준비됐어?"

"아, 아니."

"늦었잖아. 서둘러. 교수님들 다 오셔서 기다리셔."

"진, 너무 떨지 말고 잘해. 샴페인 준비는 충분히 해뒀으니까. 알았지?"

회의실 문에 막 노크를 하려는데, 일레인이 한 번 더 기운을 북돋아주었다.

"어…… 고마워."

축하가 될지 위로가 될지는 물론 기다려봐야 할 일이지만 아무튼 고마운 사람들이었다. 억지 미소로 답하고 노크를 했다. 긴장했던 탓에 개미 박수 소리 같은, 그야말로 조용한 노크였다. 온 힘을 내서 다시 한번 노크를 했다. 이번엔 소리가 너무 커서 일레인도 나도 깜짝 놀랐다.

"들어와요."

살며시 문을 열고 회의실로 들어가니 세 분의 교수님이 나란히 앉아서 나를 기다리고 있었다. 그 앞에 놓인 빈자리가 내가 앞으로 한 시간 반가량 진땀을 흘릴 바로 그 무시무시한 의자였다.

"어서 와요, 진. 여기 앉아요."

매주 만났던 교수님들이라 이미 낯익은 사이였다. 그러나 시험관과 시험생이라는 관계가 모든 것을 마치 처음 만난 사람들 같은 서먹함으로 바꿔놓은 것 같았다. 얼굴도 미소도 낯설게만 보였다. 긴장이 온몸의 세포로부터 뿜어져 나오는 것 같은 착각도 했다. 목이 말랐지만 손이 떨리고 머리가 떨려 물잔을 들고 입에 대는 것조차 어려웠다. 순간 그런 내가 정말 밉다는 생각이 들었다. 갑자기 반항심이 고개를 들었다. 자꾸만 나를 겁에 질린 '약자'의 모습으로 몰고 가는 무형의 '폭군'을 무시하고 나는 태연한 척 행동과 말을 이어갔다. 교수님들의 배려도 한몫했다. 시험에 들어가기 전에 긴장을 풀어주기 위해 던져주는 교수님들과의 농담 섞인 일상 얘기도 큰 도움이 되었다. 조금씩 마음이 가라앉기 시작했고 잠시 후엔 물을 마실 수 있을 정도로 편안해졌다.

그러나 시험 자체는 역시 힘들고 벅찼다. 그동안 최선을 다했지만 수백 권의 책과 수많은 주제를 모두 기억할 수는 없었다. 특히 주임교수인 이리에 교수는 당시 자신이 깊은 관심을 가지고 연구하던 터키에 대한 질문을 던졌다. 하지만 난 그 나라에 대해서는 별로 공부하지 않았었다. 추측과 논리로 얼버무리는 동안 등에는 식은땀이 흘렀다. 어느덧 긴장으로 일관된 시험 시간이 지났다. 하지만 내 마음은 무척 어두웠다. 평소 정해진 책들에 대해 준비하고 토론할 때보다 훨씬 많은 부족함을 느꼈기 때문이었다.

'떨어졌구나. 아…… 이 험준한 고개를 어떻게 다시 넘을꼬……'

힘없이 회의실 문을 열고 나오니 일레인과 동료들이 '어떻게 됐어?' 하는 얼굴로 나를 맞았다. 맥이 탁 풀리면서 울고 싶은 심정뿐이었다.

"자신이 없어. 아무래도 떨어진 것 같아."

"무슨 소리야. 니가 떨어지면 붙을 사람은 아무도 없어."

늘 그랬듯이 일레인은 나에 대해 나보다 더 많은 자신감을 가지고 있는 것 같았다. 다른 동료들도 이구동성으로 나를 위로하려 애썼다.

"그래. 아직 속단하기엔 일러."

"너무 기죽지 말고 기다려. 아직 결과가 안 나왔잖아."

"사실 시험 직후엔 누구나 그렇게 생각해. 나도 시험 봤을 땐 틀림없이 떨어졌다 생각했거든. 그런데 합격이었어."

"아무튼 마음 단단히 먹고 기다려봐. 만약 안 됐으면 또 보면 되잖아."

그러나 고마운 친구들의 말도 내 불안함을 풀어주진 못했다. 한숨과 긴장에 가슴 졸이며 심판원들이 한창 토론 중인 회의실 문을 응시했다. 너무도 긴 15분이 지나자, 그 문이 열리고 낯익은 얼굴들이 나타났다. 자동으로 나는 벌떡 일어섰다.

"축하해요, 진."

"수고했어요, 진."

"잘했어요, 진."

합격이었다. 행운의 '노벰버 식스'가 안겨준 벅찬 선물이었다. 교수님들이 교대로 내 손을 꽉 쥐여주었다. 갑자기 목이 메고 눈시울이 뜨거워졌다. 고맙습니다, 라고 말하려 했지만 공연히 입만 씰룩거렸다. 젖은 미소를 띠고 고개로 인사를 대신했다.

"와, 진. 축하해!"

일레인이 와락 나를 껴안았다.

"거봐. 해냈잖아!"

"그럴 줄 알았다니까."

다른 동료들도 거보라는 말과 축하로 내 등을 안거나 팔을 잡으며 함께 기뻐해주었다. 곧이어 샴페인 터지는 소리, 축하 박수와 함성이 들렸다. 옆 사무실의 교수들과 연구원, 사무원들도 들어와 샴페인 잔을 부딪치며 축하를 연발했다.

물론 그 정도로 축하연을 끝낼 수는 없었다. 그동안의 준비와 노력과 땀이 너무도 엄청났었다. 샴페인 파티에 참여한 일레인과 동료 학생들을 '달리'라는 스페인 식당에 초대했다. 젊은이들에게 꽤나 인기 있는 이 식당은 워싱턴 가와 비컨 가의 교차로 한 코너에 자리하고 있었다. 저녁에만 여는 이곳은 여느 때나 다름없이 많은 손님들로 흥청대고 있었다. 식당이 제공하는 여러 샘플들을 마치 시식하듯 하는 식사 스타일과 여리디여린 푸른빛을 뿜어내는 조명이 특징이었다. 이곳에서 반가운 친구들과 함께 와인과 맛있는 음식을 나누며 축하연을 열고 있으니, 마치 신비의 세계에 와 있는 기분이었다.

세계의 하버드. 이 즐거운 축하 파티의 주인공이 다른 사람 아닌

나라니! 진정 믿기 어려운 꿈처럼 느껴졌다.

'정녕 이것이 꿈이라면…… 깨지 말아 다오.'

하지만 그것은 진정 꿈보다 멋진 나의 현실이었다.

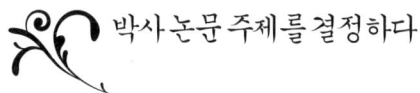 박사 논문 주제를 결정하다

　제너럴 이그잼을 통과함으로써 나는 박사 과정의 마지막 관문에
도착한 셈이었다. 물론 논문 역시 내겐 큰 산이었다. 하늘에 닿을 듯
우뚝 서 있는 내 앞의 장벽을 뚫고 나가기 전에 잠시 머리도 식힐 겸
내게 달콤한 휴식을 선물하기로 했다. 초등학교 때의 친구 옥자가
살고 있는 오스트리아의 빈으로 여행을 다녀오기로 한 것이다.

　반가운 친구의 환대에 오랜만에 해방의 자유를 만끽하며 늦잠도
자고 맛난 음식도 배불리 먹으며 친구 곁에서 나는 오래도록 푹 쉬
었다. 그러다 친구의 집 책꽂이에서 홍정욱의 『7막 7장』이란 책을
발견했다. 흥미로운 책이었다.

　어린 나이에 뚜렷한 목표를 정하고, 이를 향해 펼치는 도전과 노
력 그리고 성취는 높이 살 만한 것임이 분명했다. 그가 목표로 삼은
것이 나와 내 딸 성아가 몸담고 있는 하버드라는 데서 오는 자부심

도 느껴졌다. 더구나 내가 존경하는 존 F. 케네디가 그의 인생 행로에 있어 등대가 되어주었다니, 또 한번 한 사람의 힘이 얼마나 위대한가에 대해 생각해볼 수 있는 대목이었다.

그런데 여기서 나는 아주 재미난 발견을 했다. 홍정욱을 나와 성아에 비교해보게 된 것이다. 하버드로 향하는 과정에 있어 그와 우리는 완전히 극과 극 그 자체였다. 그의 과정이 한국과 미국의 사립학교 제도를 통한 선택받은 소수의 삶이었다면, 나와 성아는 공립학교 제도를 통한 선택의 여지가 없는 다수의 삶을 살았다는 사실이었다. 이러한 과정 속에 그가 미국의 리더십을 상류 사회의 특정 소수에 의해 움직이는 것이라고 판단한 것에 비해, 나와 성아는 미국을 대중적인 다수에 의해 움직일 수 있는 평등과 기회의 땅으로 보았다는 시각의 차이가 확연했다. 다시 말해 홍정욱은 선택받은 소수에게 기득권으로서의 안도감을 주었고, 나와 성아는 선택받지 못한 다수에게 피기득권으로서의 의지를 심었다는 점. 물론 어느 답이 옳은지는 각자 처한 상황에 따라, 또 받아들이는 사람에 따라 차이를 보일 것이 뻔했다. 나이든 나는 제쳐두더라도 젊은 홍정욱이나 내 딸 성아가 앞으로 어떤 분야에서 어떤 활약을 보일지 호기심 가득한 마음으로 기대가 되었다.

제너럴 이그잼 통과를 축하해주려는 뜻이었을까. 내 삶에 엄청난 변화를 가져올 사건들이 기다리고 있었다.

16년 동안 가슴에 품고 지내던 아들 성욱이가 내 품으로 돌아왔다. 스무 살의 건장한 청년으로 자란 아들을 품에 안으며 나는 용서를 빌었다. 그리고 다짐했다. 두 번 다시는 헤어지지 말 것을.

그리고 아닌 밤중에 홍두깨처럼 나타난 또 하나의 사건은 무명인이던 내가 유명인이 되었다는 사실이었다. 〈일요 스페셜〉이라는 KBS의 방송 프로그램에서 나와 딸 성아의 삶을 한국의 시청자들에게 소개했던 것이다.

반응은 거의 폭발적이었다. 한국이 떠들썩했더란 얘기도 내게 전해졌다.

한꺼번에 셀 수도 없는 많은 팬레터가 쏟아졌다. 마치 연이어 쓰러지는 도미노처럼 내게 벌어지는 파급 효과는 말도 못했다.

내 첫 자전 에세이가 인기리에 출판되어 베스트셀러에 올랐고, 나는 작가 겸 연사로 일약 변신해 있었다. 재미난 것은 내게 그러한 잠재력이 있다는 사실을 예전에는 미처 몰랐다는 사실이었다. 눈코 뜰 새 없이 바빴지만, 그렇다고 하버드의 박사 과정을 포기할 수는 없었다. 수많은 미디어와의 인터뷰와 촬영이 계속 진행되는 동안에도 나는 논문 준비를 진행시켜 나갔다.

하버드에서는 논문을 쓰는 데도 여러 가지 절차를 거쳐야 한다. 우선 논문 수제와 연구 계획서를 주임교수에게 제출하고 승인을 받아야 한다. 1992년, 처음 이리에 교수를 찾아갔을 때는 '북송 재일교포'에 대한 연구를 하기로 잠정적으로 결정한 바 있었다. 하지만 그로부터 7년이 지난 후에도 북한 사회는 여전히 블랙박스 상태였다. 연구 자료를 찾는 데도, 또 실질적인 인터뷰를 하는 것도 사실상 불가능한 상황이었다.

나는 내 처지를 감안해 가장 적절하면서도 가능성 있는 주제를 찾아보았다. 물론 내가 흥미를 느끼는 주제여야 했다. 아버지에 대한 이야기를 원고로 적어놓은 바 있었기에 나는 식민지하의 강제 노동사에 대한 연구를 해볼까 하는 마음이 들기도 했다. 특히 미국에서는 한국인의 강제 노동사에 대한 보다 깊고 폭넓은 연구가 진행되기 전이었다. 내 논문 심사위원 중 한 사람이자 일본 근·현대 노동사로 유명한 앤드루 고든 교수 역시 은근히 내 논문 주제가 그랬으면 하고 바라는 눈치였다.

"진, 오늘 약속 있어요?"

어느 날 함께 참가했던 연구회가 끝난 뒤 간소한 리셉션에서 고든 교수가 물었다.

"아니요. 특별한 일정은 없는데요."

"그럼 잘됐네. 어때요. 브룩라인에 우리 부부가 즐겨 가는 작은 한국 식당이 있는데 성아와 함께 가보는 게."

한국 음식을 즐기는 고든 교수가 성아와 나를 한국 식당으로 초대한 것이다. 고든 교수는 성아나 나에게 좋은 인상을 받은 것 같았다. 다른 교수들처럼 그도 엄마인 나와 딸인 성아가 같은 학교에서 같은 기간에 그의 제자로 학문을 연구하고 있다는 사실이 신기하면서도 대견했던 모양이었다.

"그래요? 그거 좋지요. 성아도 분명 좋아할 거예요."

처음으로 찾아가본 한국 식당은 잊고 있던 한국의 음식 냄새로 가득했다.

"와, 정말 맛있겠다."

한국 음식을 나보다 더 좋아하는 성아가 입맛을 다시며 말했다.

"냄새보다 맛이 더 좋은걸요. 많이 먹어요."

일본계 미국인인 고든 교수의 부인이 맞장구치며 말했다.

맛있는 음식을 먹으며 우린 이런저런 얘기를 나누었다. 그 대화 중에 나는 아버지의 삶에 대한 스토리를 풀어놓기도 하였다.

"참 감명 깊은 스토리군요. 역사학을 위해서도 아주 중요한 얘기가 아닐 수 없고 말이죠. 아직은 영어권에서 깊이 연구된 주제가 아닌데…… 어때요? 진이 한번 이를 주제로 논문을 써보는 것이."

"글쎄요, 좋은 생각이긴 한데 그러면 아버지의 스토리가 너무 딱딱해지지 않을까요. 저는 이 책을 미국의 고등학교를 비롯해 대학교 학생들이 즐겨 읽었으면 하거든요. 그래야 식민지하의 한국인 강제 노동사에 대해 보다 또렷하게 각인될 것도 같고 해서요."

"물론 그렇기는 합니다만, 그래도 논문 주제로 한번 생각해봤으면 합니다."

하지만 나는 내 아버지의 삶을 논문 주제로 택하지 않았다. 이는 보다 손쉬운 읽을거리로 보다 많은 사람들에게 읽혀야 함이 옳겠다는 판단에서였다.

고심 끝에 나는 '주한 미군정에 미친 일본의 영향'을 연구해보기로 했다. 내 배경과 경험을 참고한 결정이었다. 일단 나는 한국, 미국, 일본의 말에 능통했다. 또 세 나라에 살며 그 나라의 사회, 풍습, 역사, 그리고 자국민들에 대한 폭넓고도 깊은 이해가 있었다. 무엇보다 브루스 커밍스(Bruce Cumings)의 『한국전쟁의 기원(The Origin of Korean War)』는 내게 신선한 충격이었다.

비록 짧게 다루어지긴 했지만 해방 정국에서의 재한 일본인들이 조선의 새 통치자로 군림한 미군들의 정책에 미친 영향이 그 후 한국의 운명에 결정적인 역할을 했다는 논리는 너무도 중요한 포인트라고 생각했다. 한국으로 배치받았던 미군들은 대체로 새로 해방을 맞은 조선인에 대한 이해도 사랑도 또한 그들의 삶을 향상시키고자 하는 특별한 의욕도 없었다. 그저 군의 명령과 사명에 의해 마지못해 남조선 통치 의무를 행하던 사람들이었다 해도 과언이 아니었다. 그런 그들이 당시 한국인보다 더 한국에 대한 지식을 가지고 미군에게 복종하며 아부하던 일본인들을 멀리했으리라고 믿기는 어려웠다. 더구나 당시 조선에서 미국인들의 눈에 '문명인'의 모습을 하고 영어를 할 줄 알았던 사람들은 대부분 일본인과 식민지하에서 권력과 협조하며 상류 사회를 지켜온 부일 협력자들이었다. 그들은 미국을 잘 알고 있었고, 북한의 공산주의를 비판하며 민주주의를 신봉한다는 것을 공공연히 강조하기도 했다. 비록 그들이 조선의 다수를 대표하지는 않지만, 일시적인 통치라 믿고 있던 미군들에게는 상대하기 편한 동반자이자 도구였다. 일본인들이 본국으로 돌아간 후에도 남한 사회가 그들이 키워낸 친일파들의 영향을 받은 것은 너무도 당연한 결과였다.

많은 역사적인 자료들이 증명하듯, 한반도가 영구히 남과 북으로 분단되는 것은 미국과 소련 정부 차원만의 계획이라고는 보기 어렵다. 그것은 오히려 현지에서 일했던 많은 참여자들에 의해 보다 영구화된 결과가 아닌가 한다. 그런 의미에서 미군이 처음 한반도에 도착할 즈음의 일본인들의 영향은 깊이 연구되어야 할 중요한 포인트라고 믿었다. 그러나 놀랍게도 그 과정에 대한 연구는 너무도 미약한 상태였다. 한국과 일본의 몇몇 자료에서는 당시의 사실을 부분적으로 드러내고 있지만 영어권의 연구는 거의 전무한 상태라고 봐도 과언이 아니었다. 나는 이런 사실을 이리에 교수에게 알리고 논문의 주제로 삼고 싶다고 말했다. 그도 흔쾌히 승낙했다.

논문 주제가 결정되었으므로 이젠 심사위원을 두 명 더 정해야 했다. 우선 하버드의 한국학연구소 소장이자 근·현대 한국사 담당인 카터 에커트 교수를 찾아갔다. 그는 내 설명을 관심 있게 듣더니 흥분된 어조로 말했다.

"정말 중요한 주제요. 자료가 충분할까 걱정되긴 하지만 말이오. 잘 성사만 된다면 학문적으로 큰 기여가 될 겁니다. 지난 얘기지만, 제너럴 이그잼 때도 한국 현대사를 했더라면 참 좋았을 걸 그랬어요. 논문 연구에 훨씬 큰 도움이 되었을 테니 말입니다. 물론 내가 없는 동안의 일이었으니 뭐라 말해도 소용없지만."

"저도 지금 와서 생각하면 후회막급입니다. 죄송합니다."

사실 규정이 결정적인 문제였던 것은 아니다. 이는 학문보다도 인간관계의 문제에 더 가까웠다. 당시 우리 과의 과장은 일본의 고대사를 가르치는 볼라이소 교수였고, 일레인은 내가 에커트 교수보다는 자신의 보스인 볼라이소 교수의 학생이 되었으면 하는 바람을 품었던 것 같다. 물론 나 역시 엄격한 실력파로 소문난 에커트 교수의 시험에 통과할 자신이 없었다.

하지만 이미 돌이킬 수 없는 일이었다. 논문을 위해 한국의 현대사를 처음부터 새로 연구해야 하는 엄청난 부담을 안았지만 'So be it!' 그대로 밀고 나가는 수밖에 별도리가 없었다.

일본 현대사는 일본 노동사로 알려진 고든 교수로 정했다. 그 역시 엄격한 실력파였다. 맘 같아서는 내게 특별히 너그러움을 보이던 앨버트 크레이그 교수를 찾아가고 싶었지만 그는 곧 은퇴할 예정이었다. 나는 고든 교수에게 내 논문 주제에 대해 설명하고 나서 심사위원이 되어달라고 부탁했다.

"설득력 있는 이론이오. 기꺼이 당신의 심사위원이 되지요. 지금껏 그 주제를 연구한 전례가 드물어서 자료를 찾는 일이 쉽지는 않을 겁니다. 열심히 한번 해보세요. 확실한 근거로 증명만 할 수 있다면 우리 학계에 큰 공헌을 남기게 될 거요. 참, 논문 계획서가 최소한 30페이지는 되어야 한다는 거 알고 있지요?"

나는 심사위원들의 서명을 받은 서류를 일레인에게 내밀었다.

"논문 프로포잘을 써내라고 하시네. 전혀 양식을 모르니까 전에

낸 사람들의 원고를 좀 복사해줄 수 있겠어?"

"물론이지."

"참, 최소한 30페이지 이상은 되어야 한다고 말씀하셨어. 감안해줘."

"뭐라구? 진, 그건 말도 안 돼. 이건 논문이 아니라 논문을 쓰기 전에 내야 하는 연구 계획서 같은 거라고."

하지만 나는 일레인의 말을 무시하고 고든 교수의 말을 따르기로 했다. 하버드에서 찾을 수 있는 온갖 자료들을 뒤지고 찾아서 간단한 주제 소개와 함께 내가 증명하고자 하는 결론까지 그에 대한 논리적인 이유를 상세히 설명했다. 어느 정도 내 논문의 테두리가 잡힌 셈이었다.

1999년 5월, 나는 준비한 프로포잘을 세 분의 담당 교수와 일레인에게 제출했다. 30페이지가 넘는 서류를 받아 든 일레인이 눈을 흘겼다. 며칠 뒤 고든 교수로부터 짧은 메일 한 통이 도착했다.

'프로포잘 잘 썼네요. 좋은 연구 기다리지요. 단, 너무 선입견에 통제당하지 말고 오픈 마인드로 문제에 임해서 좀 더 객관적이고 설득력 있는 글이 되도록 노력하기 바랍니다. Good Luck!'

다른 두 교수님은 침묵으로 대신했다. 이는 자료 수집을 위해 현장으로 떠나도 좋다는 신호 아닌 신호였다.

하지만 나는 당분간 논문 연구를 미루기로 했다. 노스캐롤라이나의 집에서 한국의 출판사와 계약되어 있는 자서전을 집필할 계획을 세웠기 때문이다. 그리고 6월 하순에는 정말이지 한국으로 귀향할 예정이었다. 무명인으로 떠나왔던 고향으로 유명인이 되어.

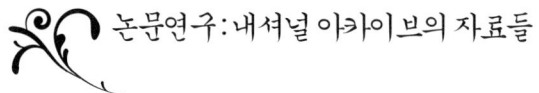 논문연구:내셔널 아카이브의 자료들

: 성공에 이르는 길은 언제나 공사중이다.

—아널드 파머

하버드 한국학연구소의 뉴스레터 인터뷰로 1998년 봄학기가 시작된 이래 나와 딸의 이야기가 한국의 여러 신문과 잡지 그리고 라디오와 텔레비전에 소개되었다. 그리고 만으로 내 나이 쉰한 살에 펴낸 자서전이 베스트셀러 1위를 기록하는 영광을 맛보기도 했다. '희망 전도사'라는 과분한 별명의 인기 연사로 거의 1년 반을 바쁜 일정 속에 전국을 누볐다. 내 책을 읽고 내 강연을 듣고 새삼 자신들의 꿈과 용기를 찾아 멋진 도전을 하려는 사람들을 만나면서 나는 깨달았다. 자유롭게 이 세상을 돌며 희망을 전파하는 것이 바로 내 삶의 사명이라는 것을.

많은 팬들의 환영 속에 그야말로 꿈같은 화려한 삶을 살고 있었지만 마음 한편에는 논문 연구라는, 내려놓지 못한 짐이 그 무게를 더하고 있었다. 그로 인해 하늘로 비상하려는 나의 날개를 밧줄로

옭아놓은 느낌에서 벗어날 수 없었다.

'꼭 박사 학위를 따야 할 의무도 없잖아. 밧줄을 푸는 방법도 여러 가지 있을 텐데……'

유혹은 상당했다. 힘들고 어려운 길의 외로움을 모르는 바 아니었기에 모두와 함께하는 화기애애함을 오래 누리고 싶었다. 무엇보다 나는 50년 넘게 살면서 이룬 마치 한 편의 드라마와 같은 성취를 바탕으로 한 '모티베이셔널 퍼블릭 스피커(Motivational Public Speaker)', 즉 동기 부여 연사로서의 재능이 남다르다는 걸 알게 되었다. 이로 말미암아 지금껏 생각지도 못한 새로운 삶의 가능성과 앞으로의 인생 계획으로 보다 넓은 세상을 훨훨 날아갈 수도 있었다.

하지만 왜 나는 박사 학위에 집착하는 걸까. 더구나 논문 주제의 중압감은 상당했다. 하루 이틀에 끝날 프로젝트가 아니었다. 얻는 것보다 오히려 잃는 것이 더 많을 수 있는 도전이었다.

'그래도 여기서 포기할 수는 없어. 여기까지 얼마나 힘들게 왔는데.'

마치 도박꾼이 잃은 돈을 포기하지 못해 계속 더, 더, 더 하면서 돈을 거는 형국 같았다. 그만큼 나는 무모했다.

'유명세는 잠시일 뿐이야. 그러나 하버드의 박사라는 건 두고두고 귀감거리가 되지 않겠어. 가발공장 직공이 하버드의 석사를 넘어 박사라면 이는 더 희망적인 거잖아. 더 설득력 있게 사람들을 만나려면 난 좀 더 노력해야 해.'

다시 책을 펼쳤다. 아, 그런데 깜깜했다. 어디서부터 어떻게 손을 대야 할지 막막함이 몰려왔다. 하루에도 몇 번씩 포기해야지 하다가, 다시 도전해야지 하는 두 갈래의 길에서 오락가락했다. 고민 끝에 나는 한때 유명인의 삶을 보낸 적이 있는 친구에게 넌지시 물었다.

"무슨 소리야, 이제 와서 그만두다니. 지금의 그 유명세가 언제까지 통할 것 같니? 물론 지금까지의 네 성취는 아무도 부인하지 못할 거야. 하지만 말이야, 이렇게 쉽게 감동한 사람들은 또 그만큼 쉽게 잊기 마련이야. 날 보고도 모르겠어? 이는 비단 나뿐만의 일이 아니라고."

"알아, 근데 있잖아, 난 이미 '아메리칸 드림'을 이뤘거든. 그렇다고 해서 교수를 할 것도 아니고, 난 아무래도 앞으로도 쭉 모티베이셔널 퍼블릭 스피커로서 그 역할을 다하며 살아갈 것 같은데, 이를 위해 굳이 힘들게 박사까지 할 필요가 있을까 싶기도 하고 말이야."

"물론 설득력 있는 얘기야. 하지만 이미 여기까지 왔잖아. 수많은 시간과 노력을 투자한 거잖아. 박사는 석사와는 비교가 안 돼. 넌 앞으로도 많은 이들에게 불가능을 넘어 희망의 무한대까지를 증명해주어야 해."

"이 정도로도 모자란 건가. 난 이제 좀 쉽게 살고 싶어."

"쉬고 싶으면 쉬어. 네 인생에 내 허락이 필요한 건 아니잖아."

"그래 맞아, 물론이야. 그냥 쉬면 되는 건데, 내가 왜 이렇게 널 설득하고 있는지 모르겠다."

"정말 모르겠어? 네가 설득하고자 하는 사람은 내가 아니라 바로

너 자신이거든. 내가 보기에 넌 하버드를 절대 그만두지 않을 거야. 만일 그런다면 너는 평생을 두고 후회할 거구."

결국 나는 논문 관련 책들을 다시 꺼내 읽기 시작했다. 나를 찾는 모든 곳을 차단하고 오로지 논문 주제와 씨름을 벌였다. 그 과정에서 나는 미군정 통치에 관한 자료들이 내셔널 아카이브(National Archives, 정부 자료관)에 산재해 있음을 알고 우선 워싱턴으로 길을 잡았다. 2001년 1월의 일이었다.

마침 워싱턴 시의 남쪽에 근접한 노던 버지니아의 페어팩스라는 곳에 오빠의 장남 부부가 살고 있었다. 신혼부부의 집이지만 두 달간의 일정이라 방을 잡기도 뭣해서 일단 신세를 지기로 했다.

아카이브는 조카네 집에서 고속도로로 약 40분가량 걸리는 메릴랜드 주에 있었다. 공교롭게도 그곳은 내가 한국 분교에서 졸업한 메릴랜드 대학 본교 부근이었다. 아카이브에는 갖가지 역사적인 자료들이 무한히 쌓여 있었다. 그 자료들은 일반인들이 들어갈 수 없는 제한된 방에 보관되어 있어 필요한 것을 신청하면 그곳의 사서가 찾아다 주곤 했다. 그 자료를 복사할 수는 있어도 원본을 연구실 밖으로는 가지고 나갈 수 없었다. 나는 세계 각지에서 찾아오는 방문객들을 도와주는 전문 연구원에게 안내와 조언을 부탁했다.

"논문 주제가 무엇이라고 하셨지요?"

"1945년 해방부터 1948년 대한민국이 성립할 때까지 남한을 통치한 미군정과 24군단에 대한 기록을 중심으로 자료를 검토해보고 싶습니다."

"그 자료는 꽤 보관되어 있는 걸로 압니다. 이외에 국무부의 자료 중에도 도움이 될 만한 것들이 있는 걸로 알아요. 참고하세요. 그리고 소개해드리고 싶은 분이 있는데, 혹 한국계입니까?"

"네."

"마침 잘됐군요. 그분도 한국계 교수님으로 한국전쟁을 연구하시거든요. 진이 찾는 자료에 대해서는 그분만큼 아는 사람이 없을 정도의 전문가라 해도 과언이 아닐 겁니다."

"네, 고맙습니다."

자료 리스트를 차근차근 검토한 후 몇 개를 골라 신청했다. 한참 후에 스태프가 가져온 자료 박스에는 여러 뭉치의 자료들이 들어 있었다. 몇 개를 골라 읽다 보니 이 모든 게 중요하다는 생각이 들었다. 잠시 후 시계를 보니 두어 시간이 훌쩍 흘러가 있었다. 자료를 가지고 나갈 수 없어 아카이브의 복사기를 사용할 수밖에 달리 방도가 없었다.

아카이브에서 나는 복사로 나날을 보내다시피 했다. 그 비용도 만만치 않았다. 다행히 미군 재향군인회(VA, Veterans Administration)의 지원을 받고 있었기 때문에 큰 걱정거리가 아니었다.

대부분의 사람들이 하버드에서 공부를 하는 데 아주 큰돈이 든다고 믿고 있다. 나 역시 그렇게 알고 있었다. 하지만 지나와 따져보니 이런저런 혜택을 누릴 수 있는 곳이 또한 하버드이기도 했다.

박사 과정에 있는 학생들은 첫 2년 동안은 학비 전액(full tuition)

을 낸다. 그다음 2년은 거의 4분의 1로 줄인 학비면 족하다. 그 후에는 거의 사소한 수수료에 가깝다. 도서관과 같은 학교 시설을 사용할 경우엔 시설비(facilities fee)를, 만일 외지 연구나 휴학으로 학교를 떠나 있을 경우엔 현 학생 파일비(active file fee)를 내면 된다.

예를 들어 2005~2006년의 경우, 첫 1·2년생은 1년 전액 수업료가 2만 8752달러, 3·4년생은 줄인 수업료가 7474달러 정도가 들며, 그 이후 학년의 경우 시설비로는 1902달러이고 파일비를 내는 경우엔 3백 달러를 내면 된다.

물론 학년에 상관없이 그 외에 공통으로 필요한 비용들도 있다. 학생 건강비(Student Health Fee) 1370달러, 단체 블루 크로스 건강보험(Harvard-sponsored Blue Cross Blue Shield health insurance) 1158달러, 그리고 학생회비(Graduate Student Council fee) 20달러.

내 경우엔 거의 공짜로 하버드를 다녔다 해도 과언이 아니다. 첫 2년(석사 과정 포함)은 미군에서 전액을 내주었다. 그 이후의 4년간은 VA에서 역시 전액을 책임졌다. 다만 나머지 10년간은 거의 '푼돈'에 가까운 시설비나 파일비만 내가 맡은 셈이다.

각설하고, 어쨌든 난 그때마다 아카이브의 한구석 긴 테이블을 전용으로 사용하고 있던 일본인들이 그저 부러울 따름이었다. 난 처음에 그들이 하도 자주 여러 명 나와 있어 이곳의 스태프인 줄 알았을 정도였다.

"천만에요. 그들은 일본 정부에서 보낸 사람들이지요. 장기간 이곳에 상주하면서 미국에 있는 자료들, 특히 일본에 관한 자료들을 찾아 복사하고 정리해서 일본으로 가져가는 일을 하고 있답니다. 그렇게 오랜 시간 열성을 다하니 이곳에서도 특별히 배려를 해주고 있고요."

내게 도움을 주던 한 스태프가 말했다. 뭐랄까, 왠지 씁쓸한 생각이 밀려왔다.

재미 일본인이 미국에서 어떤 문화적인 행사를 벌인다고 할 때 일본 영사관이 적극적으로 후원해주는 것을 나는 자주 목격했다. 우수 대학에서의 장학금은 물론 일본 정부가 나서서 자신들의 나라와 자국민들의 위상을 올려주려고 노력하는 것 또한 잘 알고 있었다. 그에 비하면 우리 정부의 역할이란 참으로 미흡하기 짝이 없었다. 내가 연구하고 있는 분야에 있어서도 몇몇 한국 학자들만의 노력으로는 제대로 된 연구가 이뤄지지 못하리란 건 불을 보듯 뻔했다. 이러한 배경은 직간접적으로 한국의 불이익으로 돌아오지 않겠는가. 많은 한국인들이 전 세계 곳곳에서 화려한 성과를 거두고, 그 빛을 발하는 걸 볼 때마다 자랑스럽다는 생각과 함께 서글픈 마음이 동시에 드는 건 바로 그 때문일 것이다. 이러한 우수한 우리의 인재들에게 한국 정부가 조금만 더 배려를 해준다면 하는 아쉬움……. 하버드에서 종종 느끼는 마음이기도 했다.

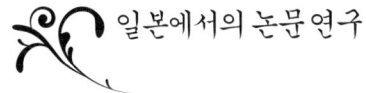 일본에서의 논문 연구

: 인생의 최고 위업에 지름길이란 없다.
—작자 미상

1945년 8월 15일. 일본의 패망은 2차 대전의 종지부를 찍었다. 그
것은 또한 조선의 해방을 뜻하기도 했다. 그렇다고 조선인의 통치
가 시작되었다는 의미는 아니었다. 9월 초 미군이 상륙할 때도 조선
인 대표가 아닌 일본의 조선총독부와 일본군 대표가 그들을 맞았
다. 당시의 상세한 자료는 일본인들이 기록했고, 일본으로 가져갔
다. 내 논문이 그 자료들을 필요로 했다. 때문에 1, 2년간 일본에서
연구하기로 했다.

전에도 일본에 간 적이 여러 번 있었다. 미군 비즈니스로 잠시 들
르기도 했고, 또 4년 반가량 근무하기도 했었다. 살 집을 구하거나
자리를 잡는 건 전혀 문제가 되지 않았다. 비자도 마찬가지였다. 미
군이 모두 해결해준 탓이었다. 그러나 나는 더 이상 군인이 아니었
다. 모든 것을 나 스스로 해결해야 했다. 연고도 직장도 없는 곳에

서 방을 구하고 자리를 잡는다는 것이 무척이나 막막했다.

마침, 일본인 작은 벤처그룹 사장이 내 자서전『나는 희망의 증거가 되고 싶다』를 일본에서 출판하겠다고 했다. 그는 40대 초반의 '유능한' 비즈니스맨으로 보였다. 논문 연구차 일본에 간다고 했더니 선뜻 자신들의 맨션(아파트)에 기거하도록 배려해주었다. 그는 자신의 약혼녀가 그 맨션에서 함께 산다며 서로 많은 도움이 될 거라고 좋아했다. 감사할 일이었다. 일본에 있는 동안, 나는 논문 연구와 책 출판에만 주력할 생각이었다. 경제적으로도 내게 큰 도움이 되는 제안이었다.

2002년 초 여름, 나리타 공항에 도착했다. 벤처그룹 사장과 그의 약혼녀가 마중을 나와주었다. 약혼녀는 20대 중반의 젊은 한국 여자였다. 성아보다 두세 살 많은 것 같았다. 키가 크고 날씬하며 갸름한 얼굴이 예뻤다. 일본어 학원에 다니며 대학 진학 준비를 하고 있다고 했다. 그가 사는 맨션 '루미나스'는 일본 천황의 황궁이 있는 '한조몬'에 있었다. 한조몬 역까지 걸어서 2분가량, 황궁까지는 약 5분 거리였다. 3층에 위치한 맨션은 50평이 넘었다. 내가 아는 대부분의 일본 집들은 거주 구역이 아주 협소했다. 일본 한복판에 위치한 그 큰 맨션을 보고 새삼 놀랐다. 방이 다섯 개에 큰 응접실이 하나, 식당과 부엌, 그리고 방만한 욕실이 있었다. 나중에 나는 그 큰 응접실의 텔레비전에서 '9·11'의 영화 같은 장면을 처음 목격하기도 했다. 그곳에서 나까지 다섯 명이 살았다. 다른 두 사람은

30대 초반과 50대 중반의 일본 남자들이었는데, 사장과 함께 일한다고 했다. 모두 친절하고 좋은 사람들 같아 기분이 좋았다. 그 외에도 사장과 관계 있는 많은 사람들이 드나들었다. 프라이버시가 결여되긴 했지만, 내 일본 말 발전에는 아주 좋은 조건이었다.

책 출판 준비로 많은 사람들을 만났다. 한국에서 내 책을 출판했던 경우와 달리, 어느 한 출판사가 담당하는 것이 아니었다. 여기저기서 모인 사람들이 함께 구상하고 편집하고 책을 꾸렸다. 그들 모두 '대박'을 기대하며 커다란 꿈을 꾸고 있었다. 나를 마치 귀빈 대하는 듯했다. 나 역시 흥분이 됨과 동시에 퍽 부담스럽기도 했다. 나는 일어로 번역된 원고의 내용을 검토하고 사진을 정리하며 최선을 다해 협조했다.

그러나 그사이 내 논문 연구는 한없이 뒤로 밀리고 있었다.

그래도 사람 죽으라는 법은 없는 모양이었다. 하버드의 후배 준이 때맞춰 일본에서 함께 연구하게 되었다. 그녀는 일본인으로 미국의 아이비리그 대학에서 학사와 석사 학위를 마치고 하버드에서 박사 과정을 밟던 준재였다.

무비자로 아무 준비도 없이 무작정 일본에 갔던 나와 달리 그녀는 만반의 준비를 하고 온 것 같았다. 그녀는 도쿄대의 연구원 자격으로 일본에 왔다. 일본인이었으니 비자 문제도 걸릴 게 없었다. 도쿄대가 제공하는 대부분의 자료를 사용할 수 있었으며, 도쿄대의 수업도 청강할 자격이 주어졌다.

　나 역시 같은 하버드 학생이었다. 미리 수속을 밟았더라면 나도 그런 자격으로 연구에 임할 수도 있었을 것이다. 하지만 나는 너무 무지했다. 그런 편리한 제도가 있다는 사실조차 몰랐다. 다행히 그녀의 도움으로 도쿄대의 자료를 접할 수는 있었다. 그곳 자료 중에는 내셔널 아카이브에서 봤던 것들이 많았다. 하지만 원본을 보관하고 있는 미국의 아카이브보다 정리가 더 잘되어 있었다. 좀 더 철저히 조사해보고 싶었다. 그러나 복사하는 것조차 그녀의 신세를 져야 할 형편이었다. 그렇다고 내게 많은 시간을 할애해줄 수 있을 만큼 그녀는 한가하지 않았다. 몹시 바쁜 스케줄대로 움직이고 있던 그녀였다.

　급히 담당 교수인 이리에 교수에게 메일을 보냈다. 일본 대학들과 국회 도서관 등 여러 자료를 접할 수 있도록 추천 소개서를 부탁했다. 일레인에게도 하버드대의 공식 추천 소개서를 당부했다. 빠른 시일 내에 양쪽에서 답이 왔다. 나는 하버드 학생증과 두 개의 추천 소개서를 들고 도쿄대 도서관에 접수 신청을 했다. 며칠 후 허가가 나왔다. 나는 목마른 사람처럼 자료들을 검토 복사했다.

　준의 연구 분야 역시 식민지 시대의 일본과 조선을 다루었다. 나의 연구와 겹치는 사람들이나 시기와 지역들이 제법 있었다. 교수가 되고자 열성으로 학문을 추구해온 그녀는 자료를 찾는 데도 능숙했다. 그녀는 나의 입장을 고려하여 이런저런 연구 주제에 대해 알기 쉽게 조언도 해주고 내가 찾는 자료가 있을 만한 곳을 안내해 주기도 했다. 함께 일본 국회 도서관에도 갔다. 마침 그곳은 내가 살던 한조몬의 맨션에서 도보로 2, 30분 거리에 있었다. 나는 산책 삼아 운동 삼아 몇 달을 걸어다녔다.

일본 국회의 복사비는 다른 곳에 비해 무척 비쌌다. 그러나 내겐 크게 문제될 것이 없었다. 미군은 군을 떠난 내게도 계속 경제적인 지원을 해주고 있었다. 당시 나의 박사 연구비는 VA에서 부담하고 있었다. 1년에 3만 5천 달러의 예산으로 하버드의 내 학비는 물론 컴퓨터, 학용품, 인쇄, 복사, 심지어는 자료 수집을 위한 교통비나 입장료까지도 책임졌다. 군 복무 시 나빠진 허리 때문에 제대 후 4년간 주어졌던 큰 도움이었다. 본인이 쓴 경비를 상세히 적어 영수증과 함께 신청하면 VA에서 환불해주었다. 이를 일본 국회는 영어로 '다이어트'라고 하는데 이름 때문에 생긴 에피소드도 있었다. 내가 국회 도서관에서 복사에 쓴 경비를 신청했을 때였다. VA에서 커다란 퀘스천 마크의 질문이 담긴 메일이 왔다.

"진의 연구는 1945년 무렵 주한 미군정에 미친 일본의 영향을 다루는 것이 아니었던가요? 그 주제와 '다이어트(살을 빼는 것)'가 무슨 상관이죠?"

일본에도 한국과 식민지에 대해 연구하는 모임이 제법 여러 곳 있었는데, 준은 그러한 곳을 꿰뚫고 있는 것 같았다. 도쿄대의 한국학 연구 모임이나 식민지 연구 모임은 물론 학술적인 컨퍼런스 등 나의 연구와 관련될 만한 곳에 항상 나를 대동했다. 덕분에 나는 내 연구에 도움을 줄 더 많은 사람들을 만날 수 있었다. 그중에서도 내 논문 연구 과정에서 직접 큰 도움을 주었던 사람들은 일본 주오대(中央大)의 이형랑 교수와 한국 국사편찬위원회의 허영란 박사였다.

이 교수를 처음 만난 곳은 아리랑한국학연구소에서였다. 그곳에서는 한국학 연구를 하는 몇몇 교수들과 학생들이 주기적으로 모였다. 그중에는 한국인도, 일본인도, 미국인도 있었다. 자기들의 분야에 대한 발표도 하고 각자의 전문 지식을 동원해 강도 높게 분석, 토론, 조언을 하며 학문의 깊이와 발전을 위해 노력했다. 특히 그중에서도 주도적인 역할을 하며 학문에 대한 열정과 따뜻한 배려로 후배들을 지원해주던 사람이 바로 이 교수였다. 그녀의 지식과 열정이 부러웠다. 동시에 나는 자신의 미흡함에 대한 자격지심에 시달렸고, 자주 주눅이 들었다.

학문의 깊이가 종잇장 같던 나는 그 모임에서 별로 할 말이 없었다. 그저 한구석에서 다른 사람들의 얘기에 귀 기울일 따름이었다. 일본어로 쏟아지던 전문적인 학술 용어들은 그야말로 내겐 소 귀에 경 읽기였다. 한번은 허 박사(당시는 박사 후보 자격)가 발표를 하는데 계속 '부시'가 어쩌고 '베이코쿠'가 저쩌고 했다. 나는 속으로 '조선 식민지 시대에 대한 발표를 한다면서 부시 대통령과 미국(일본어로 베이코쿠)이 무슨 상관이지' 했다. 나중에 알고 보니, 미곡의 유통 관계 일본 용어의 발음이 마침 미국과 부시의 일본 발음과 같았던 탓이었다. 아무튼 나는 듣는 시간보다 졸거나 망상에 빠지던 시간이 더 많았던 것 같다.

모임에 갈 때마다 나는 염불보다는 잿밥에 관심이 더 많은 것 같았다. 학술 토론 시간이 끝나면 내가 기다리던 친목 시간이 있었다. 그 즐거움에 군침을 흘리며 나는 '기~인' 인내의 시간을 감내했다고 해도 과언이 아니었다. 우리는 주로 전철역 근처 단골 한국 식당에 가서 맛있는 밥과 보글보글 끓는 찌개, 지금 생각해도 군침 도는 시큼새큼한 김치전을 즐겼다. 물론 마음까지 시원하게 터주던 맥주와 함께. 술과 파티에는 일가견이 있던 나는 그곳에서 반짝 되살아났다. 군에 있던 시절 일본 자위대원들과 자주 식당과 술집, 가라오케를 갔던 경력이 있던 나였다. 그런 자리에서도 학문적인 토론이 계속될 때가 많았다. 그러나 개인적인 얘기나 문제도 털어놓으며 우리는 서로 친해질 수 있었다.

내 논문의 주제를 듣고 이 교수는 이것저것 제안과 조언을 아끼지 않았다. 내 논문에 많이 도움을 주고 활용되었던 책을 건네주기도 했다. 한국에서 교수를 하고 있는 동생이 일본에서 박사 학위를 따며 펴낸 책이었다. 그 책은 바로 내가 다루고자 하던 부분에 대해 좀 더 깊이 있고 폭넓게 쓰여 있었다. 내 이해를 넓히고 다음 행로를 알려주는 좋은 길잡이 같은 책이었다. 잠시 빌린다고 가져갔던 책이 결국은 내 것이 되었다.

그뿐만이 아니었다. 이 교수는 내 논문 연구에 도움이 될 다른 학자들도 소개해주었다. 그중에서도 국사편찬위원회에서 잠시 일본에 연구차 파견되어 있던 허영란 박사를 소개해준 것은 내 논문 연구에 결정적인 도움이 되었다. 그녀는 당시 서울대 박사 과정을 겸하고 있었다. 우리는 누가 먼저 학위를 딸 것인지를 놓고 경쟁하기로 했다. 학문의 귀재같이 보이던 그녀가 나보다 먼저 끝낸 것은 어쩌면 너무도 당연한 일이었는데도 말이다.

허 박사는 내 논문 연구에 중요한 자료들을 찾는 데 직접 도움을 주기도 했고, 또 그 분야의 전문가들을 소개해주기도 했다. 무엇보다 내 논문에 가장 큰 도움이 되었던 자료는 모리타 요시오의 『조선종전의 기록』이었다. 이 자료집 역시 허 박사가 찾아 추천해준 것이었다. 그 자료들은 서구의 학자들 사이에선 그리 널리 알려지지도 또 활용되지도 않은 듯했는데, 내 논문의 주제를 논리적으로 역설 증명하는 데는 큰 토대가 되어주었다. 다만 2차 대전 말경의 공문서가 많아 한 문장을 읽는 데도 많은 시간이 걸렸다. 때로는 예닐곱 개의 사전들을 거쳐야 겨우 뜻을 파악할 수 있는 어려운 일본 한문들을 해석하는 과정은 하도 시간을 잡아먹어 그야말로 '시간 식충이'에 다름아니었다.

일본 황실의 자손들이 다녔던 가쿠슈인의 녹음테이프들 역시 내 논문에 큰 도움이 되었다. 이 테이프들은 일본 식민지 시절 조선의 총독부 관료나 군 고위 관리들의 경험 등을 인터뷰한 것들이었는데, 외국에는 그리 알려지지 않은 역사적 자료들이었다. 허 박사는 내가 그 자료들을 깊이 검토하고 많이 활용하여 모리타의 자료집과 함께 학문계에 공헌하면 어떻겠느냐는 제안을 했다. 하나를 깊이 파고 들어가는 것은 우직한 구석이 많은 내 성격에 잘 맞았다. 그로부터 거의 몇 달을 나는 가쿠슈인 통학 연구원이 되었다. 가쿠슈인의 스태프들은 매일 아침부터 저녁까지 테이프에 매달리는 오십 중반의 한국계 늦깎이 학생이 안쓰러웠는지 내게 별실을 마련해주는 배려를 베풀었다.

내 논문 주제와 관련 있을 것 같은 제목의 테이프만도 수십 개였다. 테이프 하나가 두어 시간짜리였는데 음질이 그리 좋지 않았다. 인터뷰 당시에 이미 연로했던 테이프 속 목소리의 주인공들은 말이 자주 틀니에 걸리고 발음이 정확하지 않아 내 일본어 실력으론 이해가 무척 힘들었다. 녹음기도 5, 60년대의 것이었다. 말하는 사람들이 바뀔 때마다 녹음기를 두루룩 끌어가는 소리에 말소리가 마치 먼 산의 작은 메아리처럼 들렸다. 게다가 테이프에는 사람 목소리만 들어 있는 것이 아니었다. 그 안에는 드르륵 문 여는 소리, 부웅부웅 자동차 지나가는 소리, 따르르릉 전화 소리, 또로로록 오차 따르는 소리, 꽈드득꽈드득 과자 씹는 소리 등 수많은 소음이 함께 살고 있었다. 그야말로 입체판이었다. 어떤 때는 말소리가 너무 멀리서 들리는 것 같아 잔뜩 귀를 기울이고 있는데, 갑자기 테이프에서 터져나온 폭소나 재채기 소리에 깜짝 놀라기도 했고, 몇 번이나 귀가 먹먹해지기도 했다.

엎친 데 덮친다고, 테이프에 담긴 말들이 모두 내 논문에 도움이 되는 것은 아니었다. 그중 10분의 1도 쓸 수 없었다. 물론 수백 시간을 들어본 후에야 알게 된 사실이었다. 문제는 누가 언제 어떤 말을 할지, 그것이 내 논문에 도움이 될 정보인지 아닌지, 들어보기 전까지는 알 수 없다는 데 있었다. 나는 어느새 금맥을 찾아 요행을 바라며 수많은 광산을 전전긍긍하는 광부가 되었다.

수많은 시간, 나는 이어폰을 꽂고 의자에 기대앉아 테이프에서 흘러나오는 정리되지 않은 일본 말에 귀 기울였다. 보이지 않는 말들을 찾기라도 하려는 듯 내 눈은 '별실' 창밖을 살폈다. 건너편 건물 지붕 위엔 하얀 구름이 누워 뒹굴었다. 그 하얀 솜털 이불이 좋은 듯 온갖 새들이 찾아왔다. 그들은 합창을 하기도 하고 서로를 쫓으며 장난을 치기도 했다. 더러는 부끄러움도 체면도 잃은 듯 만리장성을 쌓는 새들도 보였다. 그렇게 한눈팔다 보면 내가 거기 있는 이유를 자주 망각하곤 했다. 귀가 눈을 쫓아 가버리기도 하고 때로는 꿈속으로 빠져버리기도 했다. 번뜩 정신이 들었을 땐 테이프는 자기 할 일을 끝냈다며 태연히 쉬고 있었다. 그럴 땐 별수 없이 처음부터 다시 들어야 했다. 지루함, 답답함, 짜증, 몽상, 신경질이 자주 교대 보초를 섰다. 아무래도 시간 낭비 같아 포기해버리고 싶은 생각도 자주 들었다. 그래도 모두가 쓸모없었던 것은 아니었다. 무심코 듣다 보면 뭔가 번뜩하고 내 귀를 스치는 것이 있을 때도 있었다. 기다렸다는 듯 순식간에 전율이 흘렀다. 금맥일 수도 있었다. 말초신경까지 동원해 처음부터 다시 들었다. 물론 유리 조각이 많았다. 그러나 모두가 헛수고는 아니었다. 가끔은 진짜 금맥을 찾기도 했다. 어쩌다 운 좋게 다이아몬드도 만났다. 그것들은 논문의 깊이와 강도를 높이는 데 큰 도움이 되었다. 아무튼 나는 그 테이프들을 가장 많이 들은 기록의 보유자가 되었다. 그야말로 또 하나의 기록을 세웠다고 할 수 있으리라.

그곳의 스태프들과 친해진 것도 큰 수확이었다. 때때로 그들은 나를 자신들의 티타임에 초대해 담소를 나누기도 했다. 나중에는 함께 식사하거나 가라오케에 가는 친구도 생겼다. 그렇게 친해진 그들은 내게 다른 자료들을 소개해주기도 했다. 그들의 제안으로 나는 테이프의 주인공들 중 한 사람인 미야다 세쓰코 선생님을 댁에서 직접 만나보았다. 그녀는 마치 세월을 잊은 듯했다. 4, 50년 전 테이프에서 들었던 20대의 당당한 자신감과 목소리를 그대로 지니고 있는 것 같았다. 여러 면에서 우리는 마음이 통하는 것 같았다. 나중에는 함께 중식과 한식을 즐기기도 했다. 물론 나는 그녀를 나의 아지트와도 같은 한조몬의 카페 '노'에 모시고 가기도 했다.

가쿠슈인 스태프들의 제안으로 나는 테이프를 작성 보관 정리해온 중앙일한협회 사무실도 찾아갔다. 협회 멤버들은 대부분 전직 총독부 관료와 조선에서 태어나 자란 자손들이었다. 식민지 시기 조선에서의 경험이 있는 사람들이 모여 그 시대의 자료들을 수집 정리하며 한일 간의 친목을 도모하려 애쓰고 있었다. 그들은 한국과 한국인들을 좋아했고, 지난 시절을 그리워하는 것 같았다. 그 테이프 역시 이 협회의 창시자들이 당시 대학원생이었던 미야다 선생, 그리고 그녀의 동료들과 함께 나름대로의 '진실'들이 사라지기 전에 잡아두기 위해 만든 것들이었다. 세월 앞에는 장사가 없는 듯했다. 식민지 시기에 존재했던 사람들이 하나 둘 사라져갔다. 협회도 활기도 재정도 빠르게 줄어들고 있었다. 그렇게 만들고 모은 역사적 자료들을 보다 영구적인 보관을 위해 가쿠슈인에 기증했다고 했다. 이러한 자료들 덕분에 나는 내 논문의 심사위원들로부터 칭찬을 들었다. 특히 이 방면에 가장 깊은 관심을 보이던 에커트 교수의 기뻐하는 모습을 보았을 땐 그 힘든 '노동'의 고통이 한꺼번에 사라진 듯 흐뭇했다.

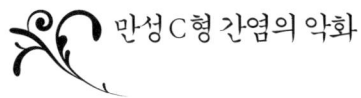 만성 C형 간염의 악화

: never, never, never, never give up!

— 윈스턴 처칠

논문 준비만으로도 하루하루가 근근했는데, 하늘의 주인은 내 능력의 한계가 어디까지인가 시험해보고 싶었던 게 분명하다. 어깨 위로 짐 하나가 더 얹혔다. C형 간염의 악성화. 하늘이 무너져내리는 것 같았다.

내가 처음 만성 C형 간염 보균자라는 사실을 안 것은 군을 떠나 하버드로 돌아온 직후인 1997년이었다. 날씨가 화창했던 어느 봄날 아침, 여느 때처럼 찰스 강변에서 시원하게 조깅을 마친 뒤 기숙사로 향하는데 보일스턴(Boylston) 건물 벽에 걸린 큰 적십자 사인이 나를 붙잡았다.

'헌혈'

이른 시간이라 아직 헌혈을 할 수 없어 일부러 낮에 짬을 내어 다시 찾아갔다. 나 말고도 헌혈을 하러 많은 학생들이 와 있었다. 튜

브를 타고 자신들의 검붉은 피를 흘려보내는 이들 사이에 나도 동참했다. 그리고 몇 주일 지났을까. 어느 날 저녁을 먹고 집에 돌아오는데, 우체통에서 적십자로부터 편지 한 통이 도착해 있었다.

'헌혈을 해줘서 고맙다는 편지겠지 뭐.'

무심히 책상 한구석에 던져놓고 유럽의 역사책을 읽었다. 잠이 쏟아져 잠시 환기나 할까 해서 편지봉투를 뜯었는데 순간 나는 그 자리에 딱 멈춰 서고 말았다.

'당신의 피는 사용할 수 없습니다. 당신은 C형 간염 보균자입니다. 빠른 시일 내에 병원을 방문해서 적절한 조치를 취하길 바랍니다. 악성이 되면 간암을 유발할 수 있습니다.'

가슴이 멎는 듯했다.

'뭐야, 내가 왜, 대체 왜 나라는 거야. 난 이렇게 말짱한데, 강철의 미군 장교였던 내가 왜……'

읽고 있던 편지를 벽에 던져버렸다. 그날 밤을 꼬박 새운 뒤 아침 일찍 병원으로 향했다. 결과 역시 동일했다. 내 또래의 백인 여의사가 다정하게 내 어깨에 손을 얹고 나를 달랬다. 미리 단정짓고 실망하지 말고 일단 전문의를 만나보라고 했다. 무시했다. 아니, 솔직히 겁이 나서 그럴 수가 없었다. 전처럼 공부에 빠졌다. 스트레스와 과로를 일삼았다. 술을 더했다. 시간이 없으니 운동할 여력도 없었다.

그 결과 급격한 식욕 저하가 나타났다. 끼니때조차 잊었다. 어느 순간 의자에 앉아 있는 것도 버거웠다. 침대에 누우면 그건 바로 쓰러짐이었다. 이러다 그대로 깨어나지 못하면 어쩌나 싶어 두려웠다. 결국 병원을 찾아 전문의를 만났다. 매주에 한 번 이상 병원에 꼬박 출근했다.

"C형 간염 보균자라는 걸 언제 어떻게 알게 되었나요?"

"1997년 봄에 헌혈하면서 알게 되었습니다."

"가족들 중에 암이나 다른 중병을 앓은 사람들이 있습니까?"

"큰아버지가 폐병으로, 작은아버지가 간경화로, 아버지는 폐암으로 돌아가셨습니다. 왜요, 그것도 유전인가요?"

"그건 아닙니다."

"그런데 C형 간염은 주로 어떻게 걸리는 거죠?"

"주로 수혈과 오염된 혈액을 사용한 혈액 제제를 매개체로 감염됩니다. 1994년까지는 수술 시의 대량 출혈을 방지하기 위해 사용되는 혈약 제제 피브리노겐을 제조할 때 바이러스 혼입 방지 대책이 충분하지 않아 감염자가 발생한 경우가 많았지요. 언제 혹시 수혈받은 적이 있습니까?"

"글쎄요, 최근엔 없었고, 아들 낳을 때 갑자기 제왕절개를 해야 해서…… 어쩌면 그때 수혈을 받았을 수도 있겠네요. 한데 그건 26년 전의 일이거든요."

"C형 간염은 잠복 기간이 꽤 긴 편입니다. 연령과 함께 발증 리스크가 높아지는데 감염으로부터 2, 30년 후에 약 30퍼센트가 간경변으로, 30~35년 후에는 간암이 될 가능성이 높지요. 물론 죽을 때까지 나타나지 않는 사람들도 있지만. 아무튼 간암 환자의 80퍼센트는 C형 간염 바이러스에 감염되어 있습니다."

죽을 때까지 나타나지 않는 사람도 있다면서, 왜 나는 그 경우에 해당되지 않는 걸까. 왜 하필 내게.

"악성이 되는 원인은 뭐죠?"

"글쎄, 여러 가지 있는데 간염이란 말 그대로 간에 염증이 생긴 상태로, 원인은 바이러스 외에 약물과 알코올, 스트레스, 피로, 영양실조 등으로 다양합니다. 참, 술과 담배를 하시나요?"

"담배는 못하고 술은 조금 합니다."

"주량이 얼마나 되시죠?"

"하루 평균 와인 한 병 정도라고 할까요."

"C형 간염균은 술을 아주 좋아하죠. 악성화시키는 속도를 늦추고 싶다면 술은 가급적 하지 않는 게 좋아요."

"술을 안 하면 무슨 재미로……."

"왜요, 술 없이도 재미있는 게 얼마나 많은데요."

의사와 나의 말이 마치 탁구대 위의 공처럼 오갔다. 그는 덤덤했고 나는 퍽 감정적이었다.

"치료는 가능한가요?"

차트에 무언가를 적고 있던 의사에게 물었다. 그가 천천히 고개를 들었다.

"가능할 수도 있지요."

"그게 무슨 말씀이시죠?"

"인터페론 주사와 리바비린이라는 알약을 병행해서 1년간 치료하는 방법이 있긴 한데……."

"완쾌 가능성이 어느 정도인가요?"

"아직 50퍼센트 미만입니다."

"뭐라고요? 그렇다면 부작용은요?"

"감기, 발열, 두통, 근육통, 쇠약, 식욕 감퇴, 골수 억압, 탈모, 우울증 악화, 갑상선 기능이상 등등……."

특히 탈모라는 말에 몹시 예민해졌다. 아버지도 민머리이지 않으셨던가. 짜증이 치솟는 마음을 다잡을 길 없었다. 그만 나는 버럭 성질을 내버리고 말았다.

"지금은 치료할 마음이 없습니다. 운명에 맡기겠습니다. 어차피 우리들 모두 죽을 건데요 뭘."

의사는 긴 침묵 끝에 말을 이었다.

"치료를 할지 안 할지는 나중에 결정하고 일단 검사부터 해봅시다. 어느 정도 진행되었는지는 알아야 할 거 아닙니까. 우선 피검사를 하시고 다음 주에 다시 방문해주세요. 지금부터라도 간에 해로운 약물이나 과로를 피하고, 몸을 챙기세요. 운명에 맡기는 거요? 그건 이런 노력 후에 해도 늦지 않아요."

검사 결과를 기다리는 일주일이 10년 세월처럼 길었다. 온갖 생각이 뇌를 스쳤다. 잡념을 잊기 위해 밥은 안 먹고 맥주캔만 땄다. 그러다 지쳐 눕기를 반복, 침대에서 긴 시간을 보내야 했다. 그리고 찾아간 의사는 왠지 얼굴이 어두웠다. 유난히 말수도 적었다. 그가 컴퓨터 화면을 가득 채운 데이터를 가까이 들여다보며 말했다.

"검사를 좀 더 자세히 해봐야 알겠지만, 좋은 소식은 아니네요.

악성화 진전이 좀 빠른 것 같아요. 간 수치가 높거든요. 무엇보다 간암 수치가 높은 게 마음에 걸립니다."

"간…암…이…라…구…요?"

맥이 쭉 풀렸다. 세상이 노랗게 물들면서 핑 하고 금방이라도 주저앉을 것만 같았다.

"아직 단정하기는 일러요. 우선 CT 촬영을 하고 다음 주에 다시 오세요. 그 결과까지 살핀 뒤에 진단을 하죠."

대낮인데도 하버드 스퀘어는 어두웠다. 하늘도 내 마음을 이해한다는 듯 금방이라도 비가 쏟아질 태세였다. 찰스 강 쪽으로 길을 잡았다. 내가 조깅을 한 뒤 자주 땀을 식히던 벤치에 가 앉았다. 무심히 흐르는 강물을 쳐다보았다. 슬픔이었다. 분노와 원망도 치밀었다.

'간암이라니, 간염도 부족해서 이젠 간암이라니…… 친구 희숙이 오빠도 간암 발견 후 몇 달 뒤에 세상을 떴다는데…… 나는 얼마나 남은 걸까…… 이대로 여기 이렇게 머물러 있어도 되는 걸까…… 우리 성아…… 성욱아…… 엄마……'

후두두 비가 쏟아지기 시작했다. 맘껏 울어도 좋을 만큼 큰비였다. 빗물인지 눈물인지 모를 물기가 오래도록 내 얼굴을 타고 흘러내렸다.

'간이 많이 상했으나 아직 간암은 아님.'

CT 촬영 결과를 보며 의사는 고개를 갸우뚱했다. 이 정도의 간암 수치라면 암의 흔적이 분명 드러나야 하는 게 정상이라고 했다.

MRI 결과도 마찬가지였다. 조직 검사를 위해 케임브리지 병원으로 향했다. 수속을 끝낸 뒤 검사실로 갔다. 간호사가 내 주위를 두리번거렸다.

"보호자는 어디 계시죠?"

"저 혼자인데요."

함께 공부하는 친구들에게는 비밀에 부칠 수밖에 없었다. 혹 전염이 될까 봐 나를 외면하거나 피하면 어쩌나 하는 우려에서였다. 듣던 대로 조직 검사는 힘든 과정이었다. 숨을 들이쉬기가 힘들었다. 검사 후의 상황을 지켜봐야 한다면서 나를 응급 환자 대기실로 옮겨주었다. 중년의 간호사가 다정하게 내 어깨를 토닥여주었다.

"……옆구리가 결려서 숨쉬기가 힘들어요."

"진통제를 가져올게요. 잠시만 기다리세요."

그녀는 타이레놀 피엠 두 알을 가져다주었다. 얼른 꿀꺽 하고 삼켰다. 그렇게 한 시간쯤 지나고 나니 갑자기 속이 메스꺼웠다. 온몸에서 진땀이 흘러내렸다. 침대 옆에 장착된 비상 단추를 눌렀다. 간호사가 건네준 작은 플라스틱 통에 내 몸속에 담긴 모든 것을 게워냈다. 하루면 모든 검사를 끝내고 집에 돌아갈 수 있다고 했지만 난 더 많은 검사를 눈앞에 두어야 했다.

여러 병원과 여러 의사를 거치는 동안에도 검사는 계속되었다. 그나마 다행스러운 점은 그럼에도 모두가 간암 판정을 내리지 않았다는 사실이었다. 빠른 시일 내에 간염 치료를 요했다.

"저, 그런데 여기서 혼자 박사 논문을 준비하고 있는 상태입니다. 부작용으로 만일 우울증이라도 걸리면 감당할 수가 없어서 그래요. 졸업한 후에 엄마가 계신 한국으로 가서 치료했으면 하는데요."

"될 수 있으면 빨리 치료를 시작하는 게 좋습니다만, 정 그러시다면 늦어도 2년 내에 치료를 받도록 하세요. 식사와 운동을 거르시면 안 됩니다. 그리고 박사 논문도 좋지만 무리하시면 절대 안 돼요. 피로와 스트레스야말로 간에는 치명적입니다. 정기적인 검진도 잊지 마시고요."

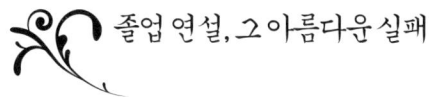 졸업 연설, 그 아름다운 실패

: 성공은 많은 인간을 실패하게 만든다.
—신디 애덤스

'흠…… 흠……'

'한번 도전해볼까, 말까.'

'나는 할 수 없어, 어떻게 내가 감히.'

'아니야, 나라면 충분해.'

'졸업 연설이라……'

나 같은 게, 라는 생각에서 내가 어때서, 라는 생각으로 고민의 줄다리기는 계속되었다. 늘 그렇듯 불가능은 없다, 도전하고 노력해서 성취하자, 진취적으로 모든 일을 해결해 나갔던 나였지만 이번 일은 그야말로 언감생심, 과욕처럼 느껴졌다.

졸업 연설. 고작해야 5분간의 연설이라지만 하버드를 졸업하는 이들을 대표해 단상에 오르는 일은 아주 감격스러운 경험이 아닐 수 없다. 하지만 나는 그때까지도 졸업을 위한 자격 조건을 두루 갖추지 못하고 있었다. 무엇보다 가장 중요한 논문 통과조차 이루지 못한 상태였다.

'서진규, 정신 차리고 논문 통과에만 몰두해. 강산이 한 번 반이나 변하도록 졸업도 못하고 빌빌대는 거, 너 그 부끄러움 잊은 거 아니겠지?'

'그렇다곤 해도 졸업 연설은 논문과는 별개의 문제야. 졸업생이면 누구나 지원 자격이 주어진다잖아. 그리고 연설은 내가 소질이 좀 있는 편이구.'

'하지만 시간이 얼마 안 남았어. 이번에도 빨리 못 끝내면 학교에서 쫓겨날 수도 있어. 그 협박장을 떠올려봐.'

하버드의 규정은 박사 학위를 완수하는 데 10년 제한을 두고 있다. 그 기간 안에 졸업하지 못한 학생들은 해마다 경고장을 받는다. 다음 학기부터는 박사 학위 연구를 계속할 자격을 철회하겠다는 것이다. 연구를 계속하려면 예외의 허락을 받아야 하는데 학과장과 담당 교수의 청원서가 필요했다. 청원서에는 그 학생의 진도 사항을 알리며 다음 해에는 꼭 졸업할 것으로 믿는다는 확신을 전해야 했다. 예외 연장은 1년씩만 허락되었다. 그다음 해에는 또 다른 청원서를 내서 새 허락을 받아야 했다.

내가 하버드에 입학한 것이 1990년. 처음 2년은 석사 과정이었고

4년 반은 군 복무로 휴학이었다. 결국 6년 반째인 1997년 1월부터 박사 과정으로 바뀌었지만 하버드의 카운트다운은 1990년부터 시작되었다. 학위 마지막 해인 2005년 가을학기와 2006년 봄학기는 겨우 한 학기씩 연장을 허락받았다. 졸업에 16년이 걸렸던 내 경우가 증명했듯, 사실 그것은 형식적인 면이 컸다. 논문 연구를 하는 데 게으름을 피우거나 시간을 질질 끄는 학생들을 독촉하는 것이 주목적이었던 것 같다. 하지만 경고장을 받는 입장에서는 기분이 전혀 다르다. 졸업 전에 총 일곱 장의 경고장을 받았는데도 나는 전혀 익숙해지질 않았다. 아무리 형식적인 것이라며 스스로를 달래보지만 기분은 영 아니었다. 자존심은 순식간에 구겨져 찢어진 신문지가 되었다. 받을 때마다 나는 화도 났고 서글프기도 했고 포기하고 싶어지기까지 했다.

어떤 일에 도전할 때 우리는 그 일이 끝날 때까지 자신감의 심한 기복을 수없이 경험한다. 때로는 확신에 찬 환희에 들떠 날짜를 손꼽다가도 또 한편으로는 실패에 대한 두려움으로 의욕 상실에 빠지게 된다. 졸업 연설을 준비하는 과정에서 나 역시 이런 시소 위에 여러 번 올라탔다.

그러나 이 일대의 도전은 다음 기회로 미뤄야만 했다. 졸업생만 참여 가능한 시합에서 2005년 6월 졸업에 필수 조건인 논문 심사를 통과하지 못한 나는 자격 미달이었다. 눈물을 머금고 준비를 마친 연설문을 책상 서랍 속 깊이 넣어두었다. 그리고 다시 연설문을 꺼내

든 것은 2006년 봄, 졸업이 허락된 이후였다. 나는 이를 꽉 물었다.

4월 초, 봄이라는 계절이 무색할 정도로 춥고 궂은 날씨의 어느 날 나는 완성된 원고를 들고 더들리 홀 건너편에 위치한 워즈워스 하우스를 찾았다. 졸업 행사 담당 사무실이 그곳에 있었다. 가슴이 설레고 손이 떨렸다. 마치 겁에 질린 사람처럼 조용히 문을 두들겼다. 아무 대답이 없었다. 용기를 내어 조금 더 세게 두들겼다. 역시 문 너머는 고요했다. 슬쩍 문을 열고 들어가니 이런저런 서류 봉투가 너저분하게 놓여 있는 책상 하나가 눈에 띄었다. 나는 두리번두리번 주위를 둘러보았다.

"무얼 도와드릴까요?"

순간 나는 깜짝 놀라 그대로 주저앉을 뻔했다. 마치 도둑고양이가 음식물을 뒤지려다 인기척에 놀란 것처럼 바로 내가 그랬다. 쳐다보니 아주 세련된 옷차림을 한 백인 중년 여자가 나를 맞았다.

"어…… 저…… 그게……."

"혹시, 졸업 연설을 지원하러 오셨나요?"

머뭇거리는 내 마음을 읽기라도 했다는 듯 그녀가 되레 내게 물었다.

"예. 그런데 제가 바로 찾아오긴 한 건가요?"

"물론입니다. 어서 오세요. 나는 졸업 연설자 선출뿐 아니라 졸업식 행사 전반을 책임지는 메리 스티븐슨이에요. 근데 어느 대학원 졸업생이신가요?"

"인문대학원 졸업 예정자인 진입니다."

"아, 그렇군요. 참 좋네요. 그간 인문대학원 출신의 지원자가 없어 서운하던 참이었거든요."

"아, 첫 지망생인가요?"

누군가 내 등 뒤에서 말을 이어붙이고 있었다. 그 말과 함께 20대 후반으로 보이는 키 큰 백인 여자가 비를 털며 들어왔다.

"어, 수잔. 어서 와요. 그래요. 우리의 첫 손님이네요."

지원서 마감일까지는 아직 며칠간 여유가 있었다. 하버드의 젊은 학생들은 주로 마감일에 모든 일을 처리하는 습관이 있다. 하루라도 남은 여유가 있다면 그 시간 동안 최선을 다하려는 그들 나름의 생존 법칙이었다. 이는 물론 취향이라기보다는 할 일이 너무 많은데 시간이 모자란 탓도 있었다. 하지만 나는 그들과 달랐다. 뭐든 미리미리 해두어야 맘이 편했다. 졸업 연설문도 마찬가지였다. 그리고 난 너무 오랫동안 준비해왔고 거의 1년 전에 마무리해둔 뒤가 아니었던가.

수잔 역시 나를 반갑게 맞아주었다.

"안녕하세요, 저는 인문대학원 졸업생 진이라고 해요."

"아, 반갑습니다."

수잔이 다정하게 손을 내밀었다. 비를 맞고 들어온 탓인지 그녀의 손은 몹시 차가웠다. 하지만 따스한 정이 흐르고 있다는 걸 직감적으로 알 수 있었다.

수잔과 메리가 각각 내 서류를 검토했다. 그들은 5분짜리 내 연설문을 거의 배가 되는 시간 동안 읽는 듯싶었다. 그동안 나는 부끄러움인지 초조함인지 모를 두근거림으로 내내 다른 곳을 응시하고 있어야 했다.

"아, 너무 감동적이네요."

수잔이 먼저 고개를 들었다. 그녀의 눈가가 젖어 있는 듯했다.

"그래요. 아주 멋진 내용이에요. 세상에, 너무 대단해요. 어떻게 이런 드라마 같은 삶을 살 수 있었는지 원더풀해요."

메리가 맞장구치며 흥분한 얼굴로 내 손을 잡았다.

"내가 심사위원이었다면 난 분명 진을 뽑을 거예요. 아쉽게도 난 전반적으로 감독을 해야 하는 입장이거든요. 아무튼 잘되기를 기도할게요."

"더군다나 연설하기에 목소리가 적격인데 말이죠."

수잔이 말을 보탰다.

"다른 지원자들에게는 미안한 얘기지만, 아무튼 우린 진의 편이에요. 힘내세요."

그로부터 며칠 뒤 나는 전화 한 통을 받았다.

"진, 축하해요. 일단 서류 심사를 통과했네요."

"어머, 정말이어요? 너무 고마워요, 수잔."

"이젠 심사위원들 앞에서 오디션만 두 번 남았거든요. 특히 목소리가 장기니까 시험 무대에서는 큰 점수를 딸 수 있을 거예요."

나는 수잔이 전화를 끊기 전에도 끊고 난 뒤에도 연거푸 고맙다는 인사를 늘어놓았다. 그리고 그날부터 맹훈련이 시작되었다. 첫 오디션에서는 원고를 보며 연설해도 되었지만 혹시나 하는 마음에 7분이 넘는 원고를 달달 외워버렸다.

오디션은 사이언스 센터의 한 강당에서 이뤄졌다. 지원자들은 약속 시간에 여러 명의 교수 앞에서 자신들의 연설을 선보이게 된다. 내 첫 오디션 날, 나는 여느 때보다 단정하게 옷을 차려입고 버릇처럼 약속된 시간보다 약 15분 전에 도착했다. 강당 안에서 누군가 열변을 토하는 소리가 들려왔다. 조심스레 문을 열고 들어갔다. 연사가 서 있는 곳이 가장 낮았고, 그 앞으로 청중들이 층층으로 점점 높아지는 계단식으로 앉게 되는 강당이었다. 맨 앞줄에 심사위원들이 보였다. 그 외에도 이미 연설을 끝낸 지원자들과 함께 온 친구들이 여기저기 서거나 앉은 채 진행되는 심사 과정을 지켜보고 있었다.
"다음 후보는 인문대학원 졸업생 진 로버슨입니다."
내 이름이 호명되자 나는 강당으로 내려갔다. 심사위원들에게 거수경례로 인사했다. 위원들 끝에서 메리가 활짝 웃으며 윙크를 해 보였다. 오른손 엄지를 치켜들며 잘하라는 뜻의 격려도 잊지 않았다.
'넌 지금 네 인생 최고의 기회에 또 한번 도달해 있는 거야. 멋진 주인공처럼 잘해보라고.'
잠시 숨을 고른 후 연설을 시작했다. 때로는 웃었고 때로는 울었으며 때로는 여유롭게 청중들을 둘러보며 그들의 의견을 구하거나 그들과 함께 호흡하며 열변을 토해나갔다. 반응이 괜찮은 것 같았다. 박수가 절로 나왔다. 절도 있는 거수경례로 답례하고 내 자리로 돌아왔다. 그다음 학생이 무대로 내려가는 것을 보았지만 나는 그의 연설에 집중할 수가 없었다. 온몸이 사시나무 떨리듯 흔들리고 있었다. 귀가 먹먹했다. 큰 무리 없이 잘해냈다는 안도감이 컸던 만큼 긴장도 컸던 모양이었다. 그만큼 나는 기대했다. 결과를 기다리는 시간은 1분 1초가 초조함으로 채워졌다. 하지만 정작 발표일이 되었을 때는 오히려 사무실을 찾지 못했다. 결과를 보러 갈 용기를 찾는 데만 한나절이 걸렸다.

결국 나는 두 번째 오디션에 초청받지 못했다. 하지만 후회는 없었다. 내가 하고 싶은 일이었고, 무엇보다 주변 사람들의 지지를 받았으며, 이를 위해 내가 가진 최선의 힘을 다 쏟아 부었기 때문이다.

실패는 아팠지만 아쉬움은 없었다. 평범한 보통 사람인 아줌마 학생 서진규가 멋진 도전을 한 시도야말로 아름다웠으므로. 실패라는 말도 도전 뒤에 주어지는 것이므로 나는 기회를 잡을 수 있었던 행운아가 아닌가 하고.

 졸업을 향한 질주

: 아홉 번 실패했다는 것은 아홉 번 노력했다는 뜻이다.
— 달라이 라마

2003년 늦가을, 약 1년 반의 일본 체류를 마치고 하버드로 돌아
왔다. 확실한 연구를 하자면 끝이 없었다. 그러나 내겐 그럴 만한
여유가 없었다. 아쉽고 불안했지만 이쯤에서 일본에서의 연구 여정
을 접었다.

나는 찰스 강 옆 피바디 테라스(Peabody Terrace)라는 하버드의
아파트에 자리를 잡았다. 자그마한 원룸이었지만 일본에서 살던 숙
소에 비하면 제법 크고 시설도 편리했다. 무엇보다 4층 내 방 창문
밖으로 찰스 강이 보였다. 강 너머로 하버드 경영대학원의 붉은 벽
돌도 눈에 들어왔다. 그 뒤로는 보스턴이 보였다. 야경이 멋졌다.
창문 바로 밑 작은 길 건너에는 화원이 있었다. 철마다 아름다운 꽃
들이 멋지게 나의 정원을 수놓았다. 그저 꿈같은 아름다움이었다.

하지만 이렇게 풍경에 심취해 있을 만큼 나는 한가롭지 못했다.

논문에 대한 스트레스는 실로 어마어마한 것이었다. 학교 도서관에 있는 논문들을 여러 권 찾아 읽었다. 담당 교수인 이리에 교수에게 다른 학생들이 작성한 것 중 베스트를 추천해달라고 했다. 한 베트남 학생이 베트남 정글에 대해 쓴 것을 샘플로 건네주셨다. 처음부터 끝까지 탐독했다. 그리고 전에 제출한 내 논문 프로포잘을 꺼내 다시 읽어보았다. 처음부터 고든 교수의 제안처럼 길게 썼던 게 도움이 되어 가지를 쳐나가기 시작했다. 방대한 자료들을 논문에 인용해 써넣는 것도 쉽지 않았지만 그보다도 나의 추론을 논리적으로 전개시켜 나가는 것이 관건이었다. 무엇 하나 쉬운 게 없었다. 무엇 하나 쉬울 거라고 생각한 내가 참 한심했다. 그런데 느닷없이 전화 벨이 울렸다.

"헬로."

"진, 나 준이야."

일본에서 나를 도와주던 일본인 박사 후보 후배였다.

"하이, 준."

"아니, 그런데 왜 그렇게 기운이 없어?"

"논문 쓰는 거 너무 힘들어."

"두말하면 잔소리지."

"넌 그래도 진전이 좀 있었니?"

"그럭저럭."

"부럽다. 난 아직 시작도 못했는데. 뭘 쓰려고 해도 머리가 돌처럼 굳어버려."

"나도 별반 다를 게 없어. 그래서 말인데, 사실 논문 때문에 전화한 거야. 이즈미, 히라쿠, 마리앙 등 몇몇 박사 후보들이 모여 스터디 그룹을 만들려고 하는데, 진도 참석할래?"

"정말? 나야 고맙지. 너무 고마운 소식인걸."

"일주일에 한 번 모임을 가지려고. 문제없지?"

"물론이지. 논문 때문이라면 일주일 내내도 아깝지 않지."

"한 주일에 두 명씩 돌아가면서 자기가 쓴 것을 발표하고, 거기에 대해 서로의 의견을 교환하며 조언을 얻는 그런 시스템으로 진행하려고."

"나야 뭐 조언받는 편이 훨씬 많겠지만."

"너무 스스로를 폄하시키지 마. 사실 한국에 대해, 국제 관계에 대해 우리보다 실전으로는 네가 최고잖아. 우리에게 큰 도움을 줄 수 있다고, 진도."

"글쎄, 그럴까?"

"그럼. 끝나면 함께 저녁도 먹고 친목도 도모할 거야. 괜찮지?"

"물론이지. 내가 염불보다 잿밥에 더 관심 있다는 거 알면서 그러네. 고마워."

천만다행이었다. 다른 사람들의 논문을 보며 내 것을 보완시켜 나갈 수 있으니 내겐 얼마나 큰 도움인가. 열 명의 동료들이 함께 공부하기로 했다. 모두가 나보다는 열다섯 살 이상 어린 친구들이었다. 다행히 그들은 내 나이에 별로 괘념치 않았다. 전공 또한 일본 고대사, 일본 근대사, 일본 문학, 중국 근대사, 한일 관계 근대사 등 다양했다. 매주 두 사람이 자신들이 쓴 논문의 일부를 발표하고 우리들의 질문과 토론, 그리고 조언이 이어졌다. 그들과의 만남으로 내 논문의 부족한 부분이 채워지기 시작했다. 이듬해엔 어쩌면 나도 졸업하지 않을까 하는 자신감도 붙게 되었다. 그러나 예정대로 2005년 6월 졸업장을 딴 사람은 준 뿐이었다. 우리들은 그대로 남아 더욱더 열심히 논문 마무리 작업에 박차를 가하기로 했다.

그리고 논문을 쓰는 과정에서 잊을 수 없는 또 한 사람, 루스. 그녀는 나보다 몇 살 위인 중국계 여성으로, 터프스 대학에서 문학을 가르치다가 2, 3년 전에 퇴직한 인텔리였다. 우연찮은 기회에 만난 그녀에게 나는 종종 도움을 받곤 했었다.

"박사 논문 어때요? 잘돼가고 있어요?"

"힘들어 죽겠어요."

"왜 아니겠어요. 내 도움이 필요하면 언제든 말하세요. 조금이나마 보탤게요."

귀가 번쩍했다. 문학 교수였던 그녀가 도와주기만 한다면야 뭘 더 바라겠는가.

"정말 그래줄래요? 그럼 난 너무 고맙지요."

"그럼 이렇게 해요. 2주나 3주에 한 번씩 만나서 함께 점심을 하죠. 그때 한 챕터 정도 진이 쓴 것을 가져오면 내가 집에 가서 검토하고 그다음에 만날 때 돌려주는 걸로 말이죠. 물론 그때 그다음 챕터를 내가 받아오면 어떨까 하는데요. 이것도 서로 약속이니 게으름을 피울 수 없지 않을까요."

"그렇게만 해준다면 아, 루스, 정말 무슨 말을 해야 할지……."

"논문 주제에 대해서는 내가 잘 모르니까 큰 도움은 안 될 거예요. 다만 영어 문법이라든지 스펠링이라든지 어떻게 보면 기초적이면서도 정말 중요한 부분을 내가 잡아줄 수 있을지도 모르겠어요."

"그게 내겐 가장 큰 도움인걸요."

"그럼 언제부터 시작할까요?"

"챕터 두 개 정도 써놓은 거 있으니까 다음 주 수요일 어때요?"

"좋아요. 신라식당에서 열두시 괜찮아요?"

"네. 좋아요. 그때 만나요."

그녀의 제안대로 우린 주기적인 만남을 거르지 않았다. 그녀가 없었다면…… 아찔한 순간 너머에 그녀가 있었다. 고마운 루스.

때맞춰 일본과 한국에서 이형랑 교수와 허영란 박사가 하버드를 방문했다. 이형랑 교수는 2005년 봄, 기차를 타고 보스턴에 도착했다. 1년간 하버드에서 연구할 예정이었다. 하루를 내 작은 원룸 아파트에서 머물고는 일본인이 운영하는 부동산 중개소를 찾았다. 일본인은 우리를 비컨 가에 있는 원베드룸 아파트로 안내했다. 5층 빈방에 들어선 나는 창밖으로 펼쳐진 야경에 매료되었다. 카메라 모양의 둥근 사이언스 센터 지붕 뒤로 붉게 물든 노을이 젖어 흐르고 있었던 것이다.

"와, 정말 끝내주네요. 너무 아름다워요."

내가 너무 황홀해하자 이 교수는 그 집을 내게 양보했다. 결국 나는 뜻하지도 않던 이사를 하게 되었다. 그리고 이 교수 자신은 하버드 교정을 사이에 두고 반대편에 방 하나짜리 아파트를 구했다. 내 아파트에서 도보로 20분 가량 걸리는 거리였다.

이 교수는 요리를 잘했다. 게다가 혼자 사는 학생들을 불러 이것저것 맛난 요리들을 만들어 먹이기를 즐겼다. 외롭고 힘든 생활에 지쳐 있는 우리 학생들에게 그녀는 정말이지 어머니요, 누나요, 언니였다. 무엇보다 병으로 내가 입맛을 잃었을 때, 그저 고픈 배만 채우려 아무거나 먹던 내 건강을 챙겨준 것도 그녀였다.

허영란 박사는 2005년 말경 도착했다. 누가 먼저 박사 학위를 딸 것인가의 경쟁에서는 물론 내가 졌다. 하버드에 도착하기 전에, 그녀는 이미 서울대를 졸업했던 것이다. 교수와 박사와 박사 후보생, 우리 셋은 삼총사처럼 늘 함께했다. 그들은 무엇보다 내 논문에 대한 토론과 조언을 아끼지 않았다. 또한 하버드에서의 마지막 한 해를 홀로 지낼 때 내 외로움을 해소하는 데도 큰 도움이 되어주었다. 하지만 그들은 끝내 내가 졸업하는 광경을 보지 못하고 하버드를 떠났다.

2003년 가을 일본에서 하버드로 돌아올 때 나는 2005년 6월 졸업을 목표로 삼았었다. 우선 2004년 11월 어느 정도 완성된 초고를 세 심사위원에게 보냈다. 고든 교수가 가장 먼저 답을 보냈다. 영어는 물론 내용에 있어서도 미흡한 부분이 여러모로 많다는 지적이었다. 이리에 교수와 에커트 교수 역시 동의했다. 내가 2005년 6월 졸업을 타진하자 이리에 교수가 말했다.

"하루에 24시간을 투자한다면 어쩌면 가능할지도 모르겠네요."

결국 나는 이리에 교수의 제안을 받아들여 같은 해 11월로 졸업을 미루었다. 담당인 이리에 교수가 주기적으로 만나 내 논문 완성을 위한 진전을 지켜봐주기로 하였다. 내가 한 챕터씩 고쳐서 교수님께 드리면 그가 철저하게 검토해서 내게 돌려주는 식이었다. 교수가 지적한 부분을 수정하고 보강해서 다시 건네드렸다. 한 챕터에 거의 세 번 이상 검토를 거치는 셈이었다. 그런 철저한 과정 후에도 다른 편집자가 내 논문의 영어와 구성을 도와주었다. 내 논문은 쓰는 과정부터 루스가 한 번, 케시가 서너 번, 교수들 역시 각각 서너 번, 또한 여타의 편집자들이 서너 번을 읽은 셈이었다. 수십 번을 읽은 나를 제외하고도 스무 세트 이상의 눈을 거쳤다 해도 과언이 아니었다. 그럼에도 나는 2005년 6월은커녕 11월 졸업에도 통과하지 못했다.

2006년 봄 학기 동안에는 내 논문에 가장 이해와 조애가 깊은 에커트 교수가 도움을 주었다. 또다시 논문 한 문장 한 문장이 철저한 검토와 수정과 보완을 거쳤다. 논리 전개에 필수적인 증거 자료들도 하나하나 점검을 받았다. 그야말로 내 세포가 온통 논문으로 들어차서 24시간 숨을 쉴 만큼 읽고 또 읽고 고치고 또 고치는 시간들이 계속되었다. 그리고 마침내 해냈다. 내 논문이 하버드의 그 까다로운 관문을 통과했던 것이다.

살았다!

2006년 6월 8일 졸업. 내 학문 추구의 목표달성이 이루어졌다. 어린 시절 내 바람이었던 '서 박사', 그 꿈이 현실에서 실현되는 순간이었다.

다른 학생들은 하버드의 졸업보다 그 이후의 성취에 더욱 촉각을 곤두세운다. 하버드를 졸업했다고 해서 누구나 교수가 되는 건 아니기 때문이다. 치열한 경쟁 속에 논문은 미래로 가는 또 하나의 징검다리에 불과했다. 어느 누구의 것이 보다 탄탄하고 아름답고 정교한가에 따라 그들의 내일이 달라졌다. 치열한 경쟁은 그러므로 당연했다.

그러나 나는 달랐다. 하버드의 졸업이 바로 그 목표였다. 졸업 후 취직 걱정을 할 필요도 이유도 없었다. 군에서 연금도 나오고 적은 액수나마 저축도 있으니 먹고살 걱정도 없었다. 사실 하버드에서 공부하는 동안에도 나는 이미 또 다른 직업에 종사하고 있었다. 하버드를 졸업하는 일 자체가 내겐 그 직업의 일부라 해도 과언이 아니었다. 책과 강연을 통해 어렵고 힘들게 살아가는 사람들에게 꿈과 희망을 나누어주는 일! 작은 나라의 초라한 가발공장 직공에서 하버드의 박사 된 나를 통해 인간의 가능성을 몸소 증명해 보이는 일! 그 가능성의 증거가 되어 꿈을 찾지 못하고 방황하는 사람들에게 더 큰 도전과 용기와 희망을 주는 일!

하버드의 박사가 되려는 내 진짜 목표는 바로 거기에 있었다.

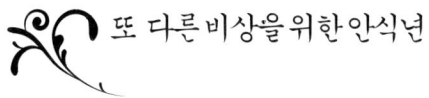 또 다른 비상을 위한 안식년

2006년 6월 22일.

인천국제공항에 도착했다. 하버드의 박사가 된 이후 첫 입국이었
다. 비행기 안에서 전에 이준구 총재가 해준 말이 떠올랐다.

"이제 진짜 박사가 되었으니 축하께나 받을 겁니다. 그만큼 대우
도 달라질 거고 말이에요."

가야식당의 김 사장 말도 생각났다.

"한국에 가면 정치권에서 러브콜이 많을 텐데 신중하게 선택하세
요."

또 어떤 사람들은 나를 교수로 모시려는 대학들이 많을 거라고도
했다. 물론 정치를 한다거나 대학교수를 하겠다거나 하는 계획이
내겐 없다. 나는 현재의 내가 좋다. 훨훨 전 세계 곳곳을 다니며 힘
든 삶 속에서 좌절하고 있는 많은 이들에게 희망과 용기를 심어주

는 일, 이것이 바로 내가 원하는 일이자 바라는 삶이기 때문이다.

출구를 나오는데 마음이 설레었다. 얼마 전 동아일보의 거의 한 페이지가 내 졸업에 대한 기사를 실었는데 그렇다면 나를 마중 나온 기자들이나 팬들도 제법 있겠지.

"SBS의 〈김미화의 U〉 팀이 박사님 입국하시는 거 촬영하러 온댔어요. 물론 우리 쪽에서도 여러 분들이 뵈러 갈 거고요."

미국을 떠나기 전 내 매니저 일을 봐주는 동생 규호의 부인이 연락을 해왔었다. 짐을 찾기 전에 전화할까 하다가 조금은 놀라게 해주고 싶어 참기로 했다. 출구의 문이 열리자 나는 들뜬 마음으로 카트를 밀고 나왔다. 많은 사람들이 출구에 몰려서 우리가 나오는 문을 빤히 쳐다보고 있었다. 손을 흔드는 사람들도 있었다. 약간 멋쩍은 마음으로 그들 속에 내가 아는 얼굴이 있는지를 살폈다. 아무도 없었다. 환호하는 팬도 기자도 카메라도 없었다.

'이럴 리가 없는데, 혹 엄마한테 무슨 일이 생긴 걸까. 출구를 잘못 알고 다른 곳에서 기다리고 있는 건가.'

카트를 밀고 A부터 F출구까지 전부 다 돌아보았다. 결국 매니저에게 전화를 걸었다.

"오늘 공항에 나온다고 안 했었나?"

"아니, 지금 어디서 전화하시는 거예요?"

당황해하는 눈치였다. 뭔가 착오가 있었음이 분명했다.

"어디긴 어디야, 인천이지."

"비행기가 굉장히 일찍 도착했나 봐요."

"아니야. 제시간에 도착했는걸."

"항공사에서 박사님 저녁 일곱시에 도착한다고 했었는데 지금 다섯시거든요. 아무튼 지금 서둘러 갈게요."

잠원동에서 인천까지라면 한 시간도 더 걸릴 거리였다.

"아직 출발 전이면 오지 마. 그냥 리무진 타고 갈게."

"입국 장면 촬영 때문에……. 다들 일곱시로 알고 있는데, 연락해서 바로 가도록 할게요. 잠시만 기다려주세요."

부대 안 항공사에서는 군대식 시간으로 '17시' 라 했는데 내 매니저가 '7시'로 알아들은 모양이었다. 아무튼 우리 쪽 실수였다. 어쩔 수 없이 나는 카트를 한적한 화단 옆으로 밀고 갔다. 회색 시멘트가 발려 있는 가장자리에 걸터앉아 멍하니 지나가는 사람들을 구경했다. 잠시 후 한 가족이 내 옆에 와서 자리를 잡았다. 할머니, 할아버지, 젊은 엄마와 어린아이 둘이었다. 모두 자리 잡은 것을 확인하더니 젊은 엄마가 수줍은 미소를 띠며 내게로 왔다. 그녀의 손에 카메라가 들려 있었다.

"저어……."

'역시 날 알아보는 사람이 있긴 있는가 보군. 같이 사진 찍자는 얘길 하려는 거겠지.'

웃는 얼굴로 그녀를 맞았다.

"미안하지만 우리 가족사진 좀 찍어주실래요?"

야, 서진규, 넌 착각도 정말 자유롭구나! 피식 웃음이 터져나왔다.

목숨을 걸고 박사 학위를 따왔지만 한국에서의 나는 그저 가발공장 여공 출신으로 하버드에 간 만학도 서진규였고, 계속 그런 서진규일 뿐이었다. 그것은 너무도 당연한 사실이었다. 그럼에도 왠지 허탈감을 감출 수가 없었다. 이는 어떤 보상심리와는 다른 복합적인 감정이었다. 학문적으로는 완성을 해왔는데 몸이 온전치 못했다. 누구에게도 간염 보균자라고 말하지 못하면서 종종 위축되는 내 자신을 발견하곤 했다. 전에 내게 도착한 팬레터 중에 간염 보균자라는 사실 때문에 취직에 불이익을 당하고 있다고 하소연한 사연이 있었는데, 그때 난 별 도움을 주지 못했다. 그게 두고두고 맘에 걸렸다. 나는 좀 더 당당해질 필요가 있겠다고 결심했다. 내가 당당하면 나처럼 병든 이들도 당당해질 수 있을 것 같았다. 만나는 사람들마다, 강연장에서나 사석에서나, 심지어 매스컴 앞에서조차 나는 당당하게 이 사실을 공개했다. 그러자 신기하게도 꼭 나을 수 있다는 자신감이 몸 구석구석을 파고드는 것을 느꼈다.

이참에 미뤄뒀던 간염 치료를 시작했다. 나는 정년퇴직을 한 덕분에 미군 부대에서 병원 혜택을 받을 수 있었다. 치료를 시작하기 전에 현재의 몸상태를 점검할 필요가 있었다. 온갖 피검사를 했다. 간 수치도 암 수치도 간염균 수치도 매우 좋지 않은 상태로 나왔다. 치료는 하버드의 전문가가 얘기했던 대로 인터페론 주사와 리바비린 알약을 병행하기로 했다. 완치율이 50퍼센트 미만이었지만 그 안에 내가 들지 못하리란 법은 없었다. 이는 하버드의 입학 가능성

보다는 훨씬 높은 확률이 아니었던가. 병을 완치하기 위해서는 1년 정도의 시간이 소요될 거라고 했다. 암 치료만큼이나 독하고 후유증도 심할 거라고 했다. 무엇보다 내가 가장 소름 끼쳐하는 일, 머리카락도 더 빠질 거라고 했다. 기운이 없는 것은 기본이고, 우울증도 올 거라고 했다. 그게 심해져서 자살하는 경우도 있다던가. 그 독한 약물을 견디려면 일단 면역은 기본이 되어야 했다. 여름 동안 몸을 좀 챙긴 후에 9월부터 약물 치료를 시작하기로 했다.

효과를 최대한 올리기 위해 민간요법을 병행했다. 일주일에 한 번 미군 병원에 다니며 매일 여의도에서 통근 치료를 했다. 길에 뿌리는 시간이 아까웠다. 잠원동 어머니 집에서 여의도로 거취를 옮겼다. 사상의학은 내 체질을 태양인이라고 판정했다. 체질에 따라 득이 되고 해가 되는 음식이 달랐다. 나는 최선을 다해 치료에 몰두했다.

하지만 치료는 힘들었다. 혈소판과 백혈구 수치가 도저히 주사를 맞지 못할 정도로 내려가기 일쑤였다. 그 수치가 안정될 때까지 자주 주사를 쉬어야 했다. 리바비린 역시 간염균과 적혈구를 자주 착각했다. 빈혈도 빈번했다. 기운도 떨어지고 우울 증세도 나타났다. 사람을 만나는 게 싫었다. 가족도 친구도 피하고 싶어졌다. 강연이나 책 집필은 말할 것도 없이 모두 접었다. 두더지처럼 집 안에 칩거한 채 병원을 오가는 다람쥐 쳇바퀴 도는 일상의 반복이었다.

집에서는 텔레비전 리모컨을 놓지 않았다. 한국 드라마에 흠뻑 빠져서 하나라도 놓치지 않고 다 찾아 보았다. 밖에 나갔다가도 드라마 방영 시간이 되면 열 일 제쳐놓고 집에 들어올 정도였다. 공중파 방송도 부족해 케이블까지 달았다. 무엇이든 시작하면 끝을 보는 내 성격은 텔레비전을 두고도 여전했다. 밤잠을 잊고 몰입하다 그만 치료에 무리가 갈 정도까지 이르렀다. 이런 걸 두고 주객전도라고 한다지. 치료가 고단할 때면 좀 쉴 요량으로 보기 시작한 텔레비전이 오히려 치료를 방해할 정도에 이르게 되었다니.

그러다 문제가 생겼다. 인터페론이 간염균을 공격하는 것은 물론 백혈구와 갑상선 호르몬을 병균으로 착각하여 공격했던 것이다. 갑상선은 살아남기 위해 더 많은 호르몬을 생산하고 배출했다. 결국 나는 그레이브스(갑상선 기능항진증)라는 또 다른 병을 추가로 언도받았다. 인터페론 치료를 그만두든가 아니면 갑상선의 기능을 완전히 소멸시켜야 했다. 그러니까 평생 간염균과 함께 살아가며 간암의 위협과 싸우든가, 아니면 50퍼센트의 성공 확률도 없는 치료를 계속하기 위해 갑상선을 포기하고 평생 호르몬 약을 먹든가 하는 선택의 기로에 놓였던 것이다. 결국 나는 간염 치료를 택했다.

2007년 2월, 어머니의 영주권 문제도 있고 해서 성아가 있는 하와이로 향했다. 성아는 하버드를 졸업하고 현역 장교로 그곳에 머물고 있었다. 트리플러 병원에서 나는 핵 치료로 갑상선의 기능을 완전히 소멸시켰다. 한동안 내 몸에서 뿜어져 나오는 방사능이 주변 사람들을 해칠 가능성이 있다고 했다. 한집에 살면서 다른 사람들과의 접촉을 피하는 것은 보통 힘든 일이 아니었다. 특히 성아가 출근하고 나면 문제가 심했다. 어머니는 연로했고 귀가 어두웠다. 몸이 불편한 어머니에게 대신 식사 준비를 맡기려니 설명하는 것도 기운이 달렸다. 스트레스는 잦은 짜증을 불러일으켰다. 나에게 가장 소중한 두 사람과 함께 지내면서도 내 마음은 자주 지옥을 헤맸다.

지친 몸으로 겨우 어머니를 한국으로 모셔왔다. 둘 다 고단했던 지 몇 주일을 동시에 앓아누웠다. 우울증까지 겹쳤다. 만사가 귀찮았다. 미래도 희망도 도전도 다 무슨 소용일까 하는 부정적인 생각에서 힘들게 빠져나올 때가 한두 번이 아니었다.

하지만 세월이 약이라고 했던가. 시간이 지나면서 내 몸은 스스로 회복기에 접어들었다. 서서히 식욕도 되찾았고 의욕도 하루하루가 남달랐다. 치료 효과도 성공적이었다. 간 수치도 암 수치도 거의 정상으로 돌아왔다. 간염균도 엄청 줄어들었다. 물론 그렇다고 해서 치료가 끝난 것은 아니었다. 남은 석 달간 계속 치료하며 마무리 작업을 해야 했다. 이 정도의 노력이라면 기꺼이 응할 수 있다. 나을 거라는 확신이 있기 때문이다.

사실 아무 일도 하지 않고 이렇게 쉬어 본 적이 평생을 두고 한번이라도 있었던가. 1년의 치료 기간을 60년 가까운 시간 동안 열심히 살아온 것에 대해 스스로에게 주는 상이라 여기기로 했다. 나는 내 스스로에게 괜찮아, 괜찮아, 잘했어, 잘했어, 몇 번이고 되뇌었다. 그냥 이렇게 좀 편히 쉬면서 살았더라면 좋았을 것을…… 오금이 저리듯 안절부절못했던 시간이 왜 그리도 잦았던 것일까.

아프고 나니 비로소 알 것 같았다. 앞으로 남은 시간들을 위해 나는 잠시 숨을 고른 거라고. 개구리가 더 멀리 뛰기 위해 몸을 움츠렸다 펴듯, 궁사가 화살을 좀 더 멀리 보내기 위해 활시위를 뒤로 힘껏 당겼다 놓듯, 인생에 있어 완급 조절은 반드시 필요한 거라고. 인생을 흔히 42.195킬로미터의 마라톤에 비유한다고 했을 때, 나는 이제 라스트를 힘차게 달리기 위해 운동화 끈을 단단히 조이는 바로 그 중요한 시기에 와 있는 거라고.

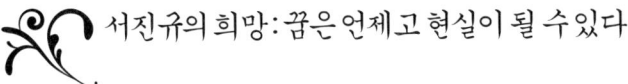

서진규의 희망 : 꿈은 언제고 현실이 될 수 있다

: 성공은 행복의 열쇠가 아니다. 그러나 행복은 성공의 열쇠다

— 알베르트 슈바이처

30년이 훨씬 넘는 내 학창 시절을 담은 책. 그 원고를 거의 마무리 짓고 보니 어느새 내 오피스텔에도 밤이 내려와 있다. 오랜 시간 컴퓨터 앞에 앉아 있었더니 눈도 가물거리고 몸도 굳은 것 같다. 천장을 잡을 듯 기지개를 켜며 창가에 서니 반가운 손님이 나를 맞는다. 어두운 공간을 나르는 눈송이 사이로 건너편 창들의 불빛이 정답다. 7층 아래로 보이는 정원에도 가을을 보내고 겨울을 맞는 흰 눈이 내리고 있다. 나무도 꽃도 분수대도 아스팔트도 모두 젖어 있다. 까닭 모를 그리움이 내 마음을 스친다.

올해로 내 나이 예순.

지난 세월을 한 자락 한 자락 뒤적여볼 때면 잔잔히 밀려드는 회환. 그 속에서 나는 눈물, 분노, 좌절, 기쁨, 웃음, 행복이 함께 어우

러져 한 여인의 삶을 증거하고 있음을 본다. 이 굴곡 많은 나라에서 무엇보다 여자로 태어나 살아가는 데 나만 못한 사람 왜 없겠는가, 하다가도 은근히 내 자신이 대견하다 싶어 거울 한번 찾게 될 때가 있다.

주름이 보인다. 눈가에도 입가에도 이마에도 내가 온 신경을 다해 찡그려온, 딱 그만큼 정직하게 패어 있다. 짧게 커트한 머리카락 위로 내려앉은 만년설. 털어도 좀체 털리지 않는 이 흰색 주름 또한 내 숱한 고뇌의 결과이리라.

어쩌면 나는 희망이 있어 아직 산목숨이라 해도 과언이 아닐 것이다. 꿈이 언제고 현실이 될 수 있다는 가능성, 그 믿음을 등대 삼아 지금껏 살아올 수 있었다는 생각이다. 그만큼 나는 절박했고, 그래서 더 큰 꿈을 키워가며, 그래서 더 많은 용기를 심어주며 멈출 수 없는 내 도전의 고삐를 늦추지 않았던 것 같다.

사실 지금껏 내가 해온 공부는 대부분 남에게 증명해 보이고픈 욕심에서 시작되어 끝을 맺은 수많은 굴곡의 과정으로 이뤄진 게 아니었나 싶다. 가시나도 머스마보다 뛰어날 수 있다, 가난하다고 해서 못할 이유 없다, 나이 들었다고 포기할 필요 없다, 약자라고 꿈조차 꾸지 말란 법 없다, 라는 확신과 의지가 날 줄곧 일으켜 세웠던 것 같다.

나라고 왜 그대로 안주하고 싶지 않았겠는가. 하지만 그때마다 내게 새로운 희망이 손에 잡힐 듯 말 듯한 거리에서 날 유혹했다. 어렵사리 한 개의 사과를 따고 나면 그보다 더 높은 가지에 매달린 사과가 더한 향을 풍기면서 내 입에 군침을 돌게 했다. 맛볼수록 욕심이 더해갔다. 하지만 나는 그저 단순히 입만 벌리고 기다리기만 한 게 아니다. 그 사과를 따는 노동으로 매 순간 혼신의 힘을 쏟았다. 그래서 흘린 땀. 그리고 불어오는 바람…… 그 짜릿함을 보다 많은 사람들에게 맛보게 하기 위해 나는 요즘 전국을 누비고 있다. 나를 찾는 곳이면 어디든 달려가 강연을 하고 희망이라는 씨앗을 그들의 가슴속에 심어주느라 바쁜 나날을 보내고 있다. 강연이 끝날 때마다 그들은 열렬히 내게 환호의 박수를 보낸다. 그러나 나는 안다. 이들의 뜨거운 반응이 결코 내게 향하는 것만이 아님을. 머지않아 현실로 실현될 바로 그들 자신들의 꿈에 바치는 스스로의 격려임을.

꿈의 진정한 의미는 그것을 이루는 것만이 아니다. 꿈을 이루어가는 과정에 있어서의 용기와 무모와 선택과 성공이라는 치열함이야말로 진정 멋진 꽃이라 생각한다.

그래, 그 아름다운 꽃.

피워본 자라면 알 것이다. 그 향기가 얼마나 사람을 행복한 취기로 몰아넣는지, 그래서 그 꽃을 보기 위한 노력으로 한평생 살아가는 당위를 삼는지를, 그리고 끊임없이 거기에 기대게 하는지를.

내가 그랬다.

내게 그 꽃은 바로 공부였다.

황무지에 씨 뿌리고 물 준다고 어디 가능키나 할까라는 도무지 상상할 수 없는 악조건에서 오로지 할 수 있다는 일념으로 대학 졸업장을 따기까지 15년, 하버드에서 박사 학위를 취득하기까지 16년.

내 삶의 반은 공부라는 꽃이었다.

그러나 나는 안다. 꽃은 결국 금세 지고 만다는 것을. 그러나 또 다른 꽃봉오리를 피우기 위해 나무는 잠시도 쉬지 않는다는 것을.

덕분에 힘껏 달려 여기까지 왔다. 그러나 이곳이 내 도전의 종착역은 물론 아니다. 나는 아직 살아 있다. 그것은 또 다른 꿈과 도전을 부른다.

프롤로그로 대신했던 졸업 연설(Commencement Speech)에서 'commencement' 라는 말이 실은 시작을 뜻하듯 오랜 염원대로 하버드의 박사가 되고 난 지금이 내게는 새로운 공부, 인생길의 또 다른 시작을 의미한다. 그리고 나는 이미 또 다른 꿈을 향해 날개를 활짝 펴고 힘차게 날아오르기 시작했다. 훠얼 훠얼 훠얼 훠얼, 더 넓고 더 높은 세상으로의 스타트 라인을 박차고.

나는 내 자전적인 이야기로 세계적인 베스트셀러 작가, 그리고 최고의 연사가 되어 온 세상의 많은 이들을 감화시키고자 준비 중에 있다. 한 사람, 두 사람을 변화시킨 희망파도는 분명 수십 수백 수천 수억의 사람들에게 끼얹어져 이 세계를 희망의 바다로 물결치게 할 것이라고 확신하기 때문이다.

또한 나는 10년 내에 미국의 국무장관이 되는 꿈을 꾼다. 세상에, 그게 정말 가능한 일일까…… 혹자들이 너무 원대한 꿈이 아닌가 하는 의심의 눈초리를 보내올 때마다 나는 대답한다.

"초라하고 보잘 것 없던 한국의 가발공장 직공이 하버드 박사가 되는 것. 이 또한 모두가 불가능한 일이라 미리 단정하겠지요. 하지만 이루어 냈지 않습니까. 그런대 이미 아메리칸 드림을 일구어낸, 그야말로 무에서 유를 창출해낸 하버드의 박사가 미국의 국무장관이 되는 것이 어찌 불가능이기만 하겠습니까. 이민자 출신인 메들린 올브라이트와 콜린 파월 전 국무장관들이 해냈듯이 꿈은 믿음을 가지고 이루고자 최선을 다하는 자에게는 꼭 이루어진다는 것을 나는 확신합니다. 희망은 언제나 눈을 뜨고 있거든요."

이를 통해 내가 얻고자 하는 것은 나 자신의 명예도 부도 아니다. 그저 한 인간이 한 생에서 이룰 수 있는 엄청난 가능성의 존재를 보여주고 싶은 것이다.

그리고 또 하나의 꿈. 오늘을 살고 내일을 살아갈 모든 사람들에게, 꿈을 이루고자 노력하는 세상의 모든 이들에게 평등의 기회가 주어지도록 기여하는 것. 노벨평화상에 버금가는 세계평등상을 만드는 것이 이승에서의 내 마지막 희망이다. 이 꿈을 실현하기 위해 오늘도 나는 내 희망 연구소의 불을 환하게 켠 채 노력중이다. 꿈은 캐고자 더 노력하는 자의 몫임이 분명하므로.

: 에필로그

당신의 꿈에 생명을 주십시오.
그러면 당신은 멋진 삶을 얻을 것입니다!

이 책은 자신들의 멋진 꿈을 위해 충실히 오늘을 준비하는 바로 그런 사람들을 위해 쓴 것이다. 특히 공부를 하고 싶고, 유학을 가고 싶은 사람에게는 알게 모르게 큰 도움이 되리라 믿는다. 영어도 제대로 못하고 가진 것도 없던 여자가 혼자 개척해 나가야 했던 낯선 타국에서의 끝없는 도전과 좌절과 눈물과 웃음들은 그와 닮은 삶을 살아가며 힘들어하는 유학생이나 그들의 부모 형제들에게 많은 위안을 줄 것이다. 그것은 우리 인간의 무한한 가능성을 증거한 해피엔딩이기 때문이다. 누구든 스스로를 누르거나 버리지 않고, 또 자신을 믿고 최선을 다할 때 우리 인간이 이룰 수 있는 가능성은 가슴 벅찰 정도로 대단하다고 나는 믿는다. 자신들의 그 위대한 가능성에 생명을 줄 것인가 말 것인가, 그 선택은 물론 스스로의 몫이다.

이 책이 태어나도록 도와준 사람들은 그 수를 셀 수 없을 정도로 많다. 우선 내 박사의 꿈이 살아날 수 있는 기회를 주신 하버드의 아키라 이리에 교수님께 깊은 감사를 드린다. 또, 이미 고인이 되셨지만 하버드에의 첫발을 허락해주신 와그너 교수님을 잊을 수 없다. 그리고 하버드의 카터 에커트, 앤드루 고든, 앨버트 크레이그, 해럴드 볼라이소, 에즈라 보겔, 조지프 나이 교수님들은 내가 하버드 석사·박사 과정의 곳곳에서 물심양면으로 도움을 주셨다. 이영준, 문유미, 김정욱, 전헌상, 김종범, 준 우치다 등의 동료 학생들 그리고 이형랑 교수와 허영란 박사도 이 늦깎이 학생에게 셀 수 없을 정도로 많은 도움을 주었다.

이 책의 출판을 기꺼이 결정해준 랜덤하우스코리아의 김우연 대표와 이 책의 편집과 구성을 위해 가장 많은 땀과 시간을 투자한 김민정 씨에게도 깊이 감사한다.

이 책을 집필하는 동안 처음부터 끝까지 출판사와 나 사이를 쳇바퀴 돌듯 열심히 뛰어준 내 매니저이자 동생 규호의 부인인 김인전 역시 큰 도움이 되었다. 또한 나의 꿈과 가능성을 믿고 이 책의 마무리 과정을 위해 최선을 다해준 김수현 이사 역시 내게 큰 힘이 되었다.

무엇보다도 나의 가장 큰 의지인 어머니, 딸 성아 그리고 아들 성욱이의 사랑과 믿음 그리고 우정은 그야말로 내게 살아 있는 에너지이다. 새삼 내가 얼마나 행운아인가, 그저 가슴이 벅차고 뿌듯하다.

지면상 일일이 알릴 수는 없지만 이 책에 살아 있는 사람들뿐만 아니라 글 뒤에서 숨쉬는 모두에게 마음속 깊은 고마움을 전한다.

내 첫 번째 책 『나는 희망의 증거가 되고 싶다』와 두 번째 책 『희망은 또 다른 희망을 낳는다』가 대체로 같은 사람의 삶을 얘기하다 보니 비록 포커스는 달라도 흐름을 알 수 있도록 하는 노력에 몇 군데 중복되는 것을 피할 수 없었다. 특히 첫 번째와 두 번째 책을 읽지 않은 독자들에게는 확실한 이해를 위해 꼭 필요하다고 생각했다. 이 자리를 빌려 모든 독자들에게 깊은 감사를 전함과 동시에 이미 첫 두 책을 읽은 독자들에게 너그러운 양해를 구한다. 물론 아직 나의 첫 두 책을 접하지 않은 독자들에게는 그 두 권과의 만남을 자신 있게 권한다.

2007년의 새 겨울을 맞으며
여의도공원 옆 작은 오피스텔에서
서진규

서진규의 희망

1판 1쇄 발행 2007년 11월 30일
1판 13쇄 발행 2014년 12월 12일

지은이 서진규

발행인 양원석
본부장 김순미
편집장 송상미
책임편집 송병규
해외저작권 황지현, 지소연
제작 문태일, 김수진
영업마케팅 김경만, 정재만, 곽희은, 임충진, 이영인, 장현기, 김민수,
　　　　　 임우열, 윤기봉, 송기현, 우지연, 정미진, 이선미, 최경민

펴낸 곳 ㈜알에이치코리아
주소 서울시 금천구 가산디지털2로 53, 20층 (가산동, 한라시그마밸리)
편집문의 02-6443-8857　　**구입문의** 02-6443-8838
홈페이지 http://rhk.co.kr
등록 2004년 1월 15일 제2-3726호

ISBN 978-89-255-1444-4 (03810)

RHK 는 랜덤하우스코리아의 새 이름입니다.